蝙蝠

Flaggermusmannen

Jo Nesbø

[挪威] 尤·奈斯博————著　刘韦廷————译

湖南文艺出版社
HUNAN LITERATURE AND ART PUBLISHING HOUSE

博集天卷
CS-BOOKY

/ 目 录 contents /

Flaggermusmannen

第一部　瓦拉

　　就在那个瞬间，一阵冷风从上方吹来，一道邪恶的巨大黑色翅膀的阴影笼罩着她。……那女人跌至地上，回头跑进山洞里躲了起来。不过为时已晚，她把死亡释放到了世上，那只名叫纳拉登的蝙蝠就是象征。

1 悉尼

事情不太妙。

一开始，女入境官还满脸笑容："你好吗，老兄？"

"很好。"哈利·霍勒说谎。从奥斯陆搭机飞往伦敦已经是三十几小时前的事了，他在巴林转机后，又坐到紧急出口旁那个该死的位置上。他的椅背出于安全理由只能稍微往后仰，抵达新加坡时，他的腰几乎要断了。

此时柜台后方的女人不再面露微笑。

她明显对他的护照产生了兴趣，仔细检查起来。很难说是因为他的照片还是他的名字，她才突然变得如此兴致盎然的。

"出差？"

世界上大多数国家的入境官都会在一句话后加上"先生"二字，因此哈利有点怀疑这种一本正经的打趣方式在澳大利亚并不是特别普遍。不重要了。哈利原本就不太习惯出国，也不自以为是，他只想尽快得到一个酒店房间与一张床。

"对。"他回答，手指在柜台上敲打着。

只见她噘起了嘴，变得难缠起来，以尖锐的语调一字一句地说："那为什么你的护照里没有签证，先生？"

他的心一沉，正如每次麻烦将至时那样。或许"先生"二字其实只会用在事态严重的时候？

"对不起，我忘了。"哈利咕哝着，拼命翻找内侧口袋。他们为什么不把特殊签证用回形针别在护照上，就像普通签证那样？他听见微弱的随身听声响自他身后的队伍中传来，接着才意识到声音来自他飞机上的旅途伙伴。他在整个航程中不断地播放同一卷录音带。为什么他总是该死地忘记自己把东西放进哪一个口袋里了？就算现在快晚上十点了，天还是很热。哈利觉得头皮开始痒起来。

最后他找到了签证，放到柜台上，这才如释重负。

"你是警察？"

原本低头看着特殊签证的入境官抬头打量他，但已经不再噘着嘴了。

"希望这儿没有什么挪威金发女子被杀之类的事发生。"

她轻笑着，用力地在特殊签证上盖了章。

"这个嘛，是有一个。"哈利回答。

机场大厅挤满了导游与接送司机，他们全拿着写有名字的纸牌，但视线所及，却没有哪张写着霍勒二字。他正打算去叫辆出租车，一名身穿浅蓝色牛仔裤与夏威夷衬衫的黑人男子从众多纸牌间开出一条通道，大步走来。那名黑人鼻翼极宽，有着一头深色鬈发。

"你一定是霍利①先生！"他自信满满地说。

哈利暗忖，决定在澳大利亚的头几天纠正大家对他姓氏的发音，否则会搞不清对方是在叫他，还是在讲投资的事。不管怎样，"获利"先生听起来都太炫富了。

"你好啊，我是安德鲁·肯辛顿。"那人绽开笑容，伸出巨大的拳头。

手劲简直与一台榨汁机相差无几。

"欢迎来到悉尼，希望你旅途愉快。"这名陌生人的真诚溢于言表，仿

---

① 应为哈利·霍勒（Harry Hole），当地人一直将他的姓Hole念成Holy（霍利），后来哈利也跟着他们介绍自己为哈利·霍利，作为调侃。

佛二十分钟前空姐广播内容的回音。他接过哈利破旧的行李箱，头也不回地朝出口走去。哈利紧跟在后。

"你是悉尼警方的人？"他问。

"当然啦，老兄。小心！"

回转门打上哈利的脸，正中鼻子，疼得他流出眼泪。差劲的闹剧也不会这么拍。他揉着鼻子，用挪威语咒骂起来。肯辛顿面露同情。

"这门真该死，对吧？"他说。

哈利没回答。他不知道在澳大利亚怎么回答这种话才算恰当。

停车场中，肯辛顿打开一辆又小又旧的丰田汽车后备厢，把行李塞进去。"你想开车吗，老兄？"他惊讶地问。

哈利这才发现自己坐在了驾驶座上。对了，澳大利亚的驾驶座在天杀的右边。但副驾驶座上堆满了纸张、录音带和垃圾，哈利只好挤进后座。

"你一定是原住民。"车子转上高速公路时，哈利这么说。

"还真是什么都瞒不过你，警官。"肯辛顿回答，瞥了一眼镜子。

"在挪威，我们都叫你们澳大利亚黑人。"

肯辛顿直盯着后视镜。"真的？"

哈利开始觉得坐立难安。"呃，我的意思是，你的祖先显然不是两百多年前被英格兰人遣送到这里的罪犯。"他想展现自己对这个国家的历史多少有些了解。

"没错，霍利。我的祖先比他们还早一点来到这里。准确地说，是早了四万年。"

肯辛顿对着镜子露出笑容。哈利发誓，自己还是暂时闭嘴为妙。

"我懂了。叫我哈利就好。"

"没问题，哈利。叫我安德鲁。"

接下来的路上，都是安德鲁在主导谈话。他把哈利载到国王十字区，一路上滔滔不绝：这里是悉尼的红灯区与毒品交易中心，其余见不得光的交易也大多在此进行。每一件丑闻似乎都会跟这一平方公里内的某间旅馆或脱衣舞俱乐部扯上关系。

"我们到了。"安德鲁突然说，把车停在路边，跳下车去，从后备厢拿出哈利的行李。

"明天见。"安德鲁说完，立即开车离去。伴随着再次出现的酸痛感，时差也开始发挥作用。哈利与他的行李箱孤零零地戳在一座人口数与挪威约莫相同的城市里，站在外观豪华的新月饭店外。饭店名字印在大门的三星级标记旁。奥斯陆警察局局长对下属出差时的住宿安排一向以吝啬闻名，但这次或许不算太糟。哈利心想，这饭店肯定有什么公务员折扣，八成还安排了最小的房间。

果真如此。

2　盖尔普公园

　　哈利小心地敲了敲萨里山重案组主管办公室的门。

　　"进来。"里头有人大声回答。

　　一名身材高壮、挺着大肚子的男子站在橡木办公桌后方的窗前，像是刻意让人留下印象。稀疏的头发遮不住他的灰白粗眉，但眼睛周围的皱纹还是能看出他在微笑。

　　"我是挪威奥斯陆的哈利·'霍利'，长官。"

　　"坐，霍利。你看起来跟这个天杀的早上配极了。我希望你还没跟缉毒组的小伙子打过照面。"尼尔·麦科马克大笑一声。

　　"时差。我早上四点就醒了，长官。"哈利解释。

　　"当然，只是我们内部的玩笑而已。几年前这里有桩出名的渎职案，十个警员被定罪，除此之外，他们还卖毒品——互相卖给对方。他们之所以遭到怀疑，是因为其中两个人总是随时待命。不开玩笑，真的是随时。"他一脸满足地笑着，戴上眼镜，快速翻阅着面前的文件。

　　"所以你是被派来协助调查英厄·霍尔特谋杀案的。她是有澳大利亚工作证的挪威公民，一头金发，照片上看起来很漂亮。二十三岁，对吗？"

　　哈利点头。麦科马克开始严肃起来。

　　"渔夫在沃森湾的海边发现的她，说得准确点，是在盖尔普公园里。尸体半裸，从伤痕来看，是遭到先奸后杀，但没发现精液。她当晚遇害后被载到公园，扔下了悬崖。"

　　他一脸不悦。

"她一直躺在岩石之间，直到被人发现。要是天气稍微差些，她早就被浪冲走了。就跟我说的一样，由于她的阴道跟剖开的鱼一样被人从中划破，海水将它冲得一干二净，所以没能找到精液，也没有任何指纹，就算有推算的大概死亡时间……"麦科马克拿下眼镜，揉了揉脸，"但也找不到凶手。你打算怎么处理这件该死的案子，霍利先生？"

哈利刚要回答便被打断。

"你要做的，就是在旁边仔细看我们怎么逮到这个浑蛋。告诉那些挪威记者，我们配合得有多天衣无缝——确保我们不会冒犯挪威大使馆或死者亲属，除此之外，就是好好放松一下，寄一两张明信片给你亲爱的警察局局长。对了，她还好吗？"

"就我所知，还不错。"

"她是个了不起的女人。我想她应该指示过你要怎么做吧？"

"讲了一些。我是来参与调查——"

"好极了。把这些全忘掉。新规则如下：第一条，从现在开始，听我命令行事，只准听我的；第二条，在我没指示之前，你什么也不准做；第三条，就算只有一根脚趾越界，你也得给我搭上第一班飞机回去。"

他说这些话时面带微笑，但信息十分明确：把爪子收起来，在旁边看着就好。或许他应该带着泳具与相机来。

"我听到消息说，英厄·霍尔特是挪威的电视明星？"

"不算大明星，长官。她几年前主持过儿童节目。但我想这件事发生前，就没人记得她了。"

"嗯，我得说，你们的报纸想把这桩谋杀案炒作起来。有几家媒体已经派人来了。我们给了他们所有信息，不过没什么重要线索，所以他们很快就会觉得无聊，接着打包回家。他们不知道你在这里。我们有保姆管着他们，所以你不用和他们打交道。"

"感激不尽，长官。"哈利说，也真心这么觉得。一想到有群气喘吁吁的挪威记者在他身后探头探脑，他就觉得烦心。

"好了，霍利，我就老实告诉你我们的状况吧。我得到明确指示，说悉尼所有市议员都希望尽早破案。就跟平常一样，全跟钱与政治有关。"

"钱？"

"这么说吧，我们预估悉尼今年的失业率会攀升到百分之十以上，所以这座城市需要从游客身上赚来的每一块钱。我们就要拿下二〇〇〇年奥运会的举办权了，届时会有很多北欧游客。而谋杀案，尤其是还没侦破的那种，可不是什么好广告，所以得拼尽全力才行。侦查这件案子的小组成员有四名，外加优先分配的警方资源，包括所有的计算机、法医、鉴定人员等。"

麦科马克抽出一张纸，边看边皱眉。

"其实你本该与沃特金斯一组的，但既然你已经特意选了肯辛顿，我也没理由拒绝你的请求。"

"长官，据我所知，我并没有——"

"肯辛顿是个好人。这里可没有太多原住民警员能爬到他这个位置。"

"真的？"

麦科马克耸耸肩。"事情就这么定了。好了，哈利，如果还有什么事的话，就来找我。有问题吗？"

"呃，有个礼节方面的问题，长官。我不确定'长官'是不是这里对上级的正确称呼，这么叫会不会有点……"

"正式？古板？对，或许是吧。不过我喜欢。这个称呼提醒了我，我才是这个部门的老大。"麦科马克大笑出声，用足以捏断手骨的握手结束了会面。

"一月是澳大利亚的旅游旺季。"他们在环形码头周围拥堵的车流中缓慢前进时，安德鲁这么解释。

"每个人都来这里看悉尼歌剧院，搭船绕港一圈，欣赏一下邦代海滩上的女人。只可惜你还得工作。"

哈利摇头。"没关系。我一想到那些敲游客竹杠的地方就会大冒冷汗。"

他们开着丰田汽车穿出车阵，抵达新南头路，往东朝沃森湾加速驶去。

"悉尼东区跟伦敦东区有点不同，"安德鲁在连续经过两家精品店时解释，"这一区叫德宝湾，我们都说是'价格翻'。"

"英厄·霍尔特住在这里？"

"她跟男友在纽敦住了一阵子，分手后则搬到格利伯的一间小套房。"

"男友？"

安德鲁耸了耸肩。"她男友是澳大利亚人，一个计算机工程师，是她两年前来这里度假时认识的。案发当晚他有不在场证明，也不像是会杀人的那种人。不过谁知道呢？"

他们在盖尔普公园下方停车。这里是悉尼众多自然园区之一，需要登上陡峭的石阶才能抵达高处的瞭望区，北边是沃森湾，东边则是太平洋。他们打开车门，热气扑面而来。安德鲁戴上一副大墨镜，让哈利联想到色情行业里的人。不知为何，这位澳大利亚同行今天穿了一套紧身西装。他摇摇晃晃地登上前方通往瞭望区的小径，让哈利觉得这名肩膀厚实的黑人看起来有些滑稽。

哈利环顾四周。西边可以看见市中心的港湾大桥，北边则是沃森湾的海滩和众多游艇，再远一点则是位于海湾北边郊区、一片翠绿的曼利镇。东方弯曲的地平线则尽是深浅不一的蓝色海浪。他们面前的陡峭悬崖截断了海水漫长的旅途，在岩石间发出雷鸣般的浪涛声。

哈利可以感觉到汗水顺着肩胛骨中间流下。热气让他起了鸡皮疙瘩。

"你可以从这里看见太平洋，哈利。下一站的新西兰要再过去一千两百英里。"安德鲁说，在悬崖边缘啐了一口口水。他们看着那团口水往下落，直至它被风吹散。

"还好她是死后遭人抛下去的。"他说，"她在掉下去的过程中肯定不断撞到崖壁。她被发现时，尸体上有不少地方被剐掉了大块的肉。"

"她被发现时已经死了多久？"

安德鲁做了个鬼脸。"法医说是四十八小时，不过呢……"

他做了个喝酒的手势。哈利点点头。那法医显然有个干渴的灵魂。

"你之所以会怀疑，是因为这个数字太巧了？"

"她是星期五早上让人发现的，所以我们不妨说她是星期三晚上的某个时候遇害的。"

"这里有任何线索吗？"

"就像你看到的，车子可以停在下面，晚上没有灯光，也比较冷清，因此没有任何目击者报案，说真的，我们也没指望这一点。"

"那我们现在要干吗？"

"现在呢，就照着老板的吩咐做——找间餐厅吃饭，花点警方的招待费。你可是方圆一千两百英里内位阶最高的挪威警方代表呢。"

安德鲁与哈利坐在一张铺着白布的餐桌前。多伊尔餐厅位于沃森湾尽头，与海洋之间仅隔着一小片沙滩。

"美得夸张，对吧？"安德鲁说。

"就跟风景明信片一样。"一个小男孩与一个小女孩在前方的沙滩上堆着沙堡，背景则是深蓝的大海、远方繁茂的绿色山丘，以及悉尼引以为傲的天际线。

哈利选了扇贝与塔斯马尼亚鳟鱼，安德鲁则选了澳大利亚才有的一种比目鱼，哈利自然未曾听过这种鱼的名字。安德鲁点了一瓶若诗庄园霞多丽酒。"这酒跟这顿饭不太配，不过是白葡萄酒，很好喝，而且正好符合预算。"当他听见哈利说自己不喝酒时，表情有些惊讶。

"宗教缘故？"

"与这无关。"哈利说。

安德鲁告诉哈利，多伊尔是个家族经营的老牌餐厅，是悉尼公认数一数二的。现在正值旺季，店内人满为患。哈利猜想，这就是这里的服务生很少与客人眼神交会的原因。

"这里的服务生就跟冥王星一样，"安德鲁说，"全都绕着轨道跑，每隔二十年才出现一次，而且就算出现，你也无法用肉眼观测到。"

但哈利并未不悦，只是朝后靠在椅背上，心满意足地吁了口气。"不过他们的食物很棒。"他说，"所以这解释了你为什么会穿成这样。"

"对了一半。你也看得出来，这里没有规定要穿成这样。不过对我来说，最好不要穿牛仔裤与 T 恤来这种地方。由于外表的关系，我得精心打扮一番才行。"

"什么意思？"

安德鲁看着哈利。"在这个国家，原住民的地位不高，说不定你自己早就感觉到了。多年以来，白种人一再强调原住民的酗酒和犯罪问题。"

哈利认真听着。

"他们觉得问题出在我们的基因上。有个人是这么写的：'所有原住民都极擅长用空心管搞各种非法勾当，也就是他们称为迪吉里杜管[①]的东西。'这个国家自吹自擂，说他们把不同文化融合成一个具有凝聚力的社会。但他们凝聚了哪些人？这是个问题还是个优点，你得自行判断，本地人是看不出来的。

---

　　① 澳大利亚原住民演奏的一种乐器。

"在澳大利亚，原住民完全被摒除在社交活动之外，只有在选举辩论会时，才会有人假装关心原住民的利益与文化。澳大利亚人会花钱买原住民的艺术品，挂在家中的墙上，以便做做表面工夫。不过，提到领取失业救济金、自杀人口与监狱囚犯的话，我们这些黑皮肤同胞绝对是其中的代表族群。如果你是原住民，在监狱中度过余生的概率，是其他澳大利亚种族的二十六倍。好好品尝一下吧，哈利。"

安德鲁喝完剩下的酒，哈利则细细品尝。事实上，这可能是他三十二年生命中尝过的最棒的鱼类料理。

"当然，澳大利亚有种族偏见的人，并不比其他国家多。毕竟我们是个多元文化的国家，人民来自世界各地。这只不过意味着，上餐厅时不要怕麻烦，换上一身西装是绝对值得的。"

哈利再度点头，不再谈论这个话题。

"英厄在一间酒吧工作，对吗？"

"对。奥尔伯里酒吧，就在帕丁顿区的牛津街上。我想我们今晚可以过去看看。"

"为什么不现在去？"哈利已经闲得不耐烦了。

"因为我们得先去跟她的房东打声招呼。"

冥王星不请自来地出现在苍穹之中。

3 袋獾

格利伯角路是条舒适的街道，没那么拥挤。这里，大多数地方都小而朴实，来自世界各地的餐厅比邻而居。

"这里以前是悉尼的波希米亚区，"安德鲁解释，"二十世纪七十年代，学生时期的我曾住在这里。你还是可以看到一些典型的素食餐厅，非主流的生活方式，还有专为拉拉开的书店等。不过等到格利伯区变成热门地段，租金上涨后，那些老嬉皮和药头贩子都消失了。就算我现在拿的是警察工资，也会怀疑自己住不住得起这里。"

他们右转至赫里福德街，走进54号大门。一头毛茸茸的黑色小动物奔至他们面前吠吼，露出尖锐的小牙齿。这头迷你怪物十分生气，模样与旅游手册中的袋獾极为相似。书上说，袋獾是种不友善并且具有攻击性的生物，会一口咬上你的喉咙。这头活标本张口朝哈利冲去，使他衷心希望这种动物濒临绝种的说法是真的。安德鲁抬起脚，踢中半空中的这头动物。它哀嚎一声，飞进一旁的树篱中。

他们踏上台阶时，一名挺着大肚子的男人站在门口，一脸刚睡醒的模样，满是不悦之色。

"狗怎么了？"

"它去欣赏那里的玫瑰花了。"安德鲁微笑着说，"我们是重案组刑警，你就是罗伯逊先生？"

"够了够了，你们到底又想干吗？我说过我已告诉你们我知道的所有事情了。"

"所以你现在是在告诉我们你之前告诉我们你已经告诉我们……"三人沉默了好一段时间，安德鲁依旧挂着微笑，哈利则尴尬地站在原地。

"抱歉，罗伯逊先生，我们不会再开这种无聊玩笑了。这位是英厄·霍尔特的哥哥，如果不麻烦的话，他想看一下她的房间。"

罗伯逊的态度为之一变。

"抱歉，我不知道……快进来！"他打开门，带他们走上楼梯。

"我不知道英厄有哥哥，不过你说了之后，的确能看出你们还挺像的。"

哈利朝安德鲁半转过身，翻了个白眼。

"英厄是个很可爱的女孩，简直就是梦幻房客。说真的，或许让这整栋房子和附近的街坊都增色不少。"他身上有酒味，就连说话也有些含糊不清。

英厄的房间完全没整理过。到处都是衣服、杂志、装满了的烟灰缸与空酒瓶。

"呃，警察叫我暂时不要碰任何东西。"

"我们知道。"

"她也不过才一晚没回来，就这么人间蒸发了。"

"谢谢你，罗伯逊先生，我们读过你的证词了。"

"我告诉过她，晚上回家时别走布瑞吉路和鱼市那边。那里很暗，是黑人的地盘……"他一脸慌张地望向安德鲁，"不好意思，我不是故意……"

"没关系。你可以先离开了，罗伯逊先生。"

罗伯逊轻轻走下楼去。他们听见厨房传来酒瓶碰撞的声音。

房间里有一张床、几个书架与一张桌子。哈利环顾四周，试图构建英厄的形象。这是受害者心理学，把自己置于受害者的角度。他只大概记得电视屏幕里的调皮女孩，总是一副善良、青涩的认真模样，还有她那双无辜的蓝色眼睛。

她肯定不是那种喜欢窝在家里的人。墙壁上没有照片，只有一张梅尔·吉布森饰演《勇敢的心》的电影海报。哈利记得这个只是因为这部片莫名其妙地拿下了奥斯卡最佳影片奖。他想，她的品位不算好，这部片远远称不上好电影，也不够有男子气概。自从他演了《疯狂的麦克斯》，跑去好莱坞变成大明星以后，有些人就对他感到无比失望。哈利正是其中之一。

有一张照片里，英厄与一群长发、大胡子的年轻人坐在长椅上，背景是几栋色彩缤纷的西式建筑。她身穿宽松的紫色连身裙，金发垂挂在苍白而严肃的脸颊旁。一名腿上坐着个婴儿的年轻男子与她手牵着手。

架子上有一袋烟草、几本占星书，还有一张雕刻粗糙的木质面具，弯曲的鼻子看起来就像鸟喙。哈利翻过面具，标签上写着：巴布亚新几内亚制造。

衣服除了散落在床和地板上，还有些挂在小衣橱内，数量不多，只有几件棉质衬衫、一件破外套与一顶放在架上的宽边草帽。

安德鲁从桌子抽屉中拿出一包卷烟纸。"超大号卷烟纸。她肯定卷了不少大号香烟来抽。"

"有发现任何毒品吗？"哈利问。

安德鲁摇头，指向卷烟纸。

"不过我敢打赌，要是检查烟灰缸的话，肯定能发现大麻的余烬。"

"为什么没检查？鉴定组的人没来过吗？"

"首先，我们不认为这里是犯罪现场。再来，抽大麻也不是什么值得大惊小怪的事。在新南威尔士州，我们对大麻的态度比澳大利亚其他州更务实。我不排除这桩谋杀案可能与毒品有关，不过一两根大麻实在不太可能扯上关系。我们不确定她是否还吸食了其他毒品。如果她在奥尔伯里酒吧吸食了一点可卡因或化合致幻剂还说得过去，但跟我们谈过的人没一个提过这件事，血液检查也没任何发现。不管怎么看，她都没吸食过真正的毒品。尸体上也没有针孔，这些与吸毒犯的状况完全不符。"

哈利看着他。安德鲁清了清嗓子。

"总之，这是官方的看法。有件事他们觉得你应该帮得上忙。"

那是一封挪威文的信。"亲爱的伊丽莎白，"这封信的开头这么写着，显然并未写完。哈利快速浏览了那封信。

我过得很好，更重要的是，我恋爱了！当然啦，他帅得就像希腊的神祇一样，一头棕色的长鬈发、好看的臀部。他用眼神就能悄悄地告诉你：他现在就要你，此时此刻，就在离你最近的墙上、厕所、桌上、地板上，任何地方都行。他的名字是埃文斯，三十二岁，结过婚（没想到吧），有个一岁半的可爱儿子，叫作汤汤。他现在没有正式的工作，不过在到处做点小生意。

好吧，我知道你会有不好的预感，我保证自己不会被拖累，至少暂时不会。

不聊埃文斯了。我还在奥尔伯里酒吧工作。自从埃文斯有一天晚上去过酒吧后，"憨豆先生"就没再约我了，也算是一种进步。不过他还是用那双色眯眯的眼睛一直盯着我。恶心死了！其实我对这份工作已经腻了，不过还是得撑到居留许可得到延长为止。我收到挪威广播公司的消息了，他们正在为明年秋天筹备新一季的电视剧集，如果我想的话，就可以参加演出。看来要好好决定一下喽！

这封信就写到了这里。

4 小丑

"我们现在要去哪里？"哈利问。

"马戏团！我答应了一个朋友，说某天会去突袭探班。择日不如撞日！"

小型马戏团下午的免费表演已经开始了，观众虽然不多，却都很年轻而且热情。安德鲁说，悉尼以前还有电车，那时这栋叫作"发电厂"的建筑物曾是发电站与电车大厅，现在成了一栋类似当代博物馆的地方。两名身材结实的女孩刚完成一场不算精彩的空中飞人表演，但仍得到了一阵友善而热烈的掌声。

小丑登场时，一座巨大的断头台随之被推至台上。他身穿色彩鲜艳的小丑服，戴着一顶条纹帽，造型显然出自法国大革命时期。他跌了一跤，又爬起来，这种表演方式完全符合孩子们的胃口。另一名头戴白色长假发的小丑也走上舞台。哈利过一会儿才明白，他扮演的是法国国王路易十六。

"表决一致通过，判处死刑。"戴着条纹帽的小丑宣布。

犯人很快被带至断头台前，过程中仍是一连串逗孩子们开心的动作。在连声尖叫后，他的头总算固定在了刀刃下方。简短急促的鼓声响起，刀刃落下，包括哈利在内的每个人都诧异不已。刀刃的的确确砍断了国王的头，声音让人联想到冬季晴朗的早晨中，森林里斧头挥舞的声音。戴着假发的头颅落入篮中。灯光熄灭，再度亮起时，无头国王已站在聚光灯下，用手臂夹着头颅。此刻，孩子们的欢呼声仿佛没有止境。接下来灯光又熄灭了，当它第二次亮起时，马戏团的成员悉数到齐，向观众鞠躬。表演到此结束。

观众纷纷朝出口走去时，安德鲁与哈利则前往后台。在临时搭建的更衣室中，演员们已经在卸妆、更衣了。

"奥托，跟挪威来的朋友打声招呼。"安德鲁大喊。

有个人转过身来。路易十六看起来已没有那么尊贵，脸上的妆糊成一团，假发也已被拿下："你好啊，这不是印第安小鬼吗？"

"哈利，这位是奥托·雷克纳厄尔。"

奥托优雅地伸出手来，手腕往下弯。哈利有些困惑，轻握了一下他的手，而他则看起来一脸愤慨。

"不亲一下吗，帅哥？"

"奥托觉得自己是女人，还是血统高贵的那种。"安德鲁兴高采烈地说。

"听你瞎扯，小鬼。奥托很清楚'她'是个男人。你看起来一脸困惑，帅哥。还是你想亲自确认一下？"奥托发出高八度的笑声。

哈利觉得耳根子热了起来。奥托望向安德鲁，假睫毛快速扑闪着，一副责备的神情。

"你朋友是哑巴吗？"

"不好意思。我叫哈利……呃……霍利。表演很精彩，戏服也很棒。整体非常……栩栩如生，相当少见。"

"路易十六那段表演？少见？正好相反。这是经典，是扬达斯科夫斯基小丑家族首创的老戏码，第一次演出是一七九三年一月，离真正的行刑不过才两周。观众非常爱看。人们总是喜欢看公开行刑。你知道美国电视台每年会回放几次肯尼迪遇刺的画面吗？"

哈利摇头。

奥托抬头看着天花板沉思片刻。"反正次数可多了。"

"奥托把自己视为伟大的扬迪·扬达斯科夫斯基的继承者。"安德鲁补充。

"真的吗?"知名的小丑家族绝非哈利擅长的领域。

"小鬼,我想你的朋友不太清楚我们在讲什么。听着,扬达斯科夫斯基小丑家族是歌舞小丑组成的巡回马戏团,他们在二十世纪初期来到澳大利亚,并定居于此。马戏团不断演出,直到一九七一年扬迪去世为止。我第一次看扬迪表演时才六岁,从那时开始,我就知道自己想做什么了。现在,我成功了。"

奥托透过脸上的妆容,露出一个小丑式的哀伤微笑。

"你们两个是怎么认识的?"哈利问。安德鲁与奥托互望一眼,哈利看见两人的嘴唇向下一抿,知道自己肯定说错了话。"我的意思是······一个警察跟一个小丑······这并不算······"

"这是个很长的故事,"安德鲁说,"可以说我们是青梅竹马。当然啦,奥托可以为了我一小片屁股就把自己妈妈给卖了。即使很小的时候,我就感觉到自己对女孩有股奇特的吸引力,就连对男生来说也是如此。这一定是基因与环境的关系。你怎么说,奥托?"

安德鲁笑着躲开奥托的巴掌。

"你不够有型,不够有钱,还高估了自己的屁股。"奥托大喊。哈利望向马戏团的其他人,他们似乎一点也没受影响。一名体格健壮的空中飞人对他鼓励地眨了个眼。

"哈利跟我今晚要去奥尔伯里酒吧,你要一起吗?"

"你很清楚我已经不去那里了,小鬼。"

"你得看开点,奥托。人还是得往前走。"

"每个人都在往前走。但我停在这里就好,这样就好。爱情没了,我也跟着死了。"

"随你便吧。"

"再说，我还得回家喂沃尔多夫。你们去吧，说不定我晚点会到。"

"再见。"哈利说，尽责地把嘴唇凑上奥托伸出的手。

"期待再相逢，帅哥哈利。"

5 瑞典人

他们将车停在帕丁顿牛津街上的一小片空地时，已是日落时分。公园牌子上写着"绿色公园"，但草地被晒成了棕色，唯一的绿色则是公园正中央的凉亭。一名有原住民血统的男子躺在树木之间的草地上，衣服破烂不堪，身上脏到黑得发灰。看到安德鲁时，他抬起手来，像是在打招呼，但安德鲁视若无睹。

奥尔伯里酒吧人满为患，他们只得一路挤着走进玻璃门内。哈利伫立了几秒，看着眼前的景象。这里的客人大多是年轻人，风格五花八门：穿着褪色牛仔裤的摇滚乐迷，穿西装、梳油头的雅皮士，蓄山羊胡、喝香槟的文青，挂着露齿微笑、长相迷人的金发冲浪客，以及穿着黑色皮衣的飞车党，只是安德鲁将他们称为"飙仔"。

酒吧的中间是表演区。一群穿着紫色低胸装的女孩大幅摇动着长腿，张大红色的双唇，对嘴形唱着歌手格洛里亚·盖纳的《我会活下去》，轮流对那些还没给小费的客人眨眼，夸张地卖弄风情。

哈利用手肘挤开一条路，去吧台点了饮料。

"马上就来，金发帅哥。"戴着罗马头盔的女服务生露出俏皮的笑容，以低沉声音回答。

"说真的，你跟我该不会是这座城市里最后的异性恋吧？"哈利拿着啤酒和果汁回来时问。

"除了旧金山以外，悉尼是全世界同性恋最多的城市，"安德鲁说，"澳大利亚内陆地区对性向不同的人没那么宽容，因此所有澳大利亚乡村的同性恋男孩会集中在悉尼，倒也不是什么怪事。顺带一提，不只是澳大利亚，每天都有来自全世界的同性恋拥进这里。"

他们往酒吧后方的另一座吧台走去，安德鲁叫唤柜台后方的一名女孩。她背对他们，有着一头哈利见过的最红的红发。她的长发垂落至紧身牛仔裤的后口袋，但无法遮掩她苗条的背部与可爱浑圆的臀部。她转过身，纤瘦迷人的脸上露出微笑，牙齿亮白，湛蓝色的双眼下方有许多雀斑。她要不是女人的话就太可惜了，哈利心想。

"还记得我吗？"安德鲁在二十世纪七十年代迪斯科舞曲的噪声中大声喊着，"我过来问英厄的事。方便谈一下吗？"

红发女孩的表情变得严肃起来，点了点头，对另一个女孩说了几句话，便领他们走至厨房后头的小吸烟室里。

"有新消息吗？"她问。哈利一听便能确定，她说起瑞典话来肯定会比英语标准。

"我遇到过一个老人，"哈利用挪威话说，她惊讶地望向他，"他是亚马孙河的一个船长，他才用葡萄牙语说了三个词，我就马上知道他是瑞典人了。重点是，他在那里已经住了三十年，而我甚至还听不懂葡萄牙语。"

一开始，红发女孩还有些困惑，但随即笑了起来，颤动的笑声让哈利联想到某种罕见的鸟。

"这么明显？"她用瑞典话说。她有一副低沉平稳的嗓音，发音稍微带点卷舌。

"是语调，"哈利说，"人永远摆脱不了语调。"

"你们认识？"安德鲁一脸狐疑地认真看着他俩。

哈利望向红发女孩。

"不认识。"她回答。

这不是很可惜吗？哈利心想。

红发女孩的名字是比吉塔·恩奎斯特。她来澳大利亚已有四年，在奥尔伯里酒吧工作了一年之久。

"我们工作的时候当然会聊天，不过我跟英厄真的称不上熟，她大多时候都在谈自己的事。我们有群人常会一同出去，她偶尔也会一起，但我还是不太了解她这个人。她到这里时，才跟纽敦的男友分手。我知道的她最私人的事，就是她觉得那段关系长远来看实在太过紧张了。我猜她需要一个全新的开始吧。"

"你知道她在跟谁交往吗？"安德鲁问。

"不确定。就跟我说的一样，我们会聊天，但她从来不会跟我细谈她的生活，我也不会多问。十月，她北上去了昆士兰州一趟，显然是跟后来还有联络的一群悉尼朋友去的。她那趟好像认识了一个男的。一天晚上那男的还来过这里。我之前就告诉过你了，对吧？"她说，眼神中带着询问。

"我知道，亲爱的恩奎斯特小姐，我只是希望这位挪威同行能听到第一手的证词，同时看看英厄工作的地方。哈利·霍利是公认的挪威最好的警员，说不定能发现悉尼警方遗漏的事。"

哈利压下一股突然想咳嗽的冲动。

"'憨豆先生'是哪位？"他的声音因沙哑而有些奇怪。

"'憨豆先生'？"比吉塔困惑地看着他们。

"就是那个长得像英国喜剧演员……呃，是叫罗温·艾金森的吧？"

"哦，他啊！"比吉塔说，发出了同样的林中之鸟的那种笑声。

哈利心想，我喜欢这个笑声。比之前还要喜欢。

"你们说的是酒吧经理亚历克斯，他晚点才会过来。"

"我们有证据显示，他对英厄有兴趣。"

"亚历克斯老是盯着英厄看。对，他是对英厄有兴趣，但不只是英厄，他追过这家酒吧的大多数女孩，每个都拼命得很。英厄叫他'憨豆先生'，但我们都叫他提琴鲼。他过得很辛苦，挺可怜的。年过三十了，还跟妈妈一起住在家里，看起来也没想过搬出去。不过他当上司绝对没话说。如果你们在怀疑他的话，我敢说他保证无害。"

"你怎么知道？"

比吉塔轻敲鼻侧。"他可没这个本事。"

哈利假装在笔记本上记下来。

"你知道她是否认识……呃，有这种本事的人？"

"这里有各式各样的人，不是每个人都是同性恋，加上她很有吸引力，所以有不少人注意到她。不过要说马上会想到的，恐怕一个也没有。有个……"

"什么？"

"没什么，没事。"

"警方推论，英厄是在当晚下班后遇害的。她下班后有约还是直接回家了？你知道吗？"

"她从厨房里拿了些剩菜，说是要喂狗的。我知道她没养狗，所以问了她要去哪里。她说要回家，仅此而已。"

"袋獾，"哈利喃喃地说。她好奇地看着他。"她的房东的确养了狗，"他说，"我想那些剩菜是要用来收买那条狗，好让她平安进屋的。"

哈利对她提供的信息表示感激。当他们要离开时，比吉塔说："这里所有人都很想知道究竟发生了什么事。她的父母还好吗？"

"恐怕不太好，"哈利说，"他们很震惊，怪自己不该让她来这里。棺木明天会运回挪威。如果你们想寄花到葬礼上的话，我可以要到地址。"

"谢谢，你人真好。"

哈利差点就要再问别的事了，但他不能在谈及死亡与葬礼时这么做。走出酒吧的路上，她告别时的微笑还烙在他的视网膜上。他知道那画面将在他脑海中盘旋好一阵子。

"可恶,"他喃喃自语,"我到底该不该问?"

酒吧里,所有的异装人士和许多顾客都聚集在表演区旁,伴随音响播放的卡特里娜与波浪乐队的《在阳光下漫步》嬉闹着。

"奥尔伯里酒吧这种地方可不会花太多时间在哀伤与反省上。"安德鲁如此评论。

"或许本来就该这样吧,"哈利说,"日子还是得过。"他叫安德鲁等他一分钟,又回到吧台那里,朝比吉塔挥手。

"不好意思,再问最后一个问题。"

"什么?"

哈利深吸一口气,为自己的决定感到后悔,但一切为时已晚。"你知道城里有什么好吃的泰国餐厅吗?"

比吉塔想了一下。"本特街有一家,在市中心。你知道在哪儿吗?我觉得那家不错。"

"有好到让你愿意跟我一起去吗?"

这句话不算高明,哈利心想。再说,这么做太不专业了,说真的,简直不专业透顶。比吉塔发出一声沉吟,令人感到灰心,但哈利看得出情况还不至于此。无论如何,她的脸上仍挂着微笑。

"警官,这是你的惯用招式吗?"

"还挺常用的。"

"管用吗?"

"从统计数据来看吗?不算管用。"

她笑了,侧着头,好奇地打量哈利,接着耸了耸肩。

"可以吧。我明天有空。九点,你请客。"

6 主教

哈利坐在方向盘前，周围全是车顶发出的蓝色光芒。每当他转弯时，强风便会涌入车中。斯蒂安森的声音响起，随即又沉寂下来。弯曲的栏柱。病房与鲜花。走廊上褪色的照片。

哈利坐起身来。又是同样的梦。同样是早上四点。他试着继续睡，思绪却转到杀害英厄·霍尔特那个未知的凶手身上。

六点时，他想自己该起床了。在畅快地冲完澡后，他走出屋外，想找个地方吃早餐。天空是淡蓝色的，清晨的太阳虚弱无力。市中心方向传来人车声响，但这还没到早上的高峰时刻，没有大量红灯或许多涂着黑色睫毛膏的眼睛。国王十字区有股漫不经心的魅力和复古的美感，他不由得边走边哼起歌来。这个时候街上几乎空无一人，只有一些筋疲力尽的夜班族，几名盖着毯子睡在台阶上的人和脸色苍白、穿着薄上衣换早班的女子。

露天咖啡馆的老板站在店外，用水管冲洗人行道。哈利带着微笑上前，吃了一顿随兴决定的早餐。他吃着吐司和培根时，调皮的微风轻抚过他的餐巾。

"你起得还真早，霍利，"麦科马克说，"这样很好。大脑效率最高的时段是六点半到十一点，要我说，之后根本是一团糨糊。这里的清晨挺安静的，九点以后，吵到我连二加二都很难算得出来。你可以吗？我儿子说他得开着音响才能做功课，太安静容易分心。你能理解这种说法吗？"

"呃——"

"总之，昨天我受够了，冲进他房间关掉那台见鬼的机器。我儿子尖叫着：'我要听音乐才能思考！'我说他应该像正常人一样读书。他说：'每个人本来就不同，爸。'他气得要命。没办法，他正值那个年龄。"

麦科马克暂停片刻，望向桌上的照片。

"你有小孩吗，霍利？没有？有时我会纳闷自己到底干了什么好事。顺便问一下，他们安排你住在什么鸟地方？"

"国王十字区的新月饭店，长官。"

"国王十字区。好吧。你不是第一个住在那里的挪威人。几年前，挪威有个主教什么的人到访这里，名字不记得了。总之，他在奥斯陆的工作人员帮他订了英皇十字饭店的房间，或许是因为名字有《圣经》相关的含意吧。主教与随行人员抵达时，一名经验老到的妓女看见他神职人员的打扮，滔滔不绝地跟他说了一堆香艳的提议。我只要一想起他们还没把行李搬上楼，主教就要退房的那一幕就……"

麦科马克笑到双眼泛泪。

"好了，霍利，今天有什么需要帮忙的吗？"

"长官，我可以在英厄·霍尔特的尸体送回挪威前，先看一遍吗？"

"肯辛顿进来后可以带你去一趟停尸间。不过你不是已经拿到验尸报告的副本了？"

"是，长官。我只是……"

"只是怎样？"

"觉得还是亲眼看到会比较好一点，长官。"

麦科马克转向窗户嘀咕了几句。哈利猜那应该是"随便你"。

南悉尼停尸间地下室的温度只有八摄氏度，与外头街道上的二十八摄氏度天差地别。

"有什么见解吗？"安德鲁浑身发抖地问，裹紧外套。

"没有。"哈利说，看着英厄的遗体。她的脸在摔落时受到的损伤较小。一侧的鼻孔裂开，颧骨被撞凹，但他还是能一眼认出，这张蜡黄的面孔与警方档案照里那名微笑的女孩是同一人。脖子上有黑色淤痕，身体其余部位则遍布淤青、伤痕与很深的割裂伤，其中一道甚至深可见骨。

"她父母想看照片，挪威大使解释这么做不太好，但律师很坚持。做母亲的不该看见女儿这副模样。"安德鲁摇了摇头。

哈利用放大镜观察颈部的淤伤。

"犯人用手勒死了她，用这种方式杀人不容易。凶手肯定很壮，要么就是相当激动。"

"再不然就是经验丰富。"

哈利望向安德鲁。

"这话什么意思？"

"她指甲里没有任何皮肤组织，衣服上也没有凶手的头发，就连指关节也没有擦伤。她死得很快，凶手的效率高到她甚至没机会反抗。"

"让你想起什么以前的案子吗？"

安德鲁耸肩。"只要干这行够久，所有谋杀案都会让你想起以前的案子。"

不，哈利想。还有另一种情况。只要干这行够久，你就会留意每一桩谋杀案的细节，并从细节区分出彼此的不同之处，使每件案子都显得独一无二。

安德鲁瞥了一眼手表。"再过半小时就要开早会了。我们最好赶快出发。"

调查小组的领导人是拉里·沃特金斯，一名有法律背景的警探，升职相当快。他的嘴唇很薄，头发稀疏，说话快速有效率且不带感情，也没有不必要的形容词。

"这人可以说缺乏社交能力，"安德鲁说，毫无修饰之意，"是个能力很强的警探，不过你绝对不会请他去通知受害者父母这种噩耗。他只要一紧张，就会脏话骂个不停。"他补充道。

沃特金斯的得力助手是谢尔盖·莱比，他总是精心打扮，顶着像南斯拉夫人的光头，蓄着黑色山羊胡，使他看起来就像穿着西装的恶魔梅菲斯特。安德鲁说，他通常不太信任这么讲究外表的人。

"但莱比不是真的骚包，只是很重视细节。除此之外，只要一有人和他聊天，他就习惯盯着自己的指甲看，这可不代表他是个傲慢的人。他还会在午休后清理自己的鞋子。别指望他会跟你多说什么，不管是关于他自己还是别的任何事情。"

小组中最年轻的成员是苏永。他体形瘦小，脖子像鸟一样细，是个开朗的家伙，脸上总挂着微笑。苏永一家人于三十年前从中国来到澳大利亚。十年前，苏永十九岁，父母回中国探亲，就此没了消息。如今，他得赡养祖父母及抚养两个妹妹，每天工作十二小时，其中至少有十小时面带微笑。"如果你有个烂笑话，记得说给苏永听。我保证他不管听到什么都会大笑。"安德鲁告诉他。此刻，他们全部聚集在一个窄小的房间里，角落处有台很吵的风扇，让空气多少流通了一点。沃特金斯站在众人前方的白板边，向其他人介绍哈利。

"这位挪威同行帮我们翻译了英厄房间里的那封信。霍尔，关于这点，你有什么消息可以跟大家分享一下吗？"

"霍——勒。"

"不好意思，霍利。"

"好吧……她显然刚跟一个叫埃文斯的人交往。按照信中内容来看，我们有充分的理由相信，桌上那张照片里与她手牵手的男人就是埃文斯。"

"我们查过了，"莱比说，"他应该就是埃文斯·怀特。"

"继续。"沃特金斯挑起他那双细眉说。

"我们没有太多他的相关资料。他的父母于二十世纪六十年代末从美国来到这里，拿到了居留证。当时要拿到居留证很简单。"莱比以一副开示的模样补充道，"总之，他们开着一辆露营车周游全国，餐单上可能只有素食、大麻与致幻剂。当时这算是常态。他们生了个孩子，后来离了婚。埃文斯十八岁时，父亲回美国去了，母亲则靠着科学论派与各种神秘主义的心灵教派来疗愈自己。她在靠近拜伦湾的地方开了一家叫'水晶城堡'的店，贩卖一些转运石和从泰国进口的垃圾，专门卖给游客和寻找内在灵魂的家伙。埃文斯十八岁时，决定从事越来越多澳大利亚年轻人选择的职业，"他说，转向哈利，"也就是啥都不干。"

安德鲁俯身轻声说："对那些想四处旅游、冲浪，用纳税人的钱享受人生的家伙而言，澳大利亚是个完美的地方。这里有最好的社交环境与最棒的气候。我们生活在一个美好的国家。"他又靠回椅背。

"当时他没有固定的住所，"莱比继续说，"但我们认为，直到前一阵子，他都和悉尼的白人游民一起住在郊区的一栋木屋里。我们到那里调查时，那些人说已经有一阵子没看到他了。他从来没被逮捕过，所以我们手上唯一的照片，恐怕是他十三岁时申请护照用的。"

"真了不起，"哈利由衷地表示，"这么短的时间内，可以借由一张照片与一个常见的名字，在一千八百万人中查出一个没有任何犯罪记录的人，你们是怎么办到的？"

莱比用头朝安德鲁一比。

"安德鲁认出了照片中的小镇。我们传真了一张照片给当地警察局，他们给了我们名字。他们说，他在那里算是个人物。这话的意思就是，他是大麻贩子。"

"那肯定是个很小的城镇。"哈利说。

"宁宾镇，人口只有一千出头。"安德鲁插话道，"那里的经济来源原本是乳制品，但一九七三年澳大利亚学生联盟插了一脚，在那里办了一场叫作'水瓶座音乐节'的活动，一切从此改变。"

笑声回荡在众人之间。

"这场音乐节的诉求，主要是理想主义、另类生活与回归自然之类的，但新闻的报道全集中在青少年吸毒与滥交这些事情上头。这场活动持续了十几天，但对某些人来说，它从没结束过。宁宾镇周遭的生长环境很好。在阳光照射下，什么东西都种得出来。这么说吧，我认为很久之前，乳制品就已经不是当地最主要的产业了。在主街上，你可以在距离当地警局五十米的地方，找到澳大利亚最开放的大麻市场。遗憾的是，就连致幻剂也是。"

"总而言之，"莱比说，"根据当地警方的说法，他最近又回到宁宾镇了。"

"新南威尔士州的州长就要对那里动手了，"沃特金斯插话，"联邦政府显然要求他对当地快速发展的毒品市场有所行动。"

"对，"莱比说，"警方用侦察机与直升机拍了不少大麻田的照片。"

"好了，"沃特金斯说，"我们得逮到那家伙。肯辛顿，你很清楚自己的任务。至于霍利，我想你应该不反对多看看澳大利亚这个地方。我会请麦科马克联络宁宾镇，知会他们你会过去一趟。"

7 利斯戈

他们与众多游客一同搭乘单轨电车前往达令港，在港口站下车后找了张看得见码头风景的户外桌子。

两个穿高跟鞋的长腿女人走了过去。安德鲁翻了翻白眼，吹了个口哨，十分不符合警察的身份。那两个女人在餐厅里转头，厌恶地朝他们瞥了一眼。哈利摇摇头。

"你朋友奥托怎么了？"

"伤透了心，他的爱人喜欢上了一个女人，他被抛弃了。他说，要是你的情人是个双性恋，那么最后通常都会因为女人而结束这段关系。不过他会撑过去的。"

哈利感觉到有雨滴落下，惊讶地发现就要下雨了。他几乎没注意到西北方已遍布厚重的乌云，正朝这里飘来。

"你光凭一张在屋子前拍的照片就认出那里是宁宾镇，这是怎么办到的？"

"宁宾镇？我没告诉过你我是个老嬉皮吗？"安德鲁笑着说，"很多人声称，根本没人记得起那里举办水瓶座音乐节时发生了什么。不过，至少我还记得主街那排房子的模样。那里看起来就像西部片里的非法小镇，全漆成了迷幻的黄色与紫色。好吧，说真的，我一直以为那些黄色与紫色只是不停嗑药产生的幻觉，直到我在英厄房间里看到那张照片。"

午餐结束后，他们回到会议室参加沃特金斯召开的另一场会议。苏永用计算机找到了一些有趣的案件记录。

"我查了新南威尔士州过去十年来没侦破的谋杀案，发现有四桩与这次的案件类似。尸体全被弃置在偏僻地带，其中两桩在掩埋场，一桩在森林边缘的路上，另一桩的尸体则漂浮在达令河上。这些女性可能全在其他地方遭到奸杀，接着才被弃尸在那里。最重要的是，所有人都是被勒死的，脖子上都有手指造成的勒痕。"苏永兴奋地说。

沃特金斯清了清嗓子："这个发现相当惊人。勒杀在奸杀案中是相当罕见的情形。苏永，这几件案子的地点分布情况如何？达令河在他妈的内陆，距悉尼超过一千公里。"

"很不幸，长官，我找不出任何地点上的相关之处。"苏永看起来真的十分遗憾。

"好吧，十年之间，有四个女人在全州各地被人勒死，也不算太……"

"还有一件事，长官。每名受害者都是金发。我是说，不算真的金发，但发色很淡，接近白色。"

莱比吹了个无声的口哨。桌旁的众人全安静下来。

沃特金斯仍抱着怀疑态度。"苏永，你可以针对这些案子统计一下吗？就当好奇吧，统计一下这些案子的显著性差异，在我们大喊'狼来了'以前，确认一下可能性是不是在合理范围内。以防万一，或许你该查查全澳大利亚的案件记录，包括尚未侦破的强奸案在内。或许我们能查到些什么。"

"这得花上一点时间。不过我会尽力而为，长官。"微笑又回到了苏永脸上。

"好了。肯辛顿，霍利，你们怎么还没去宁宾镇？"

"我们打算明天一早出发，长官。"安德鲁说，"我想先调查一件利斯戈市最近发生的强奸案。我觉得两者之间或许有什么关联。我们现在就要过去了。"

沃特金斯皱起眉头。"利斯戈？我们讲求团队合作，肯辛顿。这代表我们得动作一致，相互讨论，谁都不能擅自行动。就我所知，我们可从来没提起利斯戈的强奸案。"

"只是一种直觉，长官。"

沃特金斯叹了口气："好吧，麦科马克似乎觉得你有种第六感。"

"你也知道，长官，我们黑人比起你们白人，与超自然世界的关联更紧密一点。"

"我的部门绝不会把警方的工作建立在这种事情之上，肯辛顿。"

"只是开玩笑，长官。当然还有比这个更重要的原因。"

沃特金斯摇头："总之明天一大早就上飞机，可以吧？"

他们从悉尼驶上高速公路。利斯戈是个工业城市，人口在一万至一万二之间，但在哈利眼中，那里更像是中等规模的村庄。在警局外头的哨所顶端，有个警灯正不断闪烁着蓝光。

警长相当热情地接待了他们。他姓拉森，身材肥胖，性情开朗，有着厚厚的双下巴，在挪威有远房亲戚。

"老兄，你认识姓拉森的挪威人吗？"他问。

"还挺多的。"哈利回答。

"我就知道。我听格兰说，我们家族有一堆人在那里。"

"肯定是这样。"

拉森还清楚地记得那桩强奸案。

"还好，利斯戈不常发生这种事。那件案子是十一月初的事。她在工厂值完晚班，走路回家时，在小巷里被人绑了起来，拖进一辆汽车掳走。犯人用一把大刀威胁她，带她转进蓝山山脚的一条僻静的森林道路里，在后座强奸了她。当另一辆车在他们后方按喇叭时，犯人用双手勒着她的喉咙。那辆车的司机正要去小木屋，说他很惊讶，没想到会有情侣在这条冷清的森林道路上做爱。也正因为这样，他没有下车。当犯人回到前座准备移车时，那名女子设法从后车门爬出车外，朝前一辆车跑去。犯人知道这下玩完了，所以用力踩下油门，就这么跑了。"

"他们都没看到车牌号码？"

"没，当时很暗，一切都发生得太快了。"

"那名女子没看清楚那个人的长相？你有嫌疑人画像吗？"

"当然有。呃，算有吧。就跟我说的一样，当时太暗了。"

"我们有张照片。你有那名女子的地址吗？"

拉森走到文件柜前东翻西找，气喘吁吁。

"对了，"哈利开口，"她是不是金发？你知道吗？"

"金发？"

"对，很淡，接近白色。"

拉森喘得更加厉害，双下巴也晃动起来。哈利这才发现，原来他是在笑。

"我可不这么认为，老兄。她是个库里人。"哈利望向安德鲁。

安德鲁抬头看着天花板。"她是黑人。"他说。

"黑得跟木炭一样。"拉森说。

"所以库里是个部落？"他们开车离开警察局时，哈利问。

"不太算。"安德鲁说。

"不太算？"

"说来话长。白人来到澳大利亚时，原住民的数量有七十五万，许多部落遍布在澳大利亚各地，有超过两百五十种语言，其中好几种相差之大，就跟英语与中文一样。很多部落都已经消失了。由于传统部落结构瓦解，原住民开始使用更通用的语言。而住在东南方的原住民族群就被称作库里人。"

"你怎么会没先搞清楚她是不是金发？"

"一时疏忽。我肯定看错了。挪威的计算机屏幕不会闪个不停吗？"

"妈的，安德鲁，我们可没时间浪费在这种揣测上。"

"有，当然有。我们还有时间做些让你心情变好的事。"安德鲁说，突然右转。

"我们要去哪？"

"澳大利亚农业展示会，保证真材实料。"

"农业展示会？我晚餐有约，安德鲁。"

"哦？我猜是跟瑞典小姐吧？别担心，一下子而已。顺带一提，你身为挪威当局的警方代表，应该知道跟可能需要出庭作证的人私下交往，会有不太好的后果吧？"

"这顿晚餐是调查的一部分，这是不言自明的。我有很重要的问题得问。"

"你说了算。"

8 拳击手

市集位于相当空旷的地区，附近仅有零星的几家工厂与修车厂。拖拉机竞速决赛才刚结束，参加比赛的拖拉机停在大帐篷前方，浓浓的废气仍弥漫于整个区域。市集热闹嘈杂，各个摊位电话声与喊叫声此起彼落，每个人的手中似乎都拿着一杯啤酒，人人面带微笑。

"派对与生意的完美融合，"安德鲁说，"别假装挪威没有这种地方。"

"这个嘛，我们有市集，不过叫作展销会。"

"展……"安德鲁试着复述。

"当我没说。"

大帐篷处有几张大型海报，以巨大的红色字体写着"吉姆·奇弗斯拳击队"，下方有十名拳击手的照片，显然是拳击队成员。每个人都标注了姓名、年纪、出生地和体重等资料。底部写着：准备好接受挑战了吗？

里头的桌子前有一群年轻男子正排队在纸上签名。

"怎么回事？"哈利问。

"这些年轻人想尝试击败吉姆的拳击手，要是成功的话，就可以拿到丰厚的报酬，更重要的是，可以受到当地人的敬重，赢得名声。现在他们正在签署声明，表示自己身体健康，同意主办单位不需因为他们受伤担负任何责任。"安德鲁解释。

"什么啊，这合法吗？"

"这个嘛……"安德鲁迟疑了一下，"一九七一年有过禁令之类的东西，所以他们稍微改变了做法。一开始，也就是第二次世界大战后，吉姆·奇弗斯带着拳击队跑遍全国的集会与市集。吉姆拳击队里的许多成员后来都成了拳击冠军。队上总是有各个民族的人——意大利、希腊，还有原住民。当时，参赛者可以选择跟谁打一场。举例来说，要是你反犹太，就可以挑个犹太人，即使你被那名犹太人痛殴的概率更高。"

哈利笑了："这样不会加深种族歧视吗？"

"或许吧，但也可能不会。澳大利亚人已经很习惯跟不同文化与种族的人一同生活，不过多少还是会有些摩擦，真想打一架的话，在擂台上总比在街上好多了。原住民在吉姆拳击队里可以成为英雄，完全不会被问出身。他在所有的屈辱中创造了一点团结与荣誉感。我不认为这会加深种族间的隔阂。要是白人在这种情况下被黑人揍了一顿，这只会为黑人赢得更多尊重，而非招来仇恨。澳大利亚在这方面还挺有运动精神的。"

"你听起来简直就是个种族歧视的白人大老粗。"

安德鲁大笑："差不多吧，我是个没开化的野蛮人。一个来自内陆、不懂何谓文明的家伙。"

"可不是嘛。"

安德鲁笑得更加响亮。

第一回合开打。一名红发家伙戴着自己的手套，在一群支持者的簇拥下，走上前迎接对手。他身形矮小，肌肉结实，但对方那名吉姆拳击队的选手比他还矮小得多。

"势均力敌。"安德鲁说，一副经验丰富的模样。

"又是第六感？"哈利问。

"一看就知道了。红色头发，明显是爱尔兰人，通常都是狠角色。这场肯定激烈。"

"上啊，约翰尼，上！上！上！"那群支持者大喊。

这句加油口号重复了还不到三次，比赛便已告终。约翰尼的鼻子被打了三拳，不愿继续下去。

"爱尔兰人都不像爱尔兰人了。"安德鲁叹气。

扩音器发出杂音，主持人介绍吉姆拳击队中外号"穆里"的罗宾·图文巴和身材高大的当地参赛者——外号"大厅"的博比·佩因。博比从绳圈上一跃而过，引起一阵热烈欢呼。他脱掉上衣，露出满是胸毛的壮硕胸膛与鼓胀的二头肌。一名白衣女子在擂台边不断跳动。博比给了她一个飞吻后，在两名助手的协助下系紧拳击手套。图文巴从绳索间跨进擂台时，四周则尽是嘘声。他的身形笔挺，肤色黝黑，长相迷人。

"穆里是什么意思？"哈利问。

"昆士兰的原住民。"

那帮约翰尼的支持者把"博比"这个名字套用在他们原本的口号中，又开始生龙活虎起来。锣声响起，两名选手同时接近对方。白人体形较大，几乎比黑人对手高上一个头，但就算是外行人也可轻易看出，他的动作不如图文巴那般轻盈优雅。

博比冲上前，朝图文巴挥出一记导弹般的重拳，图文巴摇晃着身体向后移动，闪过攻击。观众发出懊恼的叫声，白衣女子则尖声喊着加油。博比连续挥出几拳，全被图文巴闪过。他小心翼翼地挥出右拳试探，击中博比的脸。博比踉跄着向后退了两步，模样又惊又怒。

"我应该在他身上押两百块。"安德鲁评论。

图文巴绕着博比，挥出几记刺拳，在博比挥舞粗如树干的手臂时，一派轻松地往后闪开。博比气喘吁吁，发出受挫后的怒吼，图文巴则露出一副这情景很稀奇的模样。观众开始吹口哨。图文巴举起一只手，像是对观众致意，接着击向博比腹部。他弯下腰来，就这么待在擂台角落。图文巴后退两步，像是为博比感到担忧。

"解决他，你这个臭黑鬼！"安德鲁大喊。图文巴惊讶地转过身来，面带微笑，单手高举过头，挥舞了一下。

"别站在那里傻笑，快搞定他，笨蛋！我在你身上下了注！"

图文巴转身准备结束比赛，但他正要挥出最后一击时，锣声响起。主持人拿起麦克风时，两名拳击手已朝各自的角落走去。那名白衣女子站在博比那一块，口中不断咒骂，他的一名助手递给他一瓶啤酒。

安德鲁十分生气地说："罗宾是个滥好人，不想真的让那个白小子受伤。但他好歹也该把我买他赢这件事放在心上。真是个没用的家伙。"

"你们认识？"

"对，我认识罗宾·图文巴。"安德鲁说。

锣声再度响起，这回博比站在角落等候图文巴过来，后者则果断地迈出步伐迎上前去。博比高举双臂保护头部，图文巴则朝他身体轰上一拳。博比无力地向后靠在绳圈上。图文巴转头，以恳求的眼神看着身兼裁判的主持人，希望他能叫停。

安德鲁再度大喊，但为时已晚。

博比挥出一拳，让图文巴飞了起来，重重落在擂台的帆布地板上。他摇摇晃晃地起身，一脸茫然，博比则像飓风般展开攻击。这波攻势毫无间断，拳拳到肉，图文巴的头被打得来回晃动，像乒乓球似的，一侧鼻孔流出血丝。

"妈的！骗子！"安德鲁大喊，"他妈的，罗宾，你中计了。"

图文巴的双手举至面前，逐步后退，博比则紧跟不放，不断挥出左拳，接着又是力道十足的右勾拳重击。观众陷入狂热状态。那名白衣女子又站了起来，尖声大喊他名字的第一个字。她音拉得很长，声音刺耳不已："博——"

那群欢呼者马上换上他们的新口号，让主持人不禁摇头。"上啊，博比，上！上！上！博比最棒！"

"就这样了。要结束了。"安德鲁丧气地说。

"图文巴输了？"

"你疯了不成？图文巴会宰了那个浑蛋。我原本还希望今天不会太吓人呢。"

哈利集中精神，试着像安德鲁那样看出端倪。图文巴向后倒至绳圈上头，在博比朝他的腹部狠狠挥上一拳时，几乎已呈放弃状态。有那么一刻，哈利以为图文巴睡着了。那名白衣女子扯着图文巴身后的绳圈。博比改变策略，转而攻击头部，但图文巴前后移动身体，闪过这波攻势，动作缓慢、慵懒、流畅，就像蛇似的，哈利想，就像一条……

眼镜蛇！

博比的拳头才挥至一半，动作便停顿下来，头朝左侧半转，表情看起来像是突然想起了什么事情，接着双眼向上翻，护齿滑落，鲜血自断裂鼻梁的伤口中流出，几乎是喷出的。图文巴等了一会儿，直至博比往前倾时，才又补上一拳。帐篷内一片死寂，当第二拳击中博比的鼻子时，哈利听见一声吓人的骨折声响，而那名女子仍在尖叫着他的名字：

"——比！"

博比头部溅出一片汗水与鲜血混合成的红雾，洒在擂台角落。

主持人冲上前去，做出比赛结束的手势，此刻却已显得多此一举。篷内仍然一片寂静，只有白衣女子从中央走道走出帐篷时发出的脚步声。她的衣服正面溅满了血，脸上一副和博比一样惊讶的神情。

图文巴试着扶博比起身，但两名助手将他推开。现场响起零星掌声，随即又微弱下来。主持人走上前，高举起图文巴的手。嘘声开始越来越大，安德鲁摇了摇头。

"肯定有不少小伙子把他们的钱押在本地的拳王头上，"他说，"一群白痴！走吧，我们去拿钱，然后找那个笨蛋穆里谈一下正经事。"

"罗宾，你这个浑蛋。你应该被抓去关起来才对——我说真的！"

图文巴正用一条包着冰块的毛巾敷着眼睛，露出灿烂的微笑。

"小鬼！我就知道听到你的声音了。你又开始赌博？"图文巴轻声说，声音立即让哈利联想到那类让人乐意倾听的人，听起来温柔舒服，一点也不像刚刚打断别人鼻子的人，更别说对手体形几乎是他的两倍。

安德鲁哼了一声。"赌博？在我的时代，把钱押在奇弗斯选手身上，从来都不能算是赌博。不过现在我不确定了。你竟然会中了那个白人臭小子的计？今时不同往日喽！"

哈利清了清喉咙。

"哦，对了，罗宾，跟我朋友打声招呼。这位是哈利·霍利。哈利，这位是昆士兰最讨人厌的无赖和虐待狂罗宾·图文巴。"他们握手致意，哈利觉得自己的手像是被一道门夹住了似的。他挤出一句"你好吗"，得到一个带着灿烂微笑的回答："好到没话说，老兄。你好吗？"

"从没这么好过。"哈利说，按摩着自己的手。

这种澳大利亚式握手实在对身体有害。安德鲁表示，打招呼的重点在于要超乎想象地夸张，要是淡淡的一句"我很好，谢谢"，会被认为过度冷淡。

图文巴用大拇指朝安德鲁一比："说到无赖，小鬼告诉过你，他以前也是吉姆·奇弗斯的拳击手吗？"

"关于……呃，小鬼的事情，我还有很多不知道的部分。他是个神秘的家伙。"

"神秘？"图文巴大笑，"他话可多了。你只要开口问一下，小鬼就会告诉你所有你想知道的事。不过他肯定没告诉你，他之所以离开吉姆拳击队，是因为别人认为他太危险了。是真的。小鬼，你摸着良心说，你打断了多少人的颧骨、鼻子和下巴？每个人都认为他是新南威尔士州最优秀的年轻拳击手，不过有个大毛病——根本没有自制力，也完全不守规矩。最后，他把一个裁判揍倒在地，只因为他觉得对方太早叫停比赛。这就是小鬼！要我说，这根本就是嗜血。结果小鬼就这样被禁赛了两年之久。"

"是三年半，多谢解说！"安德鲁笑着说，"我告诉你，那裁判是个如假包换的烂货，我只不过轻轻碰他一下，他竟然就把锁骨给摔断了，你能想象吗？"

图文巴与安德鲁鼓掌大笑，笑弯了腰。

"我在打拳时，罗宾甚至还没出生。他只是说出我告诉他的故事而已，"安德鲁说，"我只要有空就会去照顾一些社会底层的孩子，罗宾就是其中之一。我们安排了拳击课程，同时告诉他们一些我的遭遇，内容半真半假，借此让他们了解控制自我的重要性，有点吓吓他们的意思。不过罗宾显然没搞懂这些，反而步了我的后尘。"

图文巴变得一脸严肃："我们通常都很规矩，哈利，会先给他们一点警告，接着才认真动手，好让他们知道谁是老大，你懂我的意思吗？这样子他们才会尽早认输。不过刚刚那家伙的确挺能打的，说不定真的会伤到别人。像这种人就该得到应有的教训。"

门开了。"去你的，图文巴，你是嫌麻烦不够多吗？你打断了本地警察局长女婿的鼻子。"那名主持人一脸愤怒，朝地板上重重地吐了口痰，声音响亮，像是以此强调怒气。

"单纯只是反射动作而已，"图文巴说，看着那口棕色的痰，"以后不会再犯了。"他偷偷朝安德鲁使了个眼色。

他们站了起来。图文巴与安德鲁拥抱了一下，用哈利听不懂的语言快速交谈几句。他拍了拍图文巴的肩膀，让握手这件事显得多此一举。

"你们刚刚说的是哪种语言？"哈利上车后问。

"哦，那个啊，那是一种克里奥尔语，是英语跟原住民语言的混合语。澳大利亚有很多原住民都用这种语言交谈。你觉得刚刚的拳击赛如何？"

哈利想了一下才回答："看你赢了点钱还挺有趣的，不过现在这个时候，我们原本应该到了宁宾镇才对。"

"要是没跑这一趟，你今晚就没法去悉尼了，"安德鲁说，"你也就不能跟那个女孩约会，接下来就没戏唱了。我们在讨论的，可能是你未来的老婆跟两个小霍利的妈呢，哈利。"

东半球的太阳落下时，他们行经树木与低矮的房屋，一同笑了起来。

他们抵达悉尼前天便暗了。但位于市中心的电视信号塔就像一个巨大的灯泡，为他们指出方向。安德鲁驶进环形码头，歌剧院就在不远处。一只蝙蝠迅速地在车灯前不断飞舞。安德鲁点燃一支雪茄，示意哈利留在车上。

"对原住民来说，蝙蝠是死亡的象征。你知道吗？"

哈利不知道。

"想象一个地方，那里的人与世隔绝了四千年之久。由于海洋将他们与最近的大陆隔绝开来，所以换句话说，他们没经历过犹太教的时代，更别说基督教与伊斯兰教了。就算如此，他们还是靠想象力创造了自己的来历。深爱所有生命，并致力于照顾他们的造物主拜阿米，创造了第一个人类贝鲁克伯。反正这个拜阿米是个大好人就对了，也有人会叫他'伟大的父爱圣灵'。拜阿米把贝鲁克伯与他的妻子安排在一个很棒的地方生活，并在附近留下一棵刻有他印记、叫作'雅伦'① 的圣树，而那里则是一群蜜蜂的家。

"'你可以从任何地方拿取你想要的食物，我把整个国度都赐给了你，但这棵树仍是我的，'他对两个人这么警告，'要是你们尝试从那里拿取食

---

① 一种澳大利亚金合欢树，"雅伦"为音译。

物，就会有许多不幸降临，紧紧跟随你们。'总之大概就是这类话吧。有一天，贝鲁克伯的妻子正在收集柴火，来到了雅伦树那里。一开始，她被眼前圣树的高耸程度吓了一跳，但由于周围的木材实在太多，所以她并没有顺从内心的第一个冲动——拔腿就跑。再说，拜阿米也没提过木柴的事。当她在圣树周围收集柴火时，听见头上有嗡嗡声掠过，于是抬头看向蜜蜂，看见从树上顺着树干流下的蜂蜜。过去她只尝过一次蜂蜜，而这里的数量足够吃上好几餐。蜂蜜在太阳的照射下闪闪发亮。最后，贝鲁克伯的妻子无法抗拒诱惑，爬上了树。

"就在那个瞬间，一阵冷风从上方吹来，一道邪恶的巨大黑色翅膀的阴影笼罩着她。那是一只叫作纳拉登的蝙蝠，是拜阿米派来守护圣树的。那女人跌至地上，回头跑进山洞里躲了起来。不过为时已晚，她把死亡释放到了世上，那只名叫纳拉登的蝙蝠就是象征，所有贝鲁克伯的后人都会受这个诅咒影响。雅伦树为了这场悲剧流下苦涩的泪水。泪水沿树干流下，逐渐变厚，也就是现在树皮上会有红色橡胶的原因。"

安德鲁开心地抽着雪茄。

"跟亚当和夏娃是同一套戏码，对吧？"

哈利点头，承认的确有许多相似之处："或许，这是因为人类不管住在地球上的什么地方，不知为何，都会享有相同的幻想与想象力。这是我们的天性，就像连接到同一个硬盘似的。就算我们有许多不同之处，也迟早会得到相同的答案。"

"希望如此，"安德鲁说，在烟雾中眯起双眼，"希望如此。"

9　水母

比吉塔九点十分抵达时，哈利已喝完了第二杯可乐。她身穿纯白棉质连衣裙，一头红发扎成令人印象深刻的马尾。

"我正要担心你不会来了。"哈利说。这通常是句玩笑话，但他是认真的。从他们约好的那一刻起，他便开始担心了。

"真的？"她用瑞典话说，对哈利露出调皮的表情，让他觉得这会是个很棒的夜晚。

他们点了泰式猪肉绿咖喱、腰果鸡肉锅、澳大利亚霞多丽白葡萄酒与巴黎水。

"我得说，我没想到会遇见远离故乡的瑞典人。"

"不用意外，澳大利亚大概有九万瑞典人吧。"

"什么？"

"大多数是在第二次世界大战前移民来的，但二十世纪八十年代瑞典失业率上升，也有很多年轻人选择留在这里。"

"我还以为瑞典人还没抵达海峡旁的赫尔辛格，就会开始想念他们的肉丸和仲夏夜舞会了。"

"你想到的肯定是挪威人。你们真是疯了，你们这些人！我在这里遇见的挪威人，全都是待不了几天就嚷着想回家，两个月后，他们还真的回挪威去了，而且是穿着羊毛衫回家！"

"但英厄不是？"

比吉塔静了下来："对，英厄不是。"

"你知道她为什么待在这里吗？"

"可能跟我们大多数人一样吧。你来度假，爱上了这个国家，它的气候、悠闲的生活方式，不然就是爱上了什么人，接着去申请延长居留。北欧女孩要在酒吧找到工作不算太难，突然间，你就会待得越来越久，要留下来实在太容易了。"

"你也是？"

"或多或少吧。"

他们沉默了一会儿，只是吃着东西。咖喱又浓又稠，十分美味。

"你对英厄的男友了解多少？"

"就跟我说的一样，有天晚上，他突然出现在酒吧。他们是在昆士兰认识的，我想应该是弗雷泽岛吧。他看起来像是你以为早就销声匿迹的那类嬉皮士，只是没想到这种文化竟然在澳大利亚保存得好好的。他绑着长辫子，一身色彩缤纷的宽松衣服，就像是要走进伍德斯托克的海滩一样。"

"伍德斯托克是在内陆，纽约那里。"

"他们不是会在那里的一个湖游泳吗？我好像还有点印象。"

哈利仔细地观察她。她俯身吃着食物，模样十分认真。雀斑集中在她的鼻子上。哈利觉得她漂亮极了。

"你应该不清楚那件事吧，你太年轻了。"

她大笑："那你呢？已经过了那个年龄了吗？"

"我？有时会这么觉得吧。这种感觉跟这一行有关，内心会老得很快。不过我希望自己还不至于那么身心俱疲，从今以后活得像个行尸走肉。"

"啊，你好可怜噢……"

哈利露出苦笑："或许你会这么想吧，但我可不是要借这种话来激起你的母性本能。虽然这可能是个好点子，但我只是说出事实而已。"

服务生经过他们，哈利趁机又点了一瓶水。

"每次你侦破一件谋杀案，就会因此受点伤。不幸的是，案子通常都是由人性的挫败感引发的，全是些悲惨的故事，没有什么引人入胜的动机，与你想象中的阿加莎·克里斯蒂的推理小说不同。一开始，我把自己看成伸张正义的骑士，但有时，我觉得自己更像垃圾桶。凶手通常都是些讨厌鬼，你甚至很难举出十种不同的理由，来说明他们为什么会犯下这种事。所以，这些事通常会让你感到挫败，觉得他们干吗不干脆自我了断，而要拖着别人下水。这些话听起来或许太沉重了……"

"对不起，我不是故意要讽刺你的。我懂你的意思。"她说。

街上吹来微风，餐桌上的烛火摇曳闪烁。

比吉塔告诉哈利，她在四年前与男友在瑞典收拾行囊出发，坐着公交车一路旅行，自悉尼搭便车到凯恩斯，并在帐篷或背包客旅馆中过夜，做些服务生与厨师的工作，在大堡礁潜水，与海龟及锤头鲨共泳等。他们计划在乌卢鲁存钱，搭火车从阿德莱德前往艾丽斯斯普林斯，去墨尔本听拥挤的房子乐队的演唱会，没想到却在悉尼的一家汽车旅馆里遇到了瓶颈。"很奇怪，一切可以如此顺利，却也可以突然间就……出了问题。"

"问题？"

比吉塔有些犹豫，或许是认为自己告诉这个挪威人太多事，太过坦白了。

"我真的无法解释。一路上我们丢失了我们之间的什么东西，而且不以为然。我们的目光不再投射到彼此身上，很快地，也不再碰触对方，变得就跟旅伴差不多，仿佛只是因为双人房比较便宜，有两顶帐篷会比较安全才同行的。他在努沙认识了一个德国人，是个有钱人家的女儿，所以我继续上路，让他好好享受一下风流韵事。我一点也不在乎。等他抵达悉尼时，我告诉他自己爱上了一个认识不久的美国冲浪客。我不知道他相不相信，或许他很清楚，我只是给了彼此一个结束一切的借口罢了。我们试着在悉尼的汽车旅馆里吵架，但连吵都吵不起来。所以我叫他先回瑞典，我之后再跟上。"

"所以他比你先回到瑞典好一阵子了。"

"我们在一起六年。要是我说我不太记得起他的模样，你会相信吗？"

"信。"

比吉塔叹了口气："我没想到会变成这样。我原本相信我们会结婚生子，住在靠近马尔默郊区一栋带花园的房子里，门前台阶上还放着《南瑞典日报》。而现在……现在我已经很难记起他的声音，或与他做爱的感觉，或……"她抬头望向哈利，"或是在我喝了几杯酒，话说个不停时，他会怎么彬彬有礼地叫我闭嘴。"哈利笑了。她对哈利一口酒也没喝这件事未置一词。

"我这不是彬彬有礼，只是听得入神而已。"他说。

"要是那样，你也得说出你自己的事才行，而不只是告诉我，你是个警察。"

比吉塔靠在桌子上。哈利告诉自己视线不要往下移。他可以闻到她的香味，并贪婪地吸着那股芬芳。他可不能让自己上当。像是卡尔·拉格斐与克里斯汀·迪奥那些狡猾的浑球做出来的衣服或香水，实在很容易让穷人就这么被蒙骗过去。

她的味道太迷人了。

"好吧，"哈利起了话头，"我有个妹妹，母亲已经过世了。我住在奥斯陆德扬区一栋没办法摆脱的房子里。我没有什么跟人长久交往的经历，只有一个曾在我心里留下印记。"

"真的？所以现在也没交往对象？"

"不算有吧。我跟几个女人有着没什么意义的单纯关系，如果她们不打电话给我，我才会偶尔打给她们。"

比吉塔皱起眉头。

"怎么了？"

"我不确定自己能不能接受这种男人。女人也是。这方面我比较老派。"

"这是当然，我早就把这些关系全抛开了。"哈利说，举起装着矿泉水的玻璃杯。

"另外，我不确定自己是不是能接受你这种油嘴滑舌的答案。"

"那你喜欢哪种男人？"

她用手托着下巴，双眼放空，思索着这个问题。"我不知道。我想我比较清楚自己不喜欢哪种男人。"

"那你不喜欢怎样的男人？除了油嘴滑舌的。"

"喜欢查岗的那种。"

"吃过不少苦头？"

她笑了。"给你一个提示，大情圣。要是你想勾引女人，就得让她觉得自己独一无二，让她觉得享有别人无法得到的特殊待遇。在酒吧里勾搭女孩的人都不懂这个道理。不过我想对你这种放荡不羁的人来说，这点应该无关紧要吧。"

哈利放声大笑。"我说的几个其实只有两个而已。会说几个，是因为这样听起来不羁一点，比较……像有三个或更多。附带一提，其中一个自她说自己又开始与前任联络后，我们就再没碰过面了。她很感激我，因为我始终没让这段关系变得太复杂，而且也……我猜，应该可以说是不具有任何意义吧。至于另一个女人，在我们开始那段关系时，我就始终坚持自己只负责让她可以保有一点性生活，一旦有谁找到了对象，这段关系就得停止。等等，为什么我得为自己辩解这些？我只是个连跳蚤都不会伤害的普通男人。你这是暗示我在对什么人放电吗？"

"当然，你明明就是在对我放电。别装了！"

哈利没否认："好吧，我表现如何？"

她花了很长时间啜饮一口酒，思考着这个问题。

"大概是 B 吧，我猜。中等分数。不对，就是 B 没错……你的表现还不赖。"

"听起来像是 B−。"

"差不多喽。"

港口的天色已暗，几乎空无一人，一阵清风扑面而来。在通往灯火通明的悉尼歌剧院的台阶上，有一对超重的新郎与新娘正摆出姿势让摄影师拍照。他不断指挥那对新人左右移动。他们在移动庞大的身躯时，一副恼怒的模样。最后，他们总算达成共识，而这场在歌剧院前的夜间摄影，则在微笑、大笑，可能还带着些泪水的情况下告一段落。

"这就是人家说的喜气扬扬。"哈利说，"在瑞典也这么讲吗？"

"对，一样，你在瑞典肯定也是一副喜气扬扬的模样。"比吉塔取下发带，站在港口栏杆旁吹着微风，面对歌剧院。

"嗯，你肯定会。"她又重复一次，就像是自言自语。她把长着雀斑的鼻子转向大海，一头红发被风拂起。

她看起来就像一只水母。哈利不知道水母原来可以美成这样。

10　名为宁宾的小镇

飞机降落在布里斯班时，哈利的手表指向十一点，空姐广播时却说现在才十点。

"昆士兰州没有夏令时，"安德鲁告诉他，"对这里来说这是个很重要的政治问题，最后还是用投票决定的，这里的农民全投了反对票。"

"哇哦，听起来像我们到了什么大老粗的国家似的。"

"差不多，老兄。直到几年以前，这个州还不准留长发的男人入境，禁令相当严格。"

"你是在开玩笑吧？"

"昆士兰州是个挺特别的地方。或许他们不久之后就会禁止光头了吧。"

哈利摸着自己接近平头的头发："我在昆士兰州还有什么特别需要留意的吗？"

"如果你口袋里有大麻的话，最好留在飞机上。昆士兰州的毒品法规比其他州还要严格。水瓶座音乐节会选在宁宾镇举办并非凑巧，因为那个小镇正好位于边境，属于新南威尔士州。"

他们找到了租车公司，那家公司通知过他们车子已准备妥当，正等着他们上路。

"另一方面，昆士兰也有像弗雷泽岛这种地方，英厄就是在那里认识埃文斯的。那座岛其实没比一个大沙洲大到哪里去，不过那上头有一座热带雨林，世界上最清澈的湖泊，还有白到不行的沙滩，简直像大理石做出来的。那个一般称作硅沙，因为其中硅的含量比一般沙子高出许多。说不定都可以直接做成计算机了。"

"富足之乡，对吧？"柜台后方的家伙说，把车钥匙递给他们。

"福特护卫者？"安德鲁皱着眉头，但还是签了名，"这种车还跑得动吗？"

"政府优惠项目，警官。"

"还用你说。"

太阳炙烤着太平洋高速公路，在他们前方，布里斯班地平线上的玻璃与石头看起来就像水晶吊灯一样闪闪发光。

他们在高速公路上往东行驶，一路上尽是起伏的乡村绿地，在森林与农田间交错出现。

"欢迎来到澳大利亚的内陆。"安德鲁说。

他们经过一群正在吃草的牛，牛群用昏昏欲睡的眼神望向他们。

哈利笑了起来。

"怎么了？"安德鲁问。

"你看过美国漫画家拉森的那则漫画吗？里面有群用两只脚站着的牛，正在草地上闲聊，其中有头牛对大家发出警告：车来了！"

一阵沉默。

"拉森是谁？"

"算了。"

他们经过几栋低矮的木屋，屋前有阳台，门口挂着蚊帐，每栋屋外都停着一辆小货车。他们驶经一群体形健硕的驮马，它们用哀怨的眼神看着他们，围栏内拥挤的猪则开心地在泥地里打滚。道路越来越窄。约莫午餐时间时，他们在一座路标上写着"乌基"的小镇停车加油，路牌上写着这座小镇曾有两年被评为澳大利亚最干净的城镇，但并未说去年的赢家是哪座城镇。

"我的妈呀。"他们驶进宁宾镇时,哈利如此说道。

镇中心长约一百米,四处漆满了彩虹般的各种颜色,以及一群像是从哈利收藏的喜剧二人组奇客和钟的电影录像带里走出来的角色。

"我们回到一九七〇年了!"他喊着说,"我是说,你看那里,简直就是彼得·方达与贾妮斯·乔普林抱在一起嘛。"

他们沿街道慢慢向前驶,街上那些像是在梦游的人纷纷望向他们。

"真是太妙了。我从来没想过还会有这种地方。简直会把人笑死。"

"为什么?"安德鲁问。

"你不觉得很有趣吗?"

"有趣?我只知道,现在看起来,这些梦想家的确很容易被人当成笑话。我知道,现在新生代觉得,当时那些抽大麻的人所谓的爱的力量根本什么也不是,只懂得弹弹吉他,读读自己写的诗,一时兴起就和别人做爱。我也知道,伍德斯托克音乐节那些创办人后来都系着领带去面试,调侃着回顾当时那些想法。现在对他们而言,那些事情都太天真了。但我也知道,要是没有那个年代所主张的理想,现在的世界肯定会大不相同。像'爱与和平'这种口号现在可能是陈词滥调吧,但当时我们是认真的,而且深信不疑。"

"安德鲁,你当嬉皮士是不是有点太老了?"

"是啊,我是老了。我是退伍的嬉皮士,一个奸诈鬼。"安德鲁笑了,"很多女孩都在安德鲁叔叔的引导下,献出了第一次,就此进入复杂神秘的性爱世界。"

哈利拍了拍他的肩膀。"我还以为你是认真在谈理想主义,你这个老色鬼。"

"我当然是在谈理想主义，"安德鲁愤慨地说，"我怎么能把这些青涩得像脆弱花朵般的姑娘留给那些满脸青春痘的笨拙少年，让她们在七十年代剩下的日子饱受创伤？"

安德鲁朝窗外瞥了一眼，笑出声来。一名留着长发与胡须的男人身穿紧身上衣，坐在长椅上，举起两根手指比出和平的手势。一辆老旧的黄色露营车外挂着块写着"大麻博物馆"的牌子，下方则有一段字体较小的文字：门票一美元。要是付不起，进来就对了。

"这是宁宾镇的大麻博物馆，"安德鲁解释，"里头全是些垃圾，不过我记得有些有趣的照片，是作家肯·克西、杰克·凯鲁亚克与其他先驱者那场墨西哥之旅的照片。当时他们正在做实验，想用药物增强人的意识。"

"那时致幻剂还没被当作危险物品？"

"就连性爱也很健康。真是段美好时光，哈利·霍利。老兄，你当时真应该在这里的。"

他们把车停在主街上，再走回来。哈利取下他的雷朋墨镜，试着让自己看起来像普通人。今天显然是宁宾镇上的平常日子，哈利与安德鲁被此起彼伏的叫卖声团团包围。"好货！这是澳大利亚最好的货，老兄……这货是从巴布亚新几内亚来的，包你爽翻。"

"巴布亚新几内亚，"安德鲁哼了一声，"就算这里是大麻界的首都，走在路上的人还是会觉得大麻的产地越远，质量就越好。要我来说，澳大利亚人就吃这套。"

一名纤瘦的怀孕女子坐在"博物馆"前的椅子上，向他们挥了挥手。她看起来从二十到四十岁之间都有可能，身穿宽松且颜色鲜艳的裙子，以及下半段扣子解开的衬衫，露出如鼓一般紧绷突起的腹部。她看起来有点面熟，哈利心想。从她瞳孔的大小来看，哈利能断定她今天的早餐里肯定含有比大麻还强效的玩意儿。

"你们在找什么别的东西吗？"她说，留意到他们一点也不想买大麻。

"不——"哈利开口。

"致幻剂。你们想找致幻剂对不对？"她倾身向前，语气热切。

"不对，我们不是要买致幻剂，"安德鲁坚定地低声说道，"我们是在找别的东西，你懂我的意思吗？"

她凝视着他们。安德鲁做了个要离开的动作，但她跳了起来，拉着他的手臂，动作显然没因怀孕受到影响。"好吧，不过不能在这里。十分钟后，到那边的酒吧找我。"

安德鲁点头。她挺着大肚子，转身快步沿街道离去，一只小狗跑在她身后。

"我知道你怎么想，哈利。"安德鲁点燃一支雪茄，"这样骗一个好心妈妈，让她以为我们会买点海洛因不算什么好事。警察局就在离这里一百米的街上，我们可以从那里打听到埃文斯·怀特的消息。不过我有个预感，这么做会快得多。走吧，我们去喝杯啤酒，看看会发生什么。"

半小时后，好心妈妈带着一名男人走进空无一人的酒吧，一同找着他们两个的踪影。那人就像演员克劳斯·金斯基扮演的德古拉伯爵，苍白，精瘦，一身黑衣，就连双眼下方也有着相同的黑色眼袋。

"你瞧，"安德鲁低声说，"你根本没办法指责他从不尝自己卖的东西。"

好心妈妈与翻版的金斯基径直朝他们走来。后者完全没有浪费时间的意思，直接跳过了闲聊阶段。

"要多少？"

安德鲁一副正襟危坐的模样，背对着他们。"我希望人越少越好，到时再谈钱的事情，先生。"他头也不回地说。

金斯基撇了撇头，好心妈妈随即满脸不悦地离去。她的酬劳可能是以抽成计算，哈利猜，她与金斯基之间的信任关系，就跟一般瘾君子之间的关系一样：根本不存在。

"我身上什么也没带，如果你是警察，我就把你的睾丸给割了。先让我看钱，再一起离开这里。"他说得很快，相当紧张，不断左顾右盼。

"很远吗？"安德鲁问。

"走几步就到了，不过可以让你享受很——久。"他微笑着说，稍微露出牙齿又马上合上了嘴。

"很好，老兄。坐下，把嘴给我闭上。"安德鲁说，亮出警徽。金斯基僵住了。哈利站起身，拍了拍腰带后方。他根本不可能去检查哈利身上是否真有武器。

"这是什么业余戏码？我说过了，我身上什么也没带。"他挑衅地说，用力在安德鲁对面的椅子上坐下来。

"我想你应该认得本地的警长和他的助手吧？他们或许认得你。不过，他们知道你连白粉也开始卖了吗？"

那人耸了耸肩。"有人提到白粉吗？我还以为我们是在谈大麻生意——"

"当然。没人提到毒品的事，只要你提供一点消息，就不会有人提起这件事。"

"你是在开玩笑吗？你觉得我会听信两个根本什么证据都没有的外地警察，就去冒打小报告然后被人宰掉的风险——"

"打小报告？我们在这里碰头，只可惜没能就商品的价格达成共识，就这样罢了。你甚至还有证人，可以证明我们在这里只是单纯做点买卖。照我们说的做，你就永远不会再见到我们，这里的任何人都不会再见到我们。"

安德鲁点燃一支雪茄，眯眼看着桌子对面那个可怜的毒虫，朝他的脸吐出一口又一口的烟。

"要是没得到我们要的消息，说不定离开这里时，我们会亮出警徽，随便抓两个人走，或许可以让你在这里的知名度增加一些？我不知道这里对付告密者的方式是不是割掉他们的睾丸。照理说，抽大麻的都是些爱好和平的人。不过，他们也知道一两种稀奇古怪的招式吧。要是警长意外地没有发现你的全部存货，我倒也不奇怪。你很清楚，药头们肯定不会喜欢看到竞争对手有好货，更别说那种会打小报告的毒虫了。我敢说，你一定很清楚买卖大量海洛因的相关惩处，对吧？"

弥漫在金斯基面前的蓝色雪茄的烟更多了。不是每天都有这种朝一个浑蛋的脸上不断吐烟的机会，哈利心想。

"好了，"眼见对方没有任何反应，安德鲁又开口说道，"埃文斯·怀特，告诉我们他是谁，人在哪里，还有该怎么抓他。现在就说！"

金斯基环顾四周，他那双颊消瘦的大头在细瘦的脖子上左右转动，看起来像是一只盘旋在一堆尸体之上的兀鹰，焦急地确认狮子会不会再度回头。

"就这样？"他问，"没有其他要问的事了？"

"没有。"安德鲁说。

"我怎么知道你会不会跑回来打听更多事情？"

"你是不知道。"

他点了点头，仿佛早就料到这会是他得到的唯一答案。

"好吧。他现在还不算大人物，不过我听说他正在冒出头来。他之前帮鲁索女士，也就是我们这里的大麻皇后做事，不过现在正试着独立门户。大麻、致幻剂，或许还有一点吗啡吧。大麻就跟这里其他人卖的一样，全是本地货。不过他肯定跟悉尼那边有什么关系，用大麻跟那里交换了一些还不赖的致幻剂，价格还很便宜。现在只有致幻剂才有市场。"

"我们要去哪里找到埃文斯？"安德鲁问。

"他在悉尼待了一段时间，不过前几天我在镇上遇过他几次。他带着小孩，跟一个从布里斯班来的、过去常在这一带出没的娘们一起。我不知道她现在人在哪里，不过那孩子肯定在他宁宾镇的那栋公寓里。"

他告诉他们公寓的地址。

"埃文斯是怎样的人？"安德鲁继续逼问。

"这要怎么说？"他搔了搔根本没有的胡子，"就是个迷人的浑蛋，通常是这么说的吧？"

安德鲁与哈利不知道人们通常是不是这么形容的，但还是点了点头。

"他做生意挺正直的，不过我要是女孩的话不会想成为他的马子，不知道这么说你们能不能理解。"

他们摇了摇头，的确不懂他在说些什么。

"他是个花花公子，不是那种只跟单一对象交往的人。常常听到他的女人吵个不停，又叫又骂，每隔一阵子就出现那种吵到送对方熊猫眼的状况也不稀奇。"

"嗯。你听说过一个叫作英厄·霍尔特的挪威金发女孩的事吗？她上周在悉尼的沃森湾遭到谋杀。"

"真的？我从来没听说过她。"他显然不是报纸的热情读者。

安德鲁捻熄雪茄，与哈利一同起身。

"我可以相信你吗？你不会再耍什么诡计吧？"金斯基问，眼神充满怀疑。

"当然。"安德鲁说，大步走向门口。

"你跟瑞典证人的晚餐吃得如何？"在他们礼貌性地拜访警察局后，安德鲁如此问道。这栋建筑物看起来跟街上其余的房子一样，只差草地上放个标明建筑用途的招牌了。

"还不错。菜有点辣，不过很好吃。"哈利只回答了其中一部分。

"拜托，哈利。你们聊了些什么？"

"聊了很多。挪威跟瑞典。"

"了解。谁赢了？"

"她。"

"有什么是瑞典有而挪威没有的？"安德鲁问。

"先说最重要的：两个顶尖的电影导演，波·维德伯格和英格玛·伯格曼——"

"电影导演，"安德鲁哼了一声，"这我们也有。不过呢，作曲家爱德华·格里格就是你们的人。"

"哇，"哈利，"对了，我还不知道你是个古典音乐鉴赏家。"

"格里格是个天才。举例来说，C 小调交响曲第二乐章——"

"不好意思，安德鲁，"哈利说，"我从小是听双和弦朋克长大的，我听过最接近交响乐的东西，是 Yes 乐队与克里姆森国王乐队的合奏。我不听几个世纪前的音乐，好吗？一九八〇年以前的东西全是石器时代的产物。我们那儿有个叫作傻瓜男孩的乐队——"

"C 小调交响曲在一九八一年才首度演奏出来，"安德鲁说，"傻瓜男孩？这是什么狗屁名字？"

哈利宣告放弃，就这么在前往埃文斯住处的路上，学到了不少关于格里格的事情。

11　毒品贩子

埃文斯·怀特眯着眼看他们，几绺头发挂在脸上。他搔着大腿根，还故意打了几个嗝。他看到他们似乎一点也不意外。这并不表示他在等着他们上门，也可能只是他对访客上门一事早就习以为常。毕竟，宁宾镇是个谣言传得特别快的小地方，而他又拥有这里最好的致幻剂。哈利原本以为埃文斯这种人绝不会为了一点小货操劳，也必然不会把货放在家中，但他的模样完全没有毒品批发商的气势。

"你们来错地方了，去镇上看看吧。"他说，关上纱门。

"我们是警察，怀特先生。"安德鲁举起警徽，"我们想跟你谈谈。"

埃文斯转过身去。"今天别想。我不喜欢警察。等你们带着逮捕证、搜查令之类的东西时再来看看我有什么帮得上忙的地方吧。到时见。"

他把内门用力甩上。

哈利靠在门框上大喊："埃文斯·怀特！你听得见吗？先生，我们想知道这张照片上的人是不是你。如果是的话，我们想问你认不认识坐在你旁边的那个金发女子。她的名字是英厄·霍尔特，她已经死了。"

寂静片刻后，门后发出铰链声响。埃文斯望向门外。

哈利把照片紧贴在纱门上。

"悉尼警方发现她时，她的模样可没有这么漂亮，怀特先生。"

厨房中，料理台上全是散落的报纸，水槽里堆满了盘子与玻璃杯，地板看起来有好几个月没用肥皂水擦过。不过，哈利还是一眼就能看出这里并没有到真正无可救药的地步，比他看过的情况更严重的瘾君子的家好多了。这里没有超过一周的剩菜，没有霉味和尿臭味，窗帘也是开着的。除此之外，屋内的东西依旧有着基本的秩序，让哈利意识到埃文斯仍有一定的控制能力。

他们自己找了椅子坐下，埃文斯从冰箱里拿出啤酒，直接灌了一口。打嗝声在厨房里回荡，紧接而来的，则是他心满意足的笑声。

"怀特先生，请告诉我们你与英厄·霍尔特的关系。"哈利说，伸手挥散他打嗝的味道。

"英厄是个相当迷人的好女孩，有些想法天真得要命。我跟她处得很开心。"埃文斯望着天花板，又心满意足地窃笑起来，"说真的，我觉得这么形容她很精准。"

"关于她遇害这件事，你有任何想法，或是觉得谁有可能会这么做吗？"

"宁宾镇的报纸也报道了这件事，所以我知道她是被勒死的。至于是谁干的，我猜就是个勒杀狂吧。"他仰头大笑。他的鬈发覆盖住额头，晒成褐色的脸上露出洁白闪亮的牙齿，棕色双眼周围的笑纹朝他戴着海盗耳环的双耳延伸而去。

安德鲁清了清喉咙："怀特先生，一个你熟识而且有过亲密关系的女子刚被杀害。你对这件事情有没有感觉不关我们的事。但你一定很清楚，我们正在寻找凶手，除非你愿意花点时间帮助我们，否则我们恐怕得请你去悉尼警察局走一趟。"

"反正我本来就要去一趟悉尼，如果这意味着你们会出机票钱的话，我倒是挺乐意的。"

哈利不知该如何作想。埃文斯真的像他表现出来的那么强悍，还是心理上有缺陷？还是说，这就跟挪威典型的说法一样，他的灵魂发展并不健全？哈利感到纳闷。世界上有哪个法院能判定灵魂的质量？

"如你所愿，怀特先生。"安德鲁说，"免费机票、免费食宿、免费律师，还有免费的谋杀案嫌疑人资格。"

"真划算。我四十八小时之内就会被放出来的。"

"接着我们还会为你提供二十四小时的事后服务，有免费叫醒服务，甚至免费突击检查服务。说不定我们还能想出点其他花招。"

埃文斯一口喝完剩下的啤酒，下意识地抠着瓶身上的标签。"你们这些正人君子到底想干吗？"他说，"我只知道，有一天她突然就这么不见了。我打算去悉尼，所以拨了她的电话，但她没上班，也不在家。我抵达悉尼那天，在报上看见她遭到杀害的消息。有两天的时间，我就跟行尸走肉一样。我的意思是，谋杀？你告诉我，生命因为遭人扼杀而结束，这样的概率能有多大？"

"是不大。你有案发时间的不在场证明吗？有的话最好……"

埃文斯开始怕了。"不在场证明？这是什么意思？天哪，你怎么能怀疑我？难不成警察查了一星期，什么可靠的线索都没查到？"

"我们正在调查所有证据，怀特先生。可以告诉我你去悉尼之前那两天的行踪吗？"

"那还用说，我人就在这里啊。"

"一个人？"

"不完全是。"埃文斯笑了，抛出空酒瓶。酒瓶以优雅的抛物线飞过料理台上方，落进垃圾桶时发出轻微的声响。哈利点了点头，表示佩服。

"方便问一下你跟谁在一起吗？"

"你已经问了不是吗？不过没关系，没什么好隐瞒的。是个叫安吉丽娜·哈钦森的女人。她就住在镇上。"

哈利记了下来。

"情人？"

"之类的吧。"埃文斯回答。

"可以聊聊英厄吗？她是个怎样的人？"

"唉，我们认识根本就没多久。我是在弗雷泽岛遇见她的。她说她要去拜伦湾。那儿离这儿不远，所以我给了她宁宾镇的电话号码。几天后她打给我，问能不能借住一晚。她在这里待了一个多星期。之后，我去悉尼时都会和她碰面。见了两三次吧。你们也知道，我们不算老夫老妻。再说，她已经变成烦人精了。"

"烦人精？"

"对，她很喜欢我儿子汤汤，开始想象家庭、乡下的房子之类的。我不是那一型的人，不过还是随她说个不停。"

"什么说个不停？"

埃文斯局促不安起来。"她是那种刚认识时冷若冰霜的人，不过只要你逗逗她的下巴，告诉她你爱她，她就会像块奶油一样融化。接下来，她就会对你百依百顺。"

"所以她是个很体贴的姑娘？"

埃文斯显然不想让话题朝这个方向发展："或许吧。就像我说的，我没那么了解她。她有好一阵子没见到挪威的家人了，所以或许她很渴望……爱吧，想有个人陪着她，你懂我的意思吗？谁知道呢？就像我说的，她很傻，满脑子都是浪漫的想法，心里头完全没有邪恶的……"

埃文斯的声音颤抖起来。厨房陷入沉默。他或许是个好演员，要不然就是终究保有人类的情感，哈利心想。

"如果你觉得这段关系没有未来可言，为什么不跟她分手算了？"

"我已经打算这么做，正在想怎么开口。不过在我付诸行动前，她就这么走了。就像这样……"他打了个响指。

没错，他有点哽咽，这点毋庸置疑，哈利想。

埃文斯低头看着自己的双手。"死亡的方式有很多种，不是吗？"

12 大蜘蛛

他们行驶在陡峭的山路上。一个路牌指着水晶城堡的方向。

"现在的问题是：埃文斯说的是实话吗？"哈利说。

安德鲁避开迎面而来的拖拉机。

"跟你分享一点经验，哈利。二十多年来，我一直在跟用各种理由撒谎或实话实说的人打交道。有罪的跟无辜的，杀人犯和扒手，神经分分的人和冷若冰霜的人，有着蓝眼珠的娃娃脸和有刀疤的坏人脸，反社会人格，精神病患者，慈善家……"他还在想更多例子。

"说重点，安德鲁。"

"……原住民与白人。他们说的所有事都有相同的目的：让你深信不疑。你知道我从中学到了什么吗？"

"不可能分辨出谁说谎，谁没说谎？"

"就是这样，哈利！"安德鲁对这话题燃起兴趣，"传统推理小说中，每一个侦探都有一个自信满满、绝不会出错的鼻子，闻得出谁在说谎。这根本就是鬼扯！人性就像一座无法穿越的巨大森林，没有人能知晓里头的全貌。甚至没有哪个母亲可以知道她孩子心中最深的秘密。"

他们转进停车场。前方是一座大型绿色花园，有条狭窄的碎石路蜿蜒于一座喷泉、花床与外来品种的树木之间。花园中心是栋巨大的房子，显然正是宁宾镇警长在地图上为他们标记的水晶城堡。

门上的铃铛宣示了他们的到来。这里显然是热门场所，店内挤满游客。一名充满活力的女子带着灿烂的笑容朝他们打招呼，热情程度就跟他们是她这几个月来看到的第一批人似的。

"你们是第一次来吗？"她问，仿佛来过这里的人都会上瘾而定期回访。他们很清楚，说不定还真的就是这样。

"我真羡慕你们，"她在他们确认了这一点之后说，"你们就要体验第一次造访水晶城堡的感觉了！往走廊那边去。右边是我们美妙的素食咖啡厅，有最精致的餐点。走到那里后再左转，就是水晶与矿物室了。那里才是最棒的地方！现在就出发，快去！"

她挥着手叫他们快去。在听过这样一番吹嘘后，他们发现所谓的素食咖啡店只是一家卖咖啡、茶、酸奶沙拉与生菜三明治的普通商店。他们觉得扫兴也是很自然的事。在那间标示着水晶与矿物室的房间里，精心布置的灯光照射着许多展品，包括闪闪发光的水晶、盘腿而坐的佛像、蓝色与绿色的石英石、未切割的石头等。房里弥漫着一股淡淡的焚香的气味，还有让人昏昏欲睡的管乐与流水声。这家店有些娘娘腔，但也不到让人瞠目结舌的地步。不过哈利认为这家店还算不错。真正会让人窒息的可能是商品价钱。

"哈，"安德鲁看到部分价格标签时笑了出来，"那女人真是个天才。"

他指着店内那些经济状况明显不错的中年顾客说："爱与和平的那一代都长大了。他们有成年人的工作和收入，心却在精神世界的某个地方。"

他们走回柜台。那名精力充沛的女人仍旧挂着灿烂的微笑。她拉起哈利的手，将一块蓝绿色的石头压在他掌心上。

"你是摩羯座的，对不对？把这块石头放在枕头下。它可以消除房间里所有的负能量。这得值六十五元，不过你真的得拥有它，我想，就卖你五十元好了。"

她转向安德鲁。

"你一定是狮子座的喽？"

"哦，不，女士，我是警察。"他慎重地举起警徽。

她脸色发白，惊恐地看着他："吓我一跳，我应该没做错什么吧？"

"据我所知是没有，女士。我想你就是玛格丽特·道森？旧姓怀特？如果没错的话，我们可以和你私下聊聊吗？"

玛格丽特随即起身，叫一个女孩来接手收银台的工作，接着陪同安德鲁与哈利走至花园，在一张白色木桌前坐下。有张网挂在两棵树之间。哈利一开始还以为这是张渔网，但靠近了观察后，才发现那是张巨大的蜘蛛网。

"看起来要下雨了。"她揉着双手说。

安德鲁清了清喉咙。

她咬着下嘴唇。

"对不起，警官。这件事让我觉得很紧张。"

"没关系，女士。这张蜘蛛网还真大。"

"哦，这个啊。是比利织的。它是我们养的鼠蛛，现在可能在哪里睡觉吧。"

哈利不自觉将腿缩了起来。"鼠蛛？所以它吃的是……老鼠？"他问。

安德鲁露出微笑："哈利是从挪威来的。他们不习惯看到大蜘蛛。"

"哦，这你可以放心。大的没有危险，"玛格丽特说，"但澳大利亚这里的确有种致命的小生物，叫作红背蜘蛛。不过它们喜欢在城市出没，在那里它们可以藏在人们的日常生活中，例如漆黑的地下室和潮湿的角落。"

"听起来像我认识的某个人，"安德鲁说，"不过还是回到正题吧，女士。谈谈你的儿子。"

这下玛格丽特的脸色真的惨白了。

"埃文斯？"

安德鲁望向哈利。

"据我们所知，他还没惹上什么会牵扯到警方的麻烦，道森太太。"

"对，对，是没有。感谢老天。"

"其实我们开车过来，是因为这里正好就在我们回布里斯班的路上。我们想确认你知不知道英厄·霍尔特的事情。"

她在记忆中搜寻着这个名字，摇了摇头。

"埃文斯认识的女孩不多。少数认识的几个都会带来给我看看。自从他跟……跟那个可怕的女人有了孩子后，我就开始禁止他跟人交往了。我甚至连那个女人的名字都不愿意想起。我告诉他，我觉得他应该再等一等，直到对的人出现。"

"为什么要等？"哈利问。

"因为是我说的。"

"为什么会这么说，女士？"

"因为……因为时机未到。"她朝店的方向瞥了一眼，暗示她的时间相当宝贵，"因为埃文斯是个很敏感、容易受伤的孩子。他的生活中已经有太多负能量了，他需要的是可以让他百分之百信任的女人，而不是那些……只会扰乱他思绪的荡妇。"

她的瞳孔被一抹乌云所遮掩。

"你经常跟儿子碰面吗？"安德鲁问。

"埃文斯只要有空就会过来。他需要的是平静。他工作很卖力，真可怜。你们试过他卖的草药吗？他时不时会带一点来，我会加进咖啡厅卖的茶里头。"

安德鲁再度清了清喉咙。他从眼角看见哈利正留意着树木之间的动静。

"我们也差不多该走了，女士。再问最后一个问题。"

"请说？"

安德鲁像是被什么东西哽住了喉咙，不断地咳了又咳。蜘蛛网开始摇晃起来。

"你一直都留着这样的金发吗，道森太太？"

13 巴巴

他们在悉尼降落时，时间已晚。哈利的脚快断了，一心渴望回到饭店的床上。

"要去喝点东西吗？"安德鲁提议。

"你不用回家吗？"哈利问。

安德鲁摇头："目前我是孤家寡人。"

"目前？"

"好吧，其实是这十年。我离婚了。老婆跟两个女儿住在纽卡斯尔。我尽量常去探望她们，不过那里挺远的，女儿也差不多到了周末有自己计划的年龄了。接着我发现，我应该不会是她们生活中唯一的男人。你瞧，她们全都是长得相当漂亮的小恶魔。一个十四岁，一个十五岁。妈的，我应该把每个追求者都从门口赶跑。"

安德鲁一副眉开眼笑的模样。哈利不知该如何响应他奇特的反应。

"生活总是这样的，安德鲁。"

"说得没错，老兄。你呢？"

"这个嘛，我无妻无子，连条狗都没有。我只有一个老板、一个妹妹、一个父亲，还有几个就算他们已经好几年没给我打电话，我也会称他们为朋友的人。不过，我也没打给他们就是了。"

"所以这是照你心目中的顺序排列的吗？"

"没错。"他们一同放声大笑。

"喝一杯吧。去奥尔伯里酒吧如何？"

"听起来不错。"哈利说。

"是啊。"

比吉塔对进门的他们露出微笑。她在服务完一名客人后走向他们，视线全集中在哈利身上。

"嘿。"她说。

哈利一心只想窝在她的腿上沉沉睡去。

"以法律的名义，来两杯双倍金汤力。"安德鲁说。

"我来杯葡萄柚汁就好。"哈利说。

她帮他们准备饮料，然后倾过吧台。

"昨晚谢了。"她用瑞典话轻声对哈利说。从她身后的镜子里，哈利可以看见自己脸上挂着一副白痴般的笑容。

"嘿，嘿，这里可不兴北欧话这套，感谢两位。想让我花钱买酒，就麻烦说英文。"安德鲁一脸严肃地打断他们，"现在让我来告诉你们两个年轻人一点事情。爱情是比死亡更难解的谜团。"他戏剧性地停顿一下，"安德鲁叔叔要告诉你们一个充满智慧的澳大利亚古老传说，有关一条叫作巴巴的大蛇，还有战士瓦拉的故事。"

他们靠近了些。安德鲁点燃雪茄时，舔了舔嘴唇，一副津津有味的模样。

"从前，有个叫瓦拉的年轻战士，他爱上了一名年轻漂亮的女子，叫穆拉，两个人也的确在一起了。瓦拉成功通过部落的成人仪式，已经是个男人了，只要他没结过婚，对方也愿意的话，他就可以娶部落中任何一名他喜欢的女子，而穆拉也答应了。要瓦拉远离心爱的人，简直痛彻心扉，但依照传统，他非得加入狩猎团不可，这样才能将战利品当作给新娘父母的聘礼，接着才能结婚。在某个叶子上挂着晶莹露珠的晴朗的早晨，瓦拉出发了。穆拉给了他一根白色的凤头鹦鹉羽毛，让他别在头发上。

"瓦拉离开后，穆拉去采集婚礼上要用的蜂蜜。只是，蜂蜜没那么容易找到，于是她比平常走得更远，来到一座巨大的岩峡。一阵古怪的死寂笼罩整座峡谷，没有任何鸟叫虫鸣。她正打算离开时，发现了一个巢，里头有几颗白蛋，是她见过的最大的蛋。'我要把这些蛋用在婚礼上。'她这么想，伸出了手。

"就在这个时候，她听见岩石间有东西滑行的声音，在她还来不及逃走，甚至张口大叫时，一条黄棕色的大蛇便卷住了她的腰。她拼死挣扎，却无法挣脱，大蛇则开始用力绞紧。穆拉抬头望向峡谷上方的蓝天，试着呼喊瓦拉的名字，但肺中没有足够的空气让她发出声音。蛇身收得更紧，把穆拉这条命就此绞断。她全身的骨头都碎了。那条蛇又滑回它原本藏身的阴影之中。在阴影中根本看不见它，它的颜色与峡谷的树木、岩石的影子完全交融在一起。

"两天后，他们在岩石间发现她被绞碎的尸体。她的父母伤心欲绝，母亲哭着问丈夫，瓦拉回来以后怎么告诉他才好。"

安德鲁用闪闪发亮的双眼看着哈利与比吉塔。

"在破晓之前，营火不比灰烬旺盛多少的时候，瓦拉打猎回来了。虽然这是场辛苦的长途跋涉，但他脚步轻盈，双眼闪闪发光，充满喜悦。他去找穆拉的父母，他们正坐在营火旁，一声不吭。他说：'这是我带来的礼物。'他带回了相当不错的战利品：袋鼠、袋熊、还有鸸鹋的大腿肉。

"穆拉的父亲说：'你正好赶上葬礼，瓦拉，你是我们的女婿了。'瓦拉看起来就像被打了一巴掌似的，难以掩饰痛苦和悲伤，但身为一名强悍的战士，他忍住眼泪，冷冷地问：'为什么她还没下葬？'父亲回答：'因为我们直到今天才发现她。''那我可以为她咏唱，呼唤她的灵魂。巫医可以治疗她断裂的骨头，我可以带回她的灵魂，把生命注入她体内。'父亲说：'太

迟了，她的灵魂已经前去与所有女人的灵魂会合了。但杀她的凶手还活着。你知道你该怎么做吗，我的女婿？'

"瓦拉不发一语地离开。他与部落中其余的未婚男子住在同一个洞穴里。他没有与任何人交谈。几个月过去后，瓦拉依旧单身，拒绝参加歌舞仪式。有些人认为他是在努力硬起心肠，试图忘记穆拉。而有些人则认为他是想追随穆拉，前往女子死后的国度。'他不会成功的，'那些人说，'男人跟女人的灵魂在不同的地方。'

"一名女子来到营火旁，坐了下来。'你们全错了，'她说，'他是沉浸在思考中，计划为他死去的女人复仇。你们以为抓起一支矛就可以杀掉巴巴这条黄棕色的巨蛇？你们从未见过它，但我年轻时见过它一次，也就是从那天开始，我的头发全白了。那是你能想象的最可怕的景象。记住我说的话，只有一种方式可以打败巴巴，就是勇气和智慧。我想那个年轻战士就拥有这项特质。'

"第二天，瓦拉一脸激动。他的双眼闪闪发光，当他问有谁可以陪他采集橡胶时，看起来甚至兴奋不已。'我们有橡胶，'他们说，惊讶地发现瓦拉的心情很好，'你可以拿一点去。''我要新鲜的橡胶，'他说，朝他们讶异的脸放声大笑，并说，'跟我一起来，我要让你们知道我打算怎么用那些橡胶。'在好奇心的驱使下，他们加入了他的行列。收集完橡胶后，他带领他们前往那座巨大的岩峡。他在最高的树上建了平台，叫其他人退到峡谷出口，并与他最好的朋友爬上树，在那里大喊巴巴的名字。太阳高挂在空中，回音响彻峡谷。

"它出现了——黄棕色的巨大蛇头左右摇晃，寻找声音来源。它周遭有一群黄棕色的小蛇，显然是从穆拉那时看到的蛋里孵出来的。瓦拉和他的朋友把橡胶揉成一个个小球。巴巴看见树上的他们时，张开大口，伸出舌头，朝他们直冲而去。此刻正值中午，太阳将巴巴血红森白的下颌照得闪闪发亮。巴巴发动攻击时，瓦拉朝巨蛇张开的嘴巴扔出最大的橡胶球，巨蛇则本能地用獠牙一口咬下。

"巴巴在地上翻滚，无法吐出卡在嘴里的橡胶。瓦拉和他的朋友用相同的方式对付其余小蛇。很快，它们的嘴全被封了起来，变得毫无杀伤力。瓦拉叫来其他人，毫不留情地杀光了所有的蛇。毕竟，巴巴曾杀害部落中无数个家庭的漂亮女儿，而巴巴的后代，总有一天也会长到它们母亲的大小。从那天起，恐怖的黄棕色巨蛇巴巴，在澳大利亚变得极为罕见。然而，随着时间一年一年地流逝，我们也害怕这些蛇默默地长得更长、更大了。"

安德鲁一口喝下剩余的金汤力。

"故事的寓意是什么？"比吉塔问。

"爱情是比死亡更难解的谜团。还有，你们得多提防蛇才对。"

安德鲁付了饮料钱，勉励似的拍了哈利一下，就这么离去。

第二部 穆拉

　　舞台上传来有东西喷洒而出的声音，像是有人正在鼓掌。哈利总算看清楚了。脊椎自女王那没了头颅的衣领中凸了出来，就像一条白色虫子正在缓缓上下点头。鲜血自裂口处喷洒而出，溅到舞台上。

14　睡袍

他睁开双眼。窗帘慵懒地朝他的方向飘动，窗外的城市传来人车声响，像是同样醒了过来。他躺着望向挂在宽敞房间另一头的荒谬物品——一张瑞典国王与皇后的照片。皇后面露沉着稳重的微笑，国王则像是被人拿一把刀顶着背部似的。哈利理解他的感受，他在小学时曾被说服演过青蛙王子。

某处传来水声，哈利翻到床的另一侧，闻着她的枕头。一根水母触手（还是长长的红发？）落在床单上，让他突然想起《挪威日报》体育版的头条：莫斯球会足球选手埃兰·约翰森，以其红发与长传闻名。

他思索着自己的感觉。轻盈得像羽毛一样，让他害怕自己会被飘扬的窗帘吹离床上，飞出窗口，在高峰期飘浮于悉尼空中，然后发现自己什么也没穿。他做出结论，他之所以会感到如此轻盈，是因为他昨晚排出了比平常更多的各种体液，体重肯定少了几公斤。

"奥斯陆警局的哈利·霍勒，以其古怪的想法与射空闻名。"他喃喃自语。

"什么？"有人用瑞典话问。

比吉塔就站在房内，身穿一件丑陋无比的睡袍，用一条白色毛巾裹住头，像戴着条头巾。

"噢，早安。你古老而自由，身处北国群山，你宁静的美令人心旷神怡！向你致敬。^① 我只是在看那张国王的照片。你觉不觉得他宁愿自己是个

---

①　此段为未被官方采纳的瑞典国歌歌词。

正在耕种的农夫？看起来实在很像。"

她看着照片说："我们总是无法为自己在生命中找到合适的位置。你说呢？"她用力地在他身旁的位置坐下。

"一大早就问这么严肃的问题？在我回答之前，希望你可以先把睡袍脱了，而且我不想听到任何拒绝的理由。就直觉来说，你的睡袍肯定有资格入选我'史上十大最丑服装'的清单里。"

比吉塔大笑："我都叫它激情杀手。在一些猪头陌生人太过性急的时候，它可以起很大的功效。"

"你有没有查过这衣服颜色的名字？说不定你会发现这是个未知的颜色，一种介于绿与棕之间、调色盘上还没人发现过的颜色？"

"少给我逃避问题，你这个顽固的挪威佬！"她用枕头打着他的头，但在一场短暂的角力后，她被压在了下方。哈利紧紧握着她的双手，弯腰试图用嘴解开她睡袍的腰带。比吉塔发现他的意图时尖叫出声，抬膝用力顶住他的下巴。哈利呻吟一声，翻身侧躺。转眼间，她便用膝盖压住他的手臂，坐在了他身上。

"快回答！"

"好，好，我投降。是，我是找到我生命中的位置了。我是你所能想象的最优秀的警察。对，比起耕田，或参加晚宴，在阳台上对群众挥手，我宁可去抓坏人。而且，没错，我知道这很反常。"

比吉塔吻了他。

"你可以先刷个牙的。"哈利在两人双唇厮磨时说。

她往后仰去，放声大笑，让哈利逮到了机会。他抬起头，用牙齿咬住腰带一扯。睡袍滑开，哈利随即推倒她。她的皮肤因淋过浴而发热、湿润。

"警察！"她尖叫着，用双腿勾着他。哈利可以感觉到体内的脉搏不断跳动。

"救命。"她轻声说，轻咬住他的耳朵。

结束后，他们躺在床上望着天花板。

"我希望……"比吉塔开口。

"什么？"

"没事。"

他们起身穿衣。哈利看了一眼手表，意识到上午的会议肯定会迟到。他站在前门，双手搂着她。

"我猜我知道你想说些什么，"哈利说，"你希望我可以告诉你一些关于我自己的事情。"

比吉塔把头靠在他的脖子上。"我知道你不想说，"她说，"我感觉得出来，要想知道你所有的事，恐怕得用逼的。你妈是个善良、聪明的女人，有一半原住民血统，而且你很想她。你爸是个老师，不喜欢你的工作，但从来没说出口。在这世上你最爱的人就是妹妹，她有轻微的唐氏综合征。我很高兴能知道你这些事。但我希望你是因为自己想说才告诉我的。"

哈利抚摸着她的颈子："你想听点真心话吗？一个秘密？"

她点点头。

"分享秘密会把两个人绑在一起，"哈利靠在她的发丝间轻声说，"这不一定是大家想要的。"

他们站在客厅里不发一语。哈利深吸了一口气。

"我这一生中，始终被爱我的人围绕着。我想要什么都能获得满足。总之，我无法解释为什么自己拥有这些，却还是变成这副模样。"微风拂过哈利的头发，如此轻柔，让他闭起双眼，"我也不知道为什么自己会变成酒鬼。"

他的语气严肃、冷漠。比吉塔仍抱着他，动也不动。

"挪威有很多公务员因为这种事被解雇。能力不足不会，懒惰则无法客观判断，你高兴的话，还能这样骂你的上司，也完全不会遭到解雇。说实话，你可以做任何事——法律维护你做大部分事情的权利，除了喝酒。在警界，只要你有超过两次在醉酒情况下工作的记录，就可以马上被解雇。曾有一段时间，我清醒的日子倒更好计算。"

他放松双手，让她整个人稍微往后，想看看她的反应，接着又把她拥入怀中。

"不过，不知为何，那些猜到发生了什么事的人却对此视而不见。本来应该有人揭发我的，但警队受忠诚与团结的影响太大了。有天晚上，我和同事去霍尔门科伦山的一个公寓，找一个家伙调查一桩毒杀案。他甚至不是嫌疑人，但我们刚按下门铃，就看见他的车冲出车库，于是我们也跟着跳上车开始追捕。我们把蓝色闪光灯放在车顶，以每小时一百一十公里的速度在索克达路上狂冲。道路左弯右拐，我们几次撞上了路缘，同事问我要不要换他来开。而我只是一头热地想抓到那家伙，所以回绝了他的提议。"

接下来发生的事，他是从报告中得知的。温德伦区有辆车从加油站驶出，司机是个刚考上驾照的年轻男孩，要去修车厂帮他爸买烟。两名警察撞上了他的车，直接冲过铁轨护栏，拖着两分钟前还有五六个人在里头的候车亭，一直冲至铁轨另一侧的站台才停下。哈利的同事穿过风挡玻璃飞了出去，尸体在二十米外的地方被人发现。他的头直接撞上护栏的柱子，冲力之大，连柱子顶部都弯曲了。他们得采指纹才能确认身份。另一辆车里的男孩则是颈部以下瘫痪。

"我去了一家叫桑那斯的疗养院看他，"哈利说，"他仍然梦想着有一天能再开车。他们在车子残骸中发现我时，我的头骨裂开，还有内出血的状况。用了好几天的生命维持器。"

他父亲与妹妹每天都来看他。两人分别坐在病床两侧，握着他的手。由于严重的脑震荡影响了他的视觉，他无法阅读或看电视，因此父亲会念书给他听，就这么紧紧地坐在床边，在他耳旁轻声念，以免让他难受。他念的是西居尔·赫尔与希亚尔坦·弗勒格斯塔的书，全是他父亲喜欢的作家。

"我害死了一个人，摧毁了另一个人的人生，却躺在那里，被爱和无微不至的照顾团团包围。我转到普通病房时做的第一件事就是贿赂隔壁病床的人，请他哥哥帮我买一瓶威士忌来。"

哈利停下。比吉塔的呼吸依旧平静。

"吓着你了吗？"他问。

"我从看到你的第一眼起，就知道你是个酒鬼。"比吉塔回答，"我爸也是。"

哈利不知道该说些什么。

"再说多一点吧。"她说。

"其余的部分……跟挪威警局有关。还是别知道比较好。"

"我们现在离挪威很远很远。"她说。

哈利快速地紧抱了她一下。

"今天你已经听得够多了，"他说，"我得走了，下次再继续。我再去奥尔伯里酒吧找你，今晚全听你的，这样好吗？"

比吉塔露出悲伤的微笑。哈利知道，自己与她的关系比该有的还要复杂。

15　统计显著性

"你迟到了。"沃特金斯在哈利抵达警局时说。他把一沓影印资料放在哈利桌前。

"在倒时差。有什么新消息吗？"哈利问。

"你得先读完这些数据。苏永挖出了一些强奸案的旧档案。他和肯辛顿正在报告。"

苏永把一张幻灯片放在投影仪上。

"今年澳大利亚报案的强奸案有五千多起，想不用统计的方式从一连串案子中找出模式显然不太可能。统计学一目了然，不受感情判断的影响。第一个关键词是统计显著性。换句话说，我们要找的是无法被归类于一般概率里的情形。第二个关键词则是人口统计学。

"一开始，我在过去五年未侦破的谋杀案和强奸案档案中搜寻包含'勒杀'或'窒息'这两个词的资料。接着在涉及这些词的案件中，加入受害者为十六到三十五岁的金发女子且居住在东海岸等条件，进一步缩小范围。官方统计数据与护照发放处公布的发色数据显示，这样的女性占比不到百分之五。然而，我手上还剩下七桩谋杀案与四十多起强奸案需要确认。"

苏永把另一张幻灯片放在投影仪上，内容是标有百分比的柱状图。他没有发表任何意见，让其他人就这么看着。众人沉默了好一会儿。沃特金斯率先开口。

"这是不是代表……"

"不，"苏永说，"我们无法从中发现任何先前未知晓的事。这些数字太模糊了。"

"但我们可以借此揣测，"安德鲁说，"我们肯定可以，举例来说，揣测有个人正有规律地强暴金发女子，然后没那么规律地杀掉一部分人。而且那个人还喜欢用双手扼住女人的喉咙。"

突然间，每个人同时开始说话。沃特金斯举起双手，叫大家安静下来。

哈利是第一个开口的。"为什么过去从来没发现这些关联？我们在谈的是七桩谋杀案与四五十件强奸案有关联的可能性不是吗？"

苏永耸肩："不幸的是，澳大利亚每天都有强奸案发生，所以这或许很难让你首先想到这种事。"

哈利点头。他认为自己没条件为挪威骄傲地挺起胸膛。

"除此之外，大多数强奸犯都在他们居住的城镇或区域寻找受害者，事后也不会逃离那个区域。这就是为什么不同区域的强奸案负责人之间没有把合作侦办列入常规。从统计后的信息来看，这些案子的最大问题是地域上的分散性。"

苏永指向地点与日期列表。

"有一天在墨尔本，一个月后是凯恩斯，一周后又变成纽卡斯尔。强奸案在两个月内发生在三个州。犯人有时戴头罩，有时戴面具，至少有一次戴丝袜，还有好几次那些受害女性根本没看到强奸犯的模样。哪里都有可能是犯罪现场，从漆黑的巷弄到公园，都一样。受害者被拖进车内，或夜晚被人闯进家中。总之，里头没有共同模式，除了受害者都是金发，都是被勒死的，而且没人能向警方提供任何嫌疑人的描述。还有一件事。他杀人时，会处理得相当干净。唉，他八成清理过受害者，把自己留下的痕迹彻底消除。指纹、精液、衣物纤维、毛发，以及受害者指甲中的皮屑等。不过除了这些以外，根本不存在我们平常会联想到的连环杀手的情况：没有任何诡异状况或仪式迹象，也没有留给警方的'是我干的'那类留言。

在那两个月内的三桩强奸案后，除非他改变了手法，隐身在其他的强奸案档案中，否则就是他沉寂了整整一年。但我们无法确定这点。"

"谋杀的部分呢？"哈利问，"这不是会让大家提高警觉吗？"

苏永摇头："就像我说的，是地理分布的问题。要是布里斯班警方发现一具奸杀案尸体，悉尼绝对不是他们会首先搜查的地方。总之，这些谋杀案分布得实在太广，想从中发现清晰的联系非常困难。毕竟，勒杀在奸杀案中不算罕见。"

"澳大利亚没有全国性的执法机构吗？"哈利问。

桌旁所有人都笑了。哈利改变话题。

"如果他是个连环杀手——"哈利开口。

"通常会有犯案模式，一个主题。"安德鲁接着说完，"不过这个案子里并没有，对吗？"

苏永摇头。"这几年有些警探肯定多少想到了连环杀手的可能性。他们或许从档案库里找出了旧资料与手上的案子对照，但其中的差异实在太大，很难支撑他们的怀疑。"

"如果真是连环杀手所为，他会不会多少渴望着被抓到？"莱比问。

沃特金斯清了清喉咙。这是他的专业领域。

"这是犯罪小说里才有的情况，"他说，"凶手的举动是一种求救方式。他会留下一些加密的信息和证据，表达出潜意识中的渴望，希望有人阻止他的杀戮行为。有时事情确实如此。但可惜的是，大多数连环杀手就跟一般人一样，根本不想被抓。如果这真的是连环杀手所为，他并没有留下太多线索。这件案子里有些情形不太妙……"

他揉了揉脸，露出上排的黄牙。

"首先，这些谋杀案似乎没有任何固定模式，唯一的例外是所有受害者都是被勒死的金发女子。这或许代表着他把每一桩谋杀都视为不同的事件，就像打造一件艺术品需要与过去的有所不同。或者其中的确有模式可循，只是我们还没发现罢了。但这也可能代表着谋杀只是计划外的状况，在某些案子里，变成了不得不为的情形，例如受害者看到他的长相、抵抗、大声求救，或发生了什么意外。"

"说不定他只在无法得手的情况下才杀掉对方？"莱比发表意见。

"或许我们可以找心理学家来仔细检视这些案件。"哈利说，"他们或许能做出一些侧写，可以帮上忙。"

"或许吧。"沃特金斯说，似乎正在思索其他事情。

"第二点是什么，长官？"苏永问。

"什么？"沃特金斯回过神来。

"你刚刚说'首先'，所以还有什么地方你觉得不太妙？"

"他突然不再作案，"沃特金斯说，"当然，这可能纯粹是现实缘故。例如他去旅行或生病了之类的。不过也有可能是他感觉到了有人正在怀疑这些案子之间的关联性，所以停手了一阵子。就像这样！"他打了个响指，"如果是这种情形，我们所面对的就是个危险至极的人，既狡猾又自律，不会受自我毁灭的激情驱使，跟那些因过度放纵，最后露出马脚的大多数连环杀手不同。凶手是个相当聪明、精于算计的人，我们要是不尽力而为，可能直到他肆意地来场真正的大屠杀之前，都很难逮到他。"

"现在怎么办？"安德鲁问，"难不成我们得叫没到退休年龄的金发女子每天晚上乖乖待在家里？"

"这样只会让他躲起来，我们再也找不到他。"莱比说，拿出瑞士刀，用心地清理指甲。

"换句话说，我们只能任由澳大利亚所有金发女子自生自灭，引这家伙出洞？"苏永说。

"叫女人们待在家里根本没用，"沃特金斯说，"要是他想找到受害者，肯定有办法找到。他不是直接闯进过几栋房子吗？算了吧，我们得把他找出来才行。"

"用什么方法？他的行踪遍布全国，没人知道他什么时候会袭击下一个对象。这家伙是随机犯案的。"莱比对着自己的指甲说。

"这么说不对，"安德鲁回答，"我活了这么多年，没有哪件事情是随机的，其中一定有规律可循。事情总是如此。这并非刻意，而是所有人都是习惯的动物，你我与那个强奸犯没什么不同。问题在于如何找出那个禽兽的特殊习性。"

"那家伙精神失常，"莱比说，"所有连环杀手不都是精神分裂患者吗？不是总会听见有声音叫他们去杀人？我同意哈利说的，找个精神科医生来。"

沃特金斯挠了挠脖子，似乎分神在想别的事。

"心理学家或许可以告诉我们许多连环杀手的事，但我们现在无法确定事情就是如此。"安德鲁说。

"七桩命案，要我来说，这就是连环杀人案。"莱比说。

"听我说，"安德鲁朝桌前俯身，举起那双黝黑的大手，"对连环杀手来说，性行为的优先度排在杀人后头。不杀人的强奸毫无意义可言。但对这个家伙来说，强奸才是最重要的。在这些案子里，杀人是因为有明确的必要，就像沃特金斯督察说的，受害者能告发他——可能看见他的脸什么的。"安德鲁暂停片刻，"又或者，她们认得出他的身份。"他把双手放至身前。

电风扇在角落运作着，但空气比先前更加凝重。

"统计结果很有帮助，"哈利说，"但我们不能就此满足。英厄的命案或许是个独立案件。有些人在黑死病蔓延期间同样会死于常见的肺炎。我们先假设埃文斯不是连环杀手。事实上，是另一个家伙正到处杀害金发女子，但这并不代表埃文斯就不会夺走英厄的性命。"

"解释得有点复杂，但我同意你的观点，霍利。"沃特金斯做出总结，"好了，伙计们，我们要找的是个强奸犯，而且有可能，我得特别强调这点，有可能还是个连环杀手。我会让麦科马克决定要不要往这个方向加强调查。在这期间，我们得继续朝原本的方向调查。肯辛顿，有什么新消息要汇报吗？"

"霍利没参加早会，为了让他了解情况，我再说一下。我和英厄那个妙房东罗伯逊谈过，问他对埃文斯·怀特这个名字有没有印象。他记得这个名字，所以谜团又清晰了点。我们今天下午会过去一趟。另外，宁宾镇的警长来电。安吉丽娜·哈钦森证实，英厄被发现的前两晚，她都待在埃文斯的家中。"

哈利咒骂了一声。

沃特金斯拍了拍手："好了，大家回去工作。让我们逮住这个浑球。"

话中没有太多信心。

16　鱼

　　哈利听说过，狗的短期记忆平均为三秒，但只要反复刺激，就能延长许多。"巴甫洛夫的狗"这个词出自俄罗斯生理学家伊万·巴甫洛夫的实验，他用狗来测试神经系统条件反射的情况。在很长一段时间内，他每回将食物拿出来前，都会给予狗特殊的刺激。后来有一天，他刺激了狗，但没拿出食物，狗的胰腺和胃却依旧分泌了可以消化食物的液体。或许这件事没那么值得大惊小怪，但还是让巴甫洛夫拿下了诺贝尔奖。这个实验证明，只要经过反复刺激，身体就会牢牢"记住"。

　　安德鲁在这短短几天里，二度将罗伯逊那只袋獾直接踢进了树篱，这让人有理由相信，这一脚肯定会比上一脚在它脑中停留得更久一些。下回，当罗伯逊的狗听见门外传来陌生人的脚步声时，它那邪恶的小脑袋里或许不会再掀起一阵怒气，反倒是它的肋骨会隐隐作痛起来。

　　罗伯逊在厨房用啤酒接待他们。安德鲁欣然接受，哈利则要了一杯矿泉水。但罗伯逊没有矿泉水，因此哈利只好拿烟凑合一下。

　　"你不介意的话，"罗伯逊在哈利掏出香烟时说，"我家是不能抽烟的。烟对身体不好。"他说，一口气喝下半瓶啤酒。

　　"你还真重视健康。"哈利说。

　　"当然，"罗伯逊说，忽视了其中的嘲讽，"在这栋房子里，我们不抽烟，也不吃鱼或肉。我们呼吸的是新鲜的空气，吃的是最自然的食物。"

　　"狗也一样？"

　　"我的狗从来没吃过鱼跟肉，它是个地道的乳类素食主义者。"他骄傲地说。

"难怪脾气那么差。"安德鲁嘀咕道。

"我们听说你认得埃文斯·怀特,罗伯逊先生。有什么可以告诉我们的吗?"哈利说,掏出笔记本。他没打算记下任何东西,这么做只是出自经验。只要你掏出笔记本,人们就会认为他们的证词比较重要。在不知不觉中会说得更加详尽,花时间确认所有事情以至正确无误,时间、人名或地名等信息也会更加精确。

"肯辛顿警官打电话来问英厄住在这里时有过哪些访客。我告诉他,我在她房里看见那张钉在墙上的照片,想起自己见过那个膝盖上坐着孩子的年轻人。"

"真的?"

"对。就我所知,那家伙来过两次。第一次他们一直待在房里,差不多待了两天吧。她非常……呃……大声,让我开始担心邻居的反应,于是把音乐声开得很大,以免英厄和那家伙觉得尴尬。只是他们好像也不在意。第二次,他只在这里待了一会儿,接着就气冲冲地离开了。"

"吵架了吗?"

"我想算吧。她在他身后大吼,说她会跟那婊子说他是个大浑蛋,还会把他的计划告诉某个人。"

"某个人?"

"她说了个名字,不过我不记得了。"

"她说的婊子是谁?"安德鲁问。

"我尽量不干涉住户的私生活,警官。"

"啤酒真好喝,罗伯逊先生。她说的婊子是谁?"安德鲁说,无视他先前的回答。

"这可是个关键。"罗伯逊吞吞吐吐,紧张兮兮地来回望着安德鲁与哈利，试图挤出微笑，"我觉得她在这桩案子里很重要，你们不觉得吗？"这个问题回荡在空气中，但时间不长。安德鲁猛然出击，俯身凑至罗伯逊面前。

"你电视看太多了，罗伯逊。在现实世界里，我不会若无其事地把一张百元钞票放在桌上朝你推过去，你也不会小声说出名字，我们更不会一言不发地分头离去。在现实世界里，我会打电话派人来，警车会鸣着警笛开到这里，接着把你铐起来押出门外，不管你有多羞愧，上车时又有多少邻居在看。我们会陪你到警察局，除非你说出名字，或找律师过来，否则就视你为嫌疑人，关你一个晚上。在现实世界里，最糟的情况是，你会被指控隐瞒信息，借此遮掩一桩谋杀案。这会让你成为案件的帮凶，被判处六年刑期。所以，你打算怎么做，罗伯逊先生？"

罗伯逊吓得脸色发白，张大了嘴，就这么开合几次，却没发出任何声音。他就像鱼缸里的鱼，刚发觉自己不是要被投喂，而是被当成食物。

"我……我不是在暗示——"

"再问你最后一次，那个婊子是谁？"

"我想她曾出现在照片里……就是那个女人……"

"哪张照片？"

"她房里那张。那个女人就站在英厄和那家伙后头。她晒得有点黑，戴着头带。我认得她是因为她几周前来这里找过英厄。我通知英厄后，她们就站在门口说话，声音越来越大，开始咒骂对方。接下来门被使劲甩上，英厄跑到楼上房间里哭了起来。我从没见过她那副模样。"

"可以麻烦你把照片拿给我们看一下吗，罗伯逊先生？我把副本放在办公室里了。"

罗伯逊变得热心无比，马上冲进英厄房内。他回来时，哈利不过瞥了一眼，就看见照片中罗伯逊说的那名女子。

"难怪我觉得我们遇到她时，她的长相有点似曾相识。"哈利说。

"这不是那个好心妈妈吗？"安德鲁惊呼。

"我敢打赌，她的名字就叫安吉丽娜·哈钦森。"

他们离开时，四下都没看见那只袋獾的踪影。

"这位警探，你有没有想过，为什么每个人都叫你警官，就像你是个邻家大叔一样？"

"肯定是因为我能让人信赖。警官这两个字听起来就像叔叔一样亲切，可不是吗？"安德鲁扬扬得意地说，"现在我已经完全不会想纠正他们了。"

"你只是一只毛茸茸的大熊罢了，真的。"哈利大笑着说。

"是考拉才对。"安德鲁说。

"六年刑期，"哈利说，"你这个大骗子。"

"那是我脑袋里第一个想到的。"安德鲁说。

17　无主之地

悉尼下起倾盆大雨。雨水击打在柏油路上，溅至房屋墙面，还不到一分钟，便在路肩形成了一条流动的小河。路人踩着啪嗒作响的鞋子冲进屋檐下。有些人显然听了早上的大气预报，带着雨伞出门。此刻，他们撑起雨伞，像是街上突然长出的一堆大型的五彩伞菌。安德鲁与哈利在威廉街上的海德公园前，坐在车内等绿灯。

"你还记得那晚，我们去奥尔伯里酒吧时在公园遇到的那个原住民吗？"哈利问。

"绿色公园里的那个？"

"他向你打招呼，但你没理他。为什么？"

"我又不认识他。"

信号灯变绿，安德鲁一脚踩下油门。

哈利进门时，奥尔伯里酒吧内没什么客人。

"你来早了。"比吉塔说，把干净的玻璃杯放到架上。

"我想这个时段的服务会比高峰时段好。"

"不管是谁，我们的服务一样好，"她捏了一下哈利的脸，"要喝什么？"

"咖啡就好。"

"这杯我请。"

"谢了，亲爱的。"

比吉塔大笑。"亲爱的？我爸是这么叫我妈的。"她在高脚椅上坐下，朝吧台前的哈利俯身，"说真的，一个我认识不到一周的家伙开始用这种亲昵的方式叫我，我应该觉得紧张才对。"

哈利闻着她的香气。科学家对于大脑嗅皮层如何将嗅觉感官转化为冲动这回事依旧所知甚少。但哈利没想那么多，他只知道，自己闻到她的味道时，头和身体都会有反应。双眼半眯起来，嘴角往上高扬，情绪随之亢奋。

"放轻松，"他说，"'亲爱的'只是一种没有杀伤力的宠物名而已。"

"我还真不知道宠物名还分有杀伤力的和没有杀伤力的。"

"分，当然分。就像'小可爱''宝贝'或'甜心'什么的。"

"那哪些是有杀伤力的？"

"这个嘛，'汪呜汪'就挺危险的。"哈利说。

"什……什么？"

"'汪呜汪''喵咪喵'什么的。你知道的，就是那种婴儿讲的话。对他们而言，宠物名的重点在于不能听起来太俗气或不够特别。他们比较想要量身打造的且能显示亲密的名字，通常是用鼻子发音，所以会有对小孩子说话的那种鼻音，然后听起来就像得了幽闭恐惧症。"

"你可以再举几个例子吗？"

"我的咖啡呢？"

比吉塔用抹布打了他一下，将咖啡倒入一个大杯子里。她背对着他，这使哈利起了股冲动，想伸手抚摸她的头发。

她把咖啡递给他，接着去招呼另一名客人，开始准备东西。他的注意力被悬挂在吧台上方的电视声吸引了。电视正播放新闻，哈利直到最后才搞清楚，这则报道是在讲原住民团体要求有自己的区域一事。

"……有关原住民区域的法规——"新闻播报员说。

"所以是正义占了上风……"一个声音在他身后响起。

哈利转过身去。刚开始他还认不出这个脸上化着浓妆、长相粗犷、头上戴着金色假发的长腿女人是谁。但随后他便认出了对方的大鼻子和牙缝。

"小丑！"他喊了出声，"奥托……"

"奥托·雷克纳厄尔，同时也是有些人心目中的公主殿下，哈利帅哥。高跟鞋还真麻烦。其实我比较喜欢我的男人个子比我高。我可以坐这里吗？"他在哈利旁边的高脚椅上坐下。

"你要喝点什么？"哈利问，试图朝比吉塔的方向望去。

"放轻松，她知道的。"奥托说。

哈利给他一支烟，他没道谢便接了过去，插在粉红色烟斗上。哈利举起一根火柴，而奥托则缩起双颊，摆出一副撩人姿态，一边吸烟一边观察他。奥托的短裙紧贴裹着丝袜的苗条双腿，哈利承认，这副打扮的确堪称杰作。穿着女装的奥托比他见过的其他所有异装癖都有女人味。哈利把视线移开，指向电视屏幕。

"你说正义占了上风是什么意思？"

"你听过'无主之地'吗？或者埃迪·马博？"

哈利连摇了两次头。奥托噘起嘴唇，吐出两个浓烟圈，它们缓缓飘至空中。

"'无主之地'是个聪明有趣的小点子，是英国人抵达后，发现澳大利亚没什么耕地时想到的。其实那只是因为原住民不会花上大半天时间待在土豆田里，英国人就认为他们的地位比较低下。然而，原住民部落对自然环境其实挺了解的，知道哪个季节该去哪里找食物，过着相当富足的生活。但因为他们没有定居下来，所以英国人就自己判定没有人拥有这块土地。这就是所谓的'无主之地'。根据'无主之地'原则，英国人可以划拨土地给新来的移民，而无须理会原住民的意见，毕竟他们也没宣称那是他们的土地。"

比吉塔在奥托面前放下一杯大杯的玛格丽特。

"几年前，有个来自托雷斯海峡群岛叫埃迪·马博的家伙，针对'无主之地'原则向政府提出质疑，声称当时土地的所有权是从原住民手中非法夺走的。一九九二年，高等法院接受了他的观点，宣布澳大利亚是属于原住民的。法院裁定，在白人抵达这里前，原住民一直生活并拥有的土地，应要求需归还他们。当然啦，白人由于害怕失去土地，所以鬼叫个不停。"

"现在呢？"

奥托拿起杯口处沾有盐巴的调酒杯喝了一大口，表情像是喝到了醋一样，接着又小心翼翼地擦了擦嘴，露出不屑的神情。

"这么说吧，判决下来了，原住民地权的法律也随之诞生。不过他们似乎不打算严肃处理这件事。毕竟，这跟穷苦的农夫突然发现自己的土地被没收的情况不同，所以，最严重的恐慌也就慢慢过去了。"

哈利想，他现在正坐在酒吧里听一名异装癖人士讲解澳大利亚政治。他觉得很自在，有点像是在看《星球大战》中哈里森·福特在酒吧里的情形。

新闻被广告截断。电视中，一群身穿法兰绒衬衫、戴着皮帽的澳大利亚人脸上挂着微笑。那是个啤酒广告，显然是质量最好，"全澳大利亚最引以为傲"的啤酒品牌。

"这杯敬'无主之地'。"哈利说。

"干杯，帅哥。噢，我差点忘了。我们的新演出场地在邦代海滩的圣乔治剧院。你跟安德鲁一定要过来看看。如果你想的话还可以带朋友来。要是你懒得看我同事的演出，看我的就好了。"

哈利低头看向奥托翘起兰花指的手上那三张票，向他道谢。

18 皮条客

从奥尔伯里酒吧前往国王十字区时会穿过绿色公园，哈利忍不住找寻那名脏兮兮的原住民的身影，但今晚只有两个白人酒鬼坐在暗淡灯光下的公园长椅上。云层早已飘远，此刻大空清澈，星光明亮。路上，他经过一对争吵的夫妇。他们各自站在人行道一侧，朝彼此大吼大叫，哈利不得不从两人中间穿过。"你根本没说你会整晚不回去！"其中一人带着哭腔尖声大喊。

一家越南餐厅外，一名服务生正背靠在门框上抽烟，看起来像是度过了漫长的一日。人车成列，缓缓沿国王十字区的达令赫斯特路流动。

安德鲁就站在贝斯沃特路口，正吃着一根香肠。

"你来了，"他说，"真准时。日耳曼民族的特色。"

"德国人——"

"德国人是日耳曼民族的一支。你们则是日耳曼民族的北方部落，你肯定清楚这点。你该不会想否认自己的出身吧？"

哈利很想用相同的问题回答，但忍住了。

安德鲁心情很好。"就从我认识的人开始吧。"他说。

他们一致认为，沿达令赫斯特路找娼妓问话，以此作为搜索的开端等于大海捞针，但也只有这个方法了。所幸娼妓不算难找，哈利甚至能辨认出其中一些。

"蒙卡比，我的朋友，生意好吗？"安德鲁停下脚步，热情地向一名皮肤黝黑的人打招呼。那人身穿紧身西装，戴着厚重的首饰。他开口时，一颗金牙闪闪发光。

"小鬼，你这只疯种马！你很清楚，我没什么好挑剔的。"

哈利心想，如果有人一眼看上去就像皮条客，那肯定是他。

"哈利，向特迪·蒙卡比问声好，他是悉尼最烂的皮条客。他已经干了二十年了，还是跟手下的女孩一起站在街上。你现在还这样是不是有点上年纪了，特迪？"

特迪举起双手，笑容满面。"我喜欢亲临现场，小鬼。你知道的，这里才是做生意的地方。要是坐在办公室里头，不用太久就会失去洞察力，无法掌控一切。你也知道，在这行里头，能掌控的人就是赢家。你得掌控女孩和马夫。你也知道，人就跟狗一样。要是一条狗没人控制，就会是条不开心的狗。你知道的，不开心的狗可是会到处乱咬的。"

"你说了算，特迪。听着，我想找你手下的一个女孩聊一下。我们正在找个坏蛋。他搞不好会在你这里故技重施。"

"没问题，你要找谁？"

"桑德拉在吗？"

"桑德拉随叫随到。你确定不要来点其他的服务吗？我是指除了聊聊以外的哦。"

"谢了，特迪，不用了。我们会去帕拉狄昂夜店，你可以叫她过来吗？"

帕拉狄昂夜店外头有个看门的人，正向进场客人推销色情服务。他看到安德鲁时眼神一亮，与另一名看门的人讲了几句话，两人一同挥手叫他们通过售票口。走下狭窄的楼梯，便是灯光昏暗的脱衣舞俱乐部。有些人坐在圆桌前等下一场演出开始。他们在俱乐部后方找到一张空桌。

"感觉你好像认识这里的每一个人。"哈利说。

"所有人都得认识我，我也得认识他们。你在奥斯陆肯定也有警察与地下世界有这种古怪的共生关系吧？"

"当然。不过你跟这些联络人的关系，看起来比我们要温馨得多。"

安德鲁放声大笑。"或许是因为这对我来说有一定程度的亲切感吧。要是我没进警界的话，说不定会加入这一行，谁知道呢？"

一名穿着黑色迷你裙的女人，踩着高跟鞋摇摇晃晃地走下楼梯。短刘海下方那双迟钝、呆滞的双眼环视着四周，接着才走向他们。安德鲁帮她拉开椅子。

"桑德拉，这位是哈利·霍利。"

"是吗？"她说，红色宽唇扬起一个邪气笑容，嘴里少了颗犬齿。哈利握了握她那尸体般冰冷的手。桑德拉有些面熟。他是不是哪天晚上在达令赫斯特路上见过她？说不定当时她化了不同的妆，穿着不同的衣服？

"什么事？想抓哪个坏人吗，肯辛顿？"

"我们在找一个坏到不行的人，桑德拉。他喜欢用手扼女人的脖子。有印象吗？"

"印象？我们的客人有一半都是这样。他伤到什么人了吗？"

"大概只有一些指认得出他的人吧，"哈利说，"你见过这家伙吗？"他举起埃文斯·怀特的照片。

"没有，"她看都没看就回答，转向安德鲁，"肯辛顿，这家伙是谁？"

"他是挪威来的。"安德鲁说，"是个警察，妹妹在奥尔伯里酒吧工作，上周被奸杀了，才二十三岁。哈利请了丧假，来这里想找出凶手。"

"抱歉，"桑德拉望向照片，"有。"她说，接着便一语不发。

哈利兴奋起来："什么意思？"

"意思就是有，我见过他。"

"那你，呃……跟他打过交道吗？"

"没有，不过他来过达令赫斯特路好几次，不知道来这里干吗。但他的长相很面熟，我可以打听一下。"

"谢谢你……桑德拉。"哈利说。她对哈利挤出一丝短暂的微笑。

"我得去工作了，两位。我想我们应该还会再见吧。"迷你裙小姐一面说，一面循着原路离开。

"太好了！"哈利大喊。

"太好了？就因为有人在国王十字区见过那家伙？达令赫斯特路又不是禁止通行。说不定他是来嫖妓的，这又没犯法。呃，没抓很严罢了。"

"安德鲁，你没感觉到吗？悉尼有四百万人口，而她正好看见了我们要找的人。没错，这无法证明什么，但的确是个征兆。你不觉得情势越来越明朗了吗？"

背景音乐停下，灯光开始变暗，客人纷纷将注意力集中至舞台上。

"你咬定了就是埃文斯干的，对吧？"

哈利点头。"我全身上下都在说，就是埃文斯。对，我就是有这种直觉。"

"直觉？"

"只要仔细思考就能发现，直觉绝不是什么鬼扯的东西，安德鲁。"

"我现在就在思考，哈利，而且真的什么也感觉不到。不介意的话，可以给我解释一下你的直觉是怎么运作的吗？"

"这个嘛……"哈利看着安德鲁，想确定他是不是在讽刺。但从安德鲁的眼神来看，他是真的感兴趣。"直觉其实只是经验的总和。在我来看，所有你经历过和知道的事情，还有潜伏在潜意识中、你察觉或没察觉到的事都可以算在里头。通常你不会注意到这头睡兽，它就待在那里，一边打呼，一边吸收新的事物。突然间，它会眨眨眼，伸个懒腰告诉你，嘿，我以前见过这个画面，然后帮你还原画面中的每个细节。"

"很精彩，霍利。但你确定你那头睡兽看到了这件案子的所有细节？你所看到的部分，只不过取决于你想看到的角度与立场罢了。"

"什么意思？"

"就拿天空来说好了。你在挪威看到的天空，跟你在澳大利亚看到的是同一片。但因为现在你人在南半球，跟在家乡时相比，你整个人是倒过来的，所以你看到的星空是颠倒的。要是你不知道自己是颠倒过来看的，你就会觉得困惑，还会出错。"

哈利看着安德鲁。"颠倒的，是吗？"

"没错。"安德鲁抽起雪茄。

"我在学校学过，你们看到的星空与我们看到的还挺不一样的。你在澳大利亚看不到挪威晚上能看到的星星。"

"好吧，"安德鲁依旧冷静自若，"就算是这样，关键是你看待事情的角度。重点在于，每件事都是相对的，不是吗？这也是事情会如此复杂的原因。"

舞台噼噼作响，冒出白烟，随即又变成红色，扩音器传出小提琴声。一名穿着连身裙的女人与一名穿着长裤及白衬衫的男人自烟雾中走了出来。

哈利听过这音乐。这跟他从伦敦搭飞机来时，一路上听到的邻座耳机里的微弱乐声一模一样。只是现在他知道歌词在唱些什么了。那名女人唱着"他们都叫她野玫瑰，而她不知原因为何"。

少女般的音色，与男人低沉、阴郁的声音形成鲜明对比：

> 然后我与她吻别，
> 说所有的美丽终将逝去，
> 我俯身，在她齿间植下一朵玫瑰……

哈利正梦到星空与黄棕色蛇群，饭店房门传来的轻微敲门声把他吵醒了。他继续心满意足地躺了一下子。外头又下起雨来，窗外的排水管正不停地歌唱。他起身下床，赤身裸体地去开房门，将它大敞着，希望他那逐渐耸立的建筑物被人注意到。比吉塔惊讶地大笑出声，扑进他的怀里。她的头发全湿了。

"我还以为你说三点。"哈利装出生气的模样。

"客人不肯走。"她说，抬起长着雀斑的脸蛋。

"我失去控制地、疯狂地、全身心地爱上你了。"他轻声说，用双手捧着她的脸。

"我知道。"她说。

哈利站在窗边，一面喝着从迷你吧里拿出的橙汁，一面看着天空。云层已再度散开，看起来像有人用叉子在丝绒般的天空连戳了几下，让圣光仅能从洞口穿出。

"你对异装癖有什么看法？"比吉塔在床上问。

"你是指我对奥托的看法吗？"

"这么说也行。"

哈利想了一下。"我喜欢他那种傲慢的劲。垂着眼皮，一脸不悦，一副厌世模样。该怎么说呢？他一视同仁地跟所有人调情，就像是一场抑郁的歌舞秀。一种点到为止、充满自嘲的调情方式。"

"所以你喜欢？"

"我喜欢他那种漠不关心的态度，可他会为大多数人厌恶的东西撑腰。"

"什么是大多数人厌恶的呢？"

"缺点，脆弱之类的。澳大利亚人会吹嘘他们的国家相当开明。或许是吧。但就我的理解来看，他们心目中理想的澳大利亚人是诚实、单纯、勤劳的，有着良好的幽默感与少许的爱国主义。"

"忠实。"

"什么？"

"他们称之为忠实，或者说诚恳。代表某些人或某些事既真诚又得体。"

"在令人愉快的得体的表象背后，很容易隐藏一堆该死的鸟事。从另一方面来说，奥托一身古怪的打扮，表现出诱惑、假象与虚伪，反倒让我觉得他是我在这里遇到过的最真诚的人。赤裸、脆弱又真诚。"

"要我说，这听起来实在太'警察'了。哈利·霍利，男同性恋者最好的朋友。"比吉塔调侃地说。

"但我的论点还挺有道理的，不是吗？"

他躺下望着她，眨了眨无辜的蓝色双眼。"小姐，我真庆幸自己没心情跟你再来一轮。毕竟我们还得一大早起床。"

"你刚才说的话明明就是在叫我继续。"比吉塔这么说道，他们又扑在了对方身上。

19　开心的妓女

哈利在一家名为"达兹摇摆"的店前方发现桑德拉。她站在人行道上，环视她在国王十字区的小领地，踩着高跟鞋的双腿为了维持平衡显得有些疲软。她环抱双臂，指间夹着一支烟，像是睡美人的双眼，兼具勾引与嫌恶的神色。简单来说，她看起来跟其他地方的妓女没两样。

"早。"哈利说。桑德拉盯着他瞧，完全没认出他。"还记得我吗？"

她扬起嘴角，似乎打算借此取代微笑。"当然，爱人。我们走吧。"

"我是霍利，那个警察。"

桑德拉凝视着他。"真的是你。每到这个时候，隐形眼镜总是会失效。肯定是废气的关系。"

"可以请你喝杯咖啡吗？"哈利客气地问。

她耸了耸肩。"反正附近没什么人，今晚到此结束也好。"

特迪·蒙卡比突然出现在脱衣舞俱乐部的大门旁，咬着一根火柴，对哈利轻轻点了一下头。

"你父母还好吗？"桑德拉在咖啡送来时问。他们坐在哈利常吃早餐的那家名为"波本与牛肉"的店里，服务生还记得哈利日常会点的东西：班尼迪克特鸡蛋、马铃薯煎饼与馥芮白。桑德拉端起她的黑咖啡。

"什么意思？"

"你妹妹……"

"噢，对，对。"他把杯子举至唇边，借此回过神来。

"嗯，对，我想他们会没事的。多谢关心。"

"我们活在一个可怕的世界里。"

阳光仍未洒在达令赫斯特的屋顶上，但天空已变成蓝色，可以看见些许移动的云朵分散各处，像孩子房间里的壁纸。但这也无济于事，因为世界原本就是个可怕的地方。

"我找几个女孩谈过，"桑德拉说，"照片上的家伙姓怀特，是个卖安非他命和致幻剂的毒贩。有些女孩会从他那儿买货，不过她们没接过他的生意。"

"说不定他不用花钱就能满足需求。"哈利说。

桑德拉哼了一声。"有性需求是一回事，买春又是另一回事。对很多人来说，买春才是真的来劲。我们能为你做很多家里享受不到的事，相信我。"

哈利抬起头来。桑德拉直盯着他，有那么一刻，她的双眼炯炯有神。

他相信她。

"你询问过我们之前提到的日期吗？"

"其中一个女孩说，她在你妹妹被发现的前一晚，跟他买过致幻剂。"

哈利放下杯子，咖啡洒了出来。他朝桌子对面倾身，急忙轻声问："我可以跟她谈谈吗？她可靠吗？"

桑德拉的红色宽唇露出笑容，嘴中因缺牙而有个黑色的洞。"就像我说的，她买了致幻剂，这东西在澳大利亚可是违禁品。她可不可靠？她是个嗑致幻剂的人……"她耸耸肩，"我只是转述她告诉我的事而已。这么说吧，如果你想搞清楚今天是星期三还是星期四，你绝对不会想去问她。"

就算风扇比平常安静，上午的会议气氛仍十分让人烦躁。

"抱歉，霍利，我们得放弃埃文斯。他没有动机，而且那女人也说，谋杀案发生时，他人在宁宾镇。"沃特金斯说。

哈利提高音量。"听着，安吉丽娜·哈钦森嗑致幻剂，天知道她还嗑了什么东西。她怀孕了，说不定是埃文斯·怀特的孩子。天哪，他甚至卖毒品给她！老天在上！她会按他的吩咐做任何事情。我们跟房东谈过，那女人有痛恨英厄的理由，认为那个挪威女孩打算抢走她那只会下金蛋的鹅。"

"我们最好仔细调查那个姓哈钦森的女人，"莱比冷静地说，"至少她有明确的动机。说不定事实正好相反，是她需要埃文斯做不在场证明才对。"

"埃文斯肯定在撒谎。英厄被发现的前一天，有人在悉尼见过他。"哈利起身，在会议室有限的空间内踱了两步。

"那是个吃了致幻剂的妓女说的，我们甚至不确定她有没有办法做证。"沃特金斯指出这点，转向苏永，"航空公司怎么说？"

"宁宾镇警方在谋杀案发生三天前，在主街上见过埃文斯。而在谋杀案发生前后，安捷航空或澳大利亚航空的乘客名单上都没有他的名字。"

"这说明不了什么，"莱比大喊，"如果你是个毒贩，你肯定也不会用自己的名字旅行，不是吗？总之他还可以搭火车，要是有时间的话，甚至开车也行。"

哈利有些动怒。"我重复一次。美国的统计数据显示，在所有谋杀案中，有百分之七十的受害者都认识凶手。但我们却把焦点放在连环杀手身上。我们都知道，逮到他的可能性就跟中乐透一样小。难道我们不该调查可能性更大的人吗？毕竟，有许多旁证全指向我们手上这个嫌疑人。重点在于，我们应该加紧盯人，趁还有线索时就行动。把他找来，当面指控，逼问他直到他露出马脚。现在我们只是被牵着鼻子走，就这么陷……陷入……陷入……"他努力搜索着"泥沼"一词的发音，但仍徒劳无功。

"嗯，"沃特金斯自言自语，"要是有人从我们手里跑掉，而我们什么也没做，的确也不算什么好事。"

此时门开了，安德鲁走入屋内。"早安，各位，抱歉来晚了。不过总得有人维持街道上的安全才行。怎么了，头儿？你眉头皱得就像贾米森峡谷似的。"

沃特金斯叹气。

"我们正在考虑要不要调整调查方向。先把连环杀手的推论抛到一边，把全副精力集中在埃文斯·怀特或安吉丽娜·哈钦森身上。霍利似乎认为她的不在场证明不够有说服力。"

安德鲁大笑起来，从口袋中掏出一个苹果。"我还真想看看一个四十五公斤的孕妇要怎么把一个健康的北欧女人给勒死，之后还要强暴她。"

"只是个猜想而已。"沃特金斯嘀咕着说。

"就目前来看，我们可以先把埃文斯抛到脑后了。"安德鲁用袖子擦着苹果。

"噢？怎么说？"

"我刚跟线人谈过。谋杀案当天，我的线人正在宁宾镇买大麻，听人提起埃文斯那里有些质量绝佳的好货。"

"然后呢？"

"没人告诉他埃文斯从不在家里做生意，所以当他跑去埃文斯家时，他被一个手臂夹着步枪、乱骂一通的疯子给赶走了。我给他看了照片。埃文斯在谋杀案当天，的确就待在宁宾镇。抱歉啦。"

会议室陷入沉默，仅有风扇声，还有安德鲁大口咬下苹果的声音。

"再从头开始吧。"沃特金斯说。

哈利与比吉塔约了五点在歌剧院附近喝咖啡，赶在她上班之前。他们抵达时，咖啡店已经打烊了。门上的字条说，他们得处理一场芭蕾舞演出的事情。

"这家店总是有别的事情要做。"比吉塔说。他们靠在栏杆上，看着港口对面的科里比利半岛。"我想听接下来的故事。"

"我那同事叫作龙尼·斯蒂安森。在挪威，龙尼是个凶狠的名字，但他不是那种人。龙尼是个亲切、善良的小伙子，热爱警察这份差事，至少大多时候都很喜欢。葬礼举行时，我人还在医院。结束后，上司从警局过来探望我。他转达了局长的慰问，或许我早该在那时就察觉出事情不太对劲了。当时我人是清醒的，情绪跌到谷底。护士发现了我偷偷弄进来的酒，把我邻床的人转到别的病房去了，搞得我有两天没酒喝。'我知道你在想什么，'上司说，'别再这么想了。你还有工作要做。'他以为我想自杀。他错了。我是在想怎么弄到酒。

"我那上司不是拐弯抹角的人。'斯蒂安森已经死了。现在你什么忙也帮不上，'他说，'你能帮的，只有你自己和你的家人。还有我们。你看了报纸吗？'我回答我什么也没看，我爸一直在念书给我听，我请他别告诉我这场意外的任何消息。上司说这样很好，事情简单多了。'你明白吗，开车的人不是你，'他说，'或换个说法，坐在驾驶座那个奥斯陆警察总署的人没喝醉。'他问我懂不懂他的意思，说开车的是斯蒂安森。而在我们两个之中，他才是那个验血显示为完全清醒的人。

"他拿出一些旧报纸，我用模糊的双眼努力看了一下，上头写着驾驶员瞬间丧命，乘客座椅上的同事身受重伤。我说：'但开车的实际是我。''我不这么觉得。你被发现时，人在后座，'上司说，'别忘了重度脑震荡的事。你应该不记得驾驶过程中的任何事情才对。'我当然知道是怎么回事。记者只对驾驶员的验血结果感兴趣，只要他没问题，根本没人在意我的情况。这件事对警方的影响已经够糟的了。"

比吉塔眉间深深皱起，看起来十分震惊。

"你们怎么能告诉斯蒂安森的父母说车是他开的？这些人肯定冷血得要命。究竟……"

"就跟我说的一样，警方非常重视忠诚度。在某些情况下，警方的确会先考虑家属的感受。但那一回，斯蒂安森的家人已经先听到了比较容易消化的事发原因。在我上司的版本里，斯蒂安森决定冒着风险追捕一名贩毒与谋杀案的嫌疑人，在追捕过程中，任何人都有可能发生意外。毕竟，另一辆车里的男孩是个新手，在同样的情况下，要是换成另一名驾驶员，他的反应或许会快得多，不至于把车开到了我们面前，更别说我们当时还开着警笛。"

"而且时速还高达一百一十公里。"

"地点则是限速五十公里的区域。当然，这事不能向那男孩究责。关键在于要让这案子看起来是什么模样。为什么非得告诉他的家人，自己的儿子其实是坐在乘客座上的呢？要是他们得知自己儿子是那种宁可让喝醉的同事开车，也不敢出声抗议的人，他们会感觉比较好吗？上司就这么跟我争执了一遍又一遍，我的头痛得要命，感觉就快炸开了。最后，护士进来时，我正靠在床边吐个不停。第二天，斯蒂安森的父母和他妹妹来了。他们带了花，希望我可以尽早康复。他父亲十分自责，因为他从来没有严格要求儿子开车不要超速。我哭得不能自已。每一秒都像是场缓慢的死刑。他们在我身边坐了一个多小时。"

"天哪，你是怎么对他们说的？"

"什么也没说。全是他们在讲话，不停说着龙尼的事。他计划做的事，想成为怎样的人，打算怎么实现。还有他在美国念书的女友。他还提起过我，说我是个好警察、好朋友，是个值得信赖的人。"

"后来呢？"

"我在医院待了两个月。上司不时会来看我。有一次，他重复之前说过的话：'我知道你在想什么，别再这么想了。'这回他说对了。我的确一心想死。或许这里头有一丝为别人着想的成分，想让真相就此埋藏起来吧。说谎不是最糟的部分，最糟糕的是我得把秘密藏在心里。这听起来很怪，连我自己也思考了无数回，所以还是解释一下好了。

"二十世纪五十年代，有个叫查尔斯·范·多伦的年轻大学讲师。他因为参加一档益智游戏节目而成为美国家喻户晓的人物。他一周又一周地击败所有挑战者。问题有时难到让人难以置信，而那家伙显然什么都知道，让每个人目瞪口呆。他收到许多求婚信，还有自己的粉丝俱乐部，当然啦，他在大学的课也堂堂爆满。最后，他宣布，制作单位提前把所有问题都给了他。

"当他被问到为何要揭露骗局时，他告诉他们，他有个叔叔曾向妻子，也就是范·多伦的婶婶，承认过去有过对她不忠的事。这件事在家族内引起不小的骚动，后来范·多伦问叔叔为什么会告诉妻子。毕竟，这件事发生在许多年前，他后来也没再与那名女子有瓜葛。他叔叔回答，不忠不是最糟的部分。最糟的，是这件事就这么过去了，而他却没受到任何惩罚。查尔斯·范·多伦的状况就像这样。

"我想，人一旦再也无法忍受自己的所作所为时，就会觉得自己得接受惩罚才行。我也如此渴望着，不管是受罚、鞭打、折磨，还是羞辱都行，只要让我觉得赎清了罪就好。但没人来惩罚我。他们甚至没解雇我；因为在官方说法中，我人是清醒的，但事实并非如此。相反，由于我在执行任务时身受重伤，我还在报纸上获得局长的赞扬。所以，我只好自己惩罚自己。我所能想到的最严厉的惩罚，就是决定好好活下去，从此戒酒。"

"后来呢？"

"我恢复了，又开始继续工作。每天工作的时间比所有人都长。我还训练自己长途步行，读一些法律的书，不再与一些坏朋友碰面。附带一提，就连好的朋友也不再见了，因为我可能还是会跟他们一起喝酒。说真的，我也不知道这是为了什么，就像一场大扫除似的。我舍弃了过去生活中的一切，无论是好是坏。有一天，我坐下来，开始打电话给过去生活中的每一个人，对他们说：'嘿，我们以后不能碰面了。很高兴认识你。'大多数人都接受了，我猜，说不定有几个人还高兴得很。有些人坚称我是在封闭自己。他们或许是对的吧。最近这三年，我跟妹妹相处的时间比任何人都多。"

"那你生活里的那些女人呢？"

"这又是另一个故事了，而且都是很久以前的事，早就过去了。在意外发生后，这方面就没有人值得我多花时间了。我变成了一匹孤狼，一心只想着自己的事。谁知道呢，说不定只是因为我喝醉时比较迷人吧。"

"他们为什么会派你来？"

"肯定是某个领导觉得我能派上用场。或许这只是一场严厉的考验，看我在压力之下能发挥怎样的作用。要是我能处理好这件事，没让自己变成窝囊废，回去以后，我说不定能开发一些潜力，学到点什么。"

"你认为这件事很重要？"

哈利耸肩。"其实也没重要到哪里去。"

一艘挂着俄罗斯国旗、满是铁锈的丑陋船只自悉尼港驶出。他们看见白帆升起，但它们看起来就像静止了一样。

"现在你打算怎么办？"她问。

"我能做的不多。英厄的棺木已经运回去了。葬礼负责人今天从奥斯陆打电话给我，说大使馆已经在安排行程了。他们用了'遗体'这个词。一个备受疼爱的孩子会有许多称呼，但奇怪的是，死者的称呼也有那么多种。"

"你什么时候离开？"

"只要一确认英厄接触过的人都不是凶手就会走。我明天会和麦科马克谈谈，要是没有明确的案情进展，可能会在周末前离开吧。毕竟这可能会成为一件旷日悬案，而且我们也得到了大使馆的同意，他们会向我们通报案件的最新进展。"

她点点头。一群游客站在他们身旁，周遭夹杂着摄影机的对焦声、日语、海鸥的叫声，还有船只经过时的震动声响。

"你知道设计歌剧院的人后来放弃了这一切吗？"比吉塔突然转移话题。由于外界对悉尼歌剧院的建造成本大幅超支的批评声达至顶峰，丹麦建筑师约恩·乌松放弃了整个项目，以辞职表示抗议。"想象一下放弃你已经着手的事，尤其是那些你认为很好的事情。我不认为自己可以做到这点。"

他们决定不让比吉塔搭公交车，而是由哈利送她去奥尔伯里酒吧。他们没怎么交谈，就这么沿牛津街朝帕丁顿方向默默走着。远处传来雷声，让哈利吃惊地望向澄净的蓝天。街角站着一个头发灰白、举止高雅的人，他一身无可挑剔的西装，脖子上挂着标语："秘密警察剥夺了我的工作、我的家，毁了我的生活。我不存在于官方文件中，这个机构没有地址与电话，也没被列入国家财政预算里。他们认为自己能够免遭指控。帮我找出这些骗子，指控他们的不端行为。请在此签名或捐赠。"他高举着签名册。

他们经过一家唱片行。哈利心血来潮，走进店内。柜台后方站着一个戴眼镜的人。哈利问他有没有歌手尼克·凯夫的唱片。

"当然有，他可是澳大利亚人。"那人说，将眼镜往下移。他的额头上有个老鹰图样的刺青。

"我要找的是男女合唱曲。歌词是关于一朵野玫瑰……"哈利话没说完便被打断。

"我知道你说的是哪首。《野玫瑰长于何处》，收录在《谋杀民谣》这张专辑里。烂歌、烂专辑。你还是从他的好专辑里挑一张吧。"

那人把眼镜推回原处，消失在柜台后方。

哈利再度暗暗吃了一惊。

"那首歌有什么特别吗？"他们走到街上时，比吉塔问。

"显然没什么特别的。"哈利大笑。那个店员让他心情好了起来。"凯夫和那女人唱了一首关于谋杀案的歌。他们把这首歌唱得很美，就像爱的宣言。但的确是首烂歌。"他又再度大笑，"我开始喜欢这座城市了。"

他们继续往前。哈利朝街道前后看了一下。他们几乎是牛津街中唯一一对异性恋情侣。比吉塔握了握他的手。

"你应该看看去年忏悔节期间的同志大游行，"比吉塔说，"当时队伍经过了牛津街。他们说澳大利亚各地有超过五十万人前来参观或参与游行，疯狂得很。"

同志街。拉拉街。他现在才察觉，商店橱窗里的衣服全是乳胶和皮革材质。紧身上衣与丝质小号内裤，拉链与铆钉，既独特又时尚，不像国王十字区的脱衣舞俱乐部中那种随处可见、让人大冒冷汗的俗烂货色。

"小时候，我家附近住了一个男同志。"哈利回忆着说，"大概四十岁，自己一个人住，附近每个人都知道他是同性恋。冬天时，我们会朝他扔雪球，对他大喊'捅屁眼的'，然后拔腿就跑，觉得要是被抓到，就会被他从后面来一下。但他从来没追过我们，只是把帽子拉低，盖住耳朵，就这么回家。有一天，他突然搬家了。他没对我做过任何事，我一直很纳闷自己为什么会这么恨他。"

"人们会害怕他们不了解的事，然后会憎恨他们害怕的事。"

"你还真睿智。"哈利说。比吉塔揍了他肚子一拳。他倒在人行道上大声尖叫。她大笑出声，求他别再装了。他爬起身，在牛津街上追逐着她。

"我希望他搬到这里来了。"追逐告一段落后,哈利这么说。

哈利告别比吉塔后(他发现不管时间长短,他已经开始在每次与她分开时,都像永别般依依不舍,对此他感到有些不安),便去公交车站排队。站在他前面的是个背包上画着挪威国旗的男孩。在哈利还在思索要不要向对方打声招呼时,公交车已抵达。

哈利递出二十元纸钞,公交车司机抱怨起来。

"我猜你没有五角吧?"他讽刺地说。

"如果有早拿给你了,你这个白痴王八蛋。"他用挪威话反击,脸上却装出傻笑。公交车司机递零钱给他时,恶狠狠地瞪了他一眼。

他决定沿英厄被杀当晚步行回家的路线走上一回。其实先前有人这么做过。莱比和苏永勘查过这条路线中的酒吧和餐厅,并出示了英厄的照片,结果当然是一无所获。哈利原本要找安德鲁一起,但他拒绝参加,说这只是浪费他看电视的宝贵时间。

"这不是在开玩笑,哈利。看电视可以带给人信心。当你看到电视里的人绝大部分都笨得要命时,会觉得自己很聪明。科学研究表示,人觉得自己比别人聪明,比觉得自己更笨要更有用。"

哈利觉得这话有点道理,但不管怎样,安德鲁还是给了他一家位于布瑞吉路的酒吧名字,要哈利代他向老板打声招呼。"我不觉得他会提供什么情报,不过或许可以给你的可乐打个五折吧。"安德鲁开心地笑着说。

哈利在市政府站下车,在皮蒙特区慢慢地走着。他看着高耸的建筑物、城市人走路时特有的步态,心中对于英厄·霍尔特踏入人生终点站一事仍没有任何头绪。到了鱼市,他走进咖啡店,点了一个夹酸豆与熏鲑鱼的贝果。他可以从窗户看见一座跨越布莱克怀特湾和格利伯的桥梁。他们正在空旷的广场上建一座露天舞台,哈利从海报上得知,这是为了这个周末的澳大利亚国庆节所建的。哈利向服务生点了咖啡，开始埋头看《悉尼先驱晨报》。这是那种你可以拿来包一整个货柜的鱼的报纸，就算只看图片，也可以看上好一段时间。但这里还要一小时才会日落，哈利想看看天黑后的格利伯都会出现哪些妖魔鬼怪。

20　板球

　　板球酒吧的老板拥有一九八九年澳大利亚在灰烬杯赛事中四度击败英国队时，板球选手艾伦·博德身上穿的那件球衣，他对此相当自豪。球衣用木框和玻璃裱了起来，挂在角子机①上方。另一面墙上则有一九七九年澳大利亚与巴基斯坦打成平手的那场比赛所使用的两根板球球棒和一个球。而某个人在南非那场比赛后偷走的三柱门门柱则被挂在出口上方。传奇球员唐纳德·布莱德曼的护腿板被某个客人射成了碎片，只因他无法从墙上夺走它。因此店主认为有必要牢牢保护他的珍宝。

　　哈利走进门，看见墙上的宝物与酒吧中那群像是板球迷的顾客时，想到的第一件事，便是自己应该更正板球是纨绔子弟运动的刻板印象。客人的打扮并不光鲜亮丽，身上也没有特别香，就连店主伯勒斯也没待在吧台内。

　　"晚安。"他说，他的声音像钝掉的镰刀刮过磨刀石。

　　"汤力水，不加金酒。"哈利说，给他一张十元钞票，叫他不用找零。

　　"小费太多，比较像是想收买我，"伯勒斯说，挥了一下钞票，"你是警察？"

　　"这么容易看穿？"哈利一副认了的口吻。

　　"对，而且你听起来还像个游客。"

　　伯勒斯放下找零，转身想走。

---

　　①　又称老虎机。角子为硬币之意。

"我是安德鲁·肯辛顿的朋友。"哈利说。

伯勒斯快如闪电地转身拿走钱。

"你干吗不直接说？"他咕哝了一句。

伯勒斯没见过、也没听过英厄·霍尔特。其实哈利早从安德鲁那里了解了此事，但这就跟他奥斯陆警局的年迈导师、外号"腰痛"的西蒙森常说的一样："多问总比少问好。"

哈利看了看四周。"这里都是什么货色？"

"烤肉串佐希腊沙拉，"伯勒斯回答，"本日特餐，七块钱。"

"不好意思，我修正一下用词，"哈利说，"我的意思是，来这里的都是些什么人？客人是哪种类型？"

"所谓的下层阶级吧。"他露出宽容的微笑，足以表明伯勒斯成熟的工作态度，以及希望能把酒吧带到另一个境地的梦想。

"那些人都是常客？"哈利问，朝酒吧的阴暗角落点点头。那里有五个人围桌而坐，喝着啤酒。

"对，大部分都是常客。这里可不太会出现在旅游指南上。"

"你介意我问他们几个问题吗？"哈利问。

伯勒斯面露难色。"那几个家伙可不是老妈的乖儿子。我不知道他们的钱是哪里弄来的，也没想过要问。这么说吧，他们不是那种朝九晚五的人。"

"没人愿意听到无辜的年轻女孩在自家附近一带遭人强奸和勒杀，也没人想跟执法者过不去。不管你卖的是什么，这类消息都会把客人吓跑，对生意没好处。"

伯勒斯擦了擦玻璃。"如果我是你的话，肯定会小心一点。"

哈利朝伯勒斯点头，慢慢朝角落那张桌子走去，好让他们留意到他。其中一人在他走得足够近前便站起身来，环抱双臂，露出粗壮手臂上的匕首刺青。

"这个角落有人坐了，金发仔。"他的声音相当粗哑，像是只有气音。

"我想问——"哈利刚开口，那名声音粗哑的男人便直接摇头，"就问一个问题。有人认识这个叫埃文斯·怀特的人吗？"哈利举起照片。

面向他的那两个人原本只是看着他，表情与其说是带有敌意，不如说是感到无聊。但听见埃文斯名字时，他们明显对哈利产生了兴趣。哈利留意到两人的颈部抽动了一下。

"没听过，"声音粗哑的男人说，"我们这是私人……聚会，才聊到一半，老兄。再见。"

"这场聚会该不会跟贩卖非法物品有关，或触犯澳大利亚的法律吧？"哈利问。

现场沉默了一阵子。他采取了危险的策略。露骨挑衅是种战术，只要有相应的后援，或良好的逃生路线就好。然而哈利两者均无，他只是感觉到时机已到。

其中一人起身，身躯挺立。他转身露出满脸痘疤的丑脸时，整个人几乎顶到了天花板。平滑的胡子突显出他的东方血统。

"成吉思汗！真高兴见到你。我还以为你已经死了呢！"哈利大喊，伸出一只手。

成吉思汗开口说："你是谁？"

他的声音就像临终之人的喉鸣。任何黑死金属乐队都会拼命争取他这种声音低沉粗哑之人当主唱的。

"我是警察。我不认为——"

"梗谓。"成吉思汗低头从天花板处瞪着哈利。

"什么？"

"警徽。"

哈利意识到，就眼前情势来看，相比奥斯陆警方发给他的那张附有证件照的塑料卡片，他得拿出更有力的东西才行。

"有没有人说过，你的声音和埋葬乐队的主唱一模一样……他叫什么来着？"

哈利把手指放在下巴上，像是在努力回想。声音粗哑的男人自桌边绕到他面前。哈利指着他。

"你是歌手罗德·斯图尔特，对不对？啊哈，原来你是坐在这里筹划第二次慈善演唱会——"

一拳正中哈利的牙齿。他摇摇晃晃地站着，一只手放至唇前。

"我敢说，你一定没料到我竟然站得住。"哈利看了一眼手指，上头有鲜血与唾液，还有某个软软的东西。那东西只能让哈利联想到牙齿内的牙髓。

"牙髓应该是红色的不是吗？"他问罗德·斯图尔特，举起手指。

罗德·斯图尔特先是怀疑地看着哈利，接着才低头看清楚那团白色的东西。

"那是珐琅质底下的骨头，"他表示，"我老爸是牙医。"他向其他人解释，接着后退一步，再度挥出一拳。那一瞬间，哈利眼前一黑，但眼前再度亮起时，他发现自己竟然还站着。

"现在看你还能不能找到牙髓。"罗德·斯图尔特好奇地说。

哈利知道这很蠢，所有经验和常识的总和都告诉他这么做很蠢，就连下巴的痛楚也这么告诉他。但不幸的是，他的右手认为这是个很棒的点子，而在那个当口，他的右手主导了一切，击中了罗德·斯图尔特的下巴。在罗德·斯图尔特往后退两步时，哈利听见他下巴合起的声响，这是一记完美的上勾拳精准击中目标时必然会发生的事。

这种伤害会沿着下颌骨传送到小脑。哈利认为，在这种情况下，称之为比较小的大脑更加精准。震动的力道会引发些许短路，要是不够走运的话，会立即失去意识，有可能造成长久的脑损伤。就罗德·斯图尔特的情况来看，似乎还无法确定他的大脑是会失去意识还是直接得脑震荡。

成吉思汗没打算等到结果揭晓。他揪住哈利的衣领，将他举至肩膀高度，像丢面粉袋般把他抛了出去。有两个刚点了七块钱今日特餐的客人就这么得到了比他们预想中还要多的肉。他们在哈利压垮桌子时，同时往后跳开。哈利觉得全身疼痛，成吉思汗向他走来时，他心想：天哪，希望我能赶快晕过去。

锁骨是个脆弱的地方，而且目标相当明显。哈利瞄准位置，一脚猛地踢出，但罗德·斯图尔特的攻击肯定影响了他的视力，使他这脚彻底踢空。

"受死吧你！"成吉思汗向他保证，双手举至头上。他根本不需要锤子。这一下击中了哈利的胸口，立即使他的冠状动脉与呼吸系统瘫痪。因此，他没看到，也没听见那名皮肤黝黑的男人走进店内，一把抓起那颗一九七九年时澳大利亚队对抗巴基斯坦队用的板球。那个球的牌子是笑翠鸟，硬如岩石，重一百六十克，直径为七点六厘米。他的手以惊人力道划破空气，让球笔直朝目标呼啸而去。

板球命中了成吉思汗发际线下方的额头，因此状况与罗德·斯图尔特的小脑不同，毫无疑问。这一下能立即将人击倒。成吉思汗先是摇晃几下，接着便像爆炸的摩天大楼般轰然倒地。

另外三名围坐在桌前的人站起来，满脸怒容。刚进门的人走上前去，双臂低举，冷静地摆出防御姿势。其中一人向他冲去，哈利才恢复意识，似乎认出了那名加入战局的人，而他也没猜错。那黑人摇晃身体，脚步移动，挥出两记精准的左刺拳，仿佛是要测量距离，接着右手自下方击出一记力道十足的上勾拳。所幸那里与酒吧尽头之间极为狭窄，让他们无法上前围攻。第一个人被击倒十秒后，第二个人发动攻击，动作也谨慎得多，他举着双臂的模样，让人觉得他家墙上应该挂着某种颜色的武术腰带。第一回的试探性攻击被新加入战局的人挡下，当他转一圈，踢出一记空手道必学的踢击时，那人已移动位置，那一脚随之落空。

那名黑人快速地左右变换攻势，使空手道代表重重撞在墙上。黑人紧追过去，用左直拳击中了他的后脑，传出一声令人畏惧的声响。他缓缓地朝地板滑下，像被扔在墙边的剩菜一样。虽然没什么必要，但那名板球选手仍在他倒下时，又打了一拳。

罗德·斯图尔特坐在椅子上，用呆滞的眼神看着眼前的光景。

第三个人的折叠刀的刀刃弹出时发出"咔"的一声。当他张开双臂，弓身朝黑人走去时，罗德·斯图尔特吐在了他的鞋子上——哈利留意到这是脑震荡的明显症状，因此相当开心。但就连他自己也有些恶心想吐，在看见安德鲁的第一个对手从墙上拿起板球球棒从后方逼近他时更是如此。持刀的家伙此刻站在哈利身旁，但他并未察觉。

"后面，安德鲁！"哈利大喊，全身往那人持刀的手臂扑去。他听见板球球棒击中东西和桌椅翻倒的声响，但仅能把注意力放在持刀男子身上。那人挣脱他的擒抱，在他身旁晃动，夸张地挥舞双臂，露出疯狂的狞笑。

哈利紧盯着持刀男子，摸索身后的桌上是否有能派上用场的东西。他还是能听到吧台区传来的球棒声响。

持刀男子带着笑容接近他，双手不断抛着折叠刀。

哈利往前扑去，用手上的东西往前一刺，然后迅速后退。持刀男子的右手垂至身旁，小刀落地发出声响。他惊讶地看着对方肩上插着的烤肉串，上头还有一块蘑菇。他的右臂似乎瘫痪了。他小心地用左手抽出烤肉串，一脸茫然，仿佛难以置信。肯定是刺中肌肉束或神经了，哈利心想，又朝他挥出一拳。

他觉得自己用力地击中了什么东西，手臂一股刺痛。持刀男子摇晃着向后退去，受伤的双眼抬头望向哈利，暗红色的鲜血自他的鼻孔流出。哈利抓住他的右手，举起拳头准备再度攻击，却又改变了主意。

"这拳打下去会很痛，你要不投降算了？"他问。

持刀男子点头，倒在罗德·斯图尔特旁边，后者的头依旧埋在双腿间。

哈利转身时看见伯勒斯站在酒吧中央，用枪指着安德鲁的第一名对手，而安德鲁则躺在翻倒的桌子之间，昏了过去。有些客人已经走了，有些则站在一旁抻长脖子围观，但大多数客人仍在吧台观看电视上的板球决赛。

救护车抵达时，哈利要他们先处理安德鲁的伤势。他们把安德鲁抬了出去，哈利紧跟在旁。他的一只耳朵正在流血，呼吸急促，但至少醒了过来。

"我不知道你打板球，安德鲁，你那只手臂还真能投，不过有必要投那么狠吗？"

"说得对。我完全错估了情势。一切根本就在你的掌控之中。"

"这个嘛，"哈利说，"我得承认根本没这回事。"

"好吧，"安德鲁说，"我也得老实说，我的头痛死了，真后悔来这里插一脚。应该是你躺在这里的。我是说真的。"

救护车来了，又将人载走，最后只剩哈利与伯勒斯两人。

"我希望我们没破坏太多家具和装饰。"哈利说。

"没事，没那么糟。客人们可是同时看了两场惊心动魄的直播呢。不过从今以后，你最好还是多防备着点。那些家伙的老板听说这事之后，肯定不会开心。"伯勒斯说。

"是吗？"哈利说，知道伯勒斯试图给他一点暗示，"他们的老板是谁？"

"我什么也没说，不过照片里那家伙可不是什么远在天边的人。"

哈利缓缓点头。"我最好还是准备一些防御用品和武器。你介意我拿一根烤肉串的叉子走吗？"

21　醉汉

　　哈利在国王十字区找到牙医，对方才看了他一眼，便开始做一堆准备工作，好修补他那颗从中折断的门牙。他做了临时修补，收下一笔费用。哈利希望奥斯陆警察局局长心肠好到愿意让他报销。

　　他在警局里得知，板球球棒打断了安德鲁的三根肋骨，还让他因此得了脑震荡，这周是不太可能离开病床了。

　　午餐后，哈利问莱比要不要跟他去医院看看。他们开车至圣艾蒂安医院，在访客簿上登记名字。访客簿又厚又重，摊开在一个更重的修女管理员面前。她坐在玻璃窗后，环抱双臂，用头比了一下，示意他们进去。

　　"她不会说英文。"莱比解释。

　　他们走进接待区，一名面带微笑的年轻人在计算机中输入病患名字，然后给了他们病房号码，告诉他们该怎么走。

　　"才十秒就从中古世纪到了计算机时代。"哈利咕哝着说。

　　他们与满身淤青的安德鲁聊了一下，但他心情不好，才聊五分钟就叫他们离开。他们在楼上一间单人病房里找到了那名持刀男子。他躺在床上，手臂绑着吊带，脸全肿了起来，认出了哈利那张昨晚受伤的脸。

　　"臭条子，你想干吗？"他说。

　　哈利在床旁的椅子坐下。"我想知道埃文斯·怀特有没有下令叫人杀了英厄·霍尔特，还有，谁接了这份差事，以及动机是什么。"

　　持刀男子想要大笑，却咳了起来。"我不知道你在说什么，条子，而且我也不认为你有本事查出来。"

"肩膀还好吗？"哈利问。

持刀男子的眼球似乎从眼眶中凸了出来。"你是在……"

哈利从口袋中拿出烤肉串的叉子。那人额头浮起一道粗大的蓝色青筋。

"你是在唬我。"

哈利不发一语。

"你他妈疯了吗？别以为自己有办法躲过一劫！要是他们在你离开后，发现我身上有任何一个伤口，你他妈这份烂工作就砸了，你这个浑蛋！"

持刀男子撑起身子以假音大喊。

哈利一根手指放到唇边。"安静，帮你自己一个忙。你看到门口那个魁梧的光头佬了吗？或许不太容易看出来，但其实他是昨天被你朋友用球棒打伤的那个人的表弟。他特别要求今天跟我一起过来。他的工作，就是堵住你的嘴，把你压住，让我可以解开你的绷带，刺进同一个美妙的地方，这样就不会有伤口了。毕竟那里本来就有一个洞，对吧？"

他轻轻按压持刀男子的右肩。那人双眼泛泪，胸口剧烈起伏，视线在哈利与莱比之间来回移动。人性是一座辽阔、难以穿越的森林，但当持刀男子开口时，哈利认为自己在这座森林里看到了一条防火小径。他说的无疑全是实话。

"要是埃文斯发现我告密，绝对会用比你厉害十倍的方式来对付我。但我可以说，你找错目标了，大错特错。"

哈利望向莱比。后者摇了摇头。哈利思索一会儿，起身将叉子放在床头柜上。

"早日康复。"

"再见。"他用西班牙语说，伸出食指，向哈利比了个枪的手势。

饭店接待处有人给哈利留了信息。他认出那是悉尼警局的电话号码，于是从房内拨回去。是苏永接的电话。

"我们又查了一次所有记录，"他说，"这次更仔细。有些轻罪会在三年后从官方记录上被移除，这是法律规定，我们无法在轻罪期限过后调阅。不过，如果是性犯罪的话……这么说好了，我们会记录在一个高度保密、非官方的备份资料里。我在里头找到了一些有趣的信息。"

"什么？"

"英厄的房东亨特·罗伯逊在官方档案里没有犯罪记录，不过我们挖深一点以后发现，他有过两次不雅裸露的记录。"

哈利试着想象不雅裸露是怎么一回事。

"怎么不雅的？"

"在公共场所玩弄性器官。当然，这不代表什么，不过还有别的事情。莱比开车过去，发现没人在家，屋里只有一头脾气暴躁的狗在乱吠。但有个邻居走了出来，他好像跟罗伯逊约好每星期三晚上帮忙喂狗，因为要放它出来，所以有他家钥匙。英厄遇害那天就是星期三，所以莱比问他那天晚上有没有帮忙。结果他还真的有。"

"所以呢？"

"罗伯逊在证词里说，英厄遇害那晚他一直待在家中。我想你肯定很想知道这件事。"

哈利感觉到血液开始加速流动。

"你们现在打算怎么办？"

"在他上班前的一大早派辆警车把他带回局里。"

"嗯。那个恶心的不雅裸露是什么时候发生的？地点在哪里？"

"我看一下。我记得是个公园。找到了。上面写着绿色公园。那是个小——"

"我知道那里，"他立刻回答，"我想我会去那里散步吧。好像有些家伙时常待在那里，或许他们知道些什么。"

哈利得到了那两桩不雅裸露案发生的时间，把它记在一本印有挪威联合银行年历的小记事本上。他父亲每年圣诞都会送他一本。

"好奇地问一下，苏永，那什么才是高雅裸露？"

"十八岁，在挪威独立纪念日当天醉得迷迷糊糊，被路过的巡警逮个正着。"

他目瞪口呆，一个字也说不出口。

苏永在电话那头窃笑着。

"你怎么……"哈利开口。

"你一定很难相信，只要试过几组密码，加上隔壁办公室的丹麦同事帮忙，就能办到很多事情。"苏永爆出大笑。

哈利涌上一股怒气。

"希望你别介意，"苏永听起来像是突然担心自己玩得过火了，"我没告诉任何人。"

他似乎真的挺后悔的，让哈利都生不起气来。

"其中一个警察是女的，"哈利说，"后来她还称赞我屁股很翘。"

苏永松了一口气，大笑出声。

由于天色变暗，公园的感光器灯光在哈利走向长椅时纷纷亮起。哈利发现那个衣衫褴褛的人就坐在那里。

"晚安。"

那人依旧躺着，但原本靠在胸前的下巴却微微抬起，棕色双眼望向哈利——说得精准点，视线根本就是穿越哈利——停留在遥远的某个点上。

"厌？"他的声音沙哑。

"不好意思，你说什么？"

"厌，厌。"他重复说，挥舞着两根手指。

"噢，烟。你想要烟？"

哈利从烟盒里敲出两支香烟，自己拿了一支。他们一言不发地坐了一会儿，享受地抽着烟。他们就坐在一座大城市中的绿色区域里，哈利却有种身处被废弃的郊区的感觉。或许是因为夜幕低垂，四周有蚱蜢细弱的双腿摩擦所发出的电流般的声响。又或者，只是因为白人警察与黑人一同抽烟，而那黑人有着源自这座辽阔大陆的原住民血统和异国长相，才让他有了这种时间凝结的仪式感。

"你想买我的外套吗？"

他望向那人的外套，是一件鲜红与黑色的防风薄外套。

"原住民的标志，"他向哈利解释，让他看外套背面，"我表弟弄的。"

哈利婉拒了这项提议。

"你叫什么名字？"原住民问。

"哈利。"

"是个英文名字。我也有个英文名，叫约瑟夫，拼法里面有个'p'跟'h'。其实这是个犹太名。跟耶稣他爸一样，懂吗？约瑟夫·沃尔特·罗德里格。我的原住民名是恩加达哈。恩——加——达——哈。"

"约瑟夫，你常待在这个公园里对吗？"

"对，常常。"约瑟夫眨了眨眼，将原本投向远方的视线收回。他从外套里掏出一瓶大号的果汁，问哈利要不要喝，连瓶口都没拧开便急着想痛饮一番。他的外套敞开着，让哈利看见他胸口上的文身。在一个大大的十字架上方，写着"杰里"两字。

"你的文身不错，约瑟夫。方便说一下杰里是谁吗？"

"杰里是我儿子。我儿子四岁了。"约瑟夫比出四根手指。

"四岁，懂了。杰里现在在哪儿？"

"家，"约瑟夫用手一挥，朝家的方向指了一下，"跟他妈在家。"

"听我说，约瑟夫。我要找一个人。他的名字是亨特·罗伯逊，是个白人，挺瘦小的，没什么头发。有时会来公园这里，偶尔还会露出……他的身体。你懂我意思吗？你见过他吗，约瑟夫？"

"嗯，嗯。他就快到了，"约瑟夫说，揉了揉鼻子，像哈利在聊什么日常琐事一样，"等着就是，他就快到了。"

22 两名暴露狂

远处的教堂钟声响起时，哈利正点燃第八根烟，深深地吸进肺里。他妹妹最后一次叫他戒烟，是他带她去电影院那次。他们看的是《侠盗王子罗宾汉》，是他自《外太空九号计划》以后看过的选角最差的电影。不过凯文·科斯特纳饰演的罗宾汉操着一口明显的美国口音与诺丁汉郡长交谈，这并没有让他妹妹感到丝毫困扰。她从来不在乎这种事，当科斯特纳整顿舍伍德森林时，她开心得大喊大叫；而当玛丽安与罗宾汉最终长相厮守时，她则跟着抽泣。

电影结束后，他们去了咖啡厅，他帮她买了一杯热巧克力。妹妹告诉他，虽然在走廊上遇到一些人时，他们会叫她"白痴"，但能住在松恩住宅中心那栋新房子里，还是很棒。此外，她还要哈利戒烟。"恩斯特说抽烟很危险，你会因为抽烟死掉。"

"恩斯特是谁？"哈利问，但回答他的只有一阵笑声。接着，她又认真起来。"你不能再抽烟了，哈拉尔。你不能死，听懂没？"她是从母亲身上学会"哈拉尔"与"听懂没"这两种说法的。

取名为"哈利"是他父亲坚持的结果。欧拉夫·霍勒是个所有事情都会让着妻子的人，但这件事他开了口，坚持这孩子的名字用他那个当水手的大好人祖父的名字。他母亲当时心软答应了，但她之后说，她真是后悔莫及。

"有谁听过一个叫哈利的人干成过什么大事吗？"她说。（哈利父亲心情好时，便会开玩笑回答：哪儿来那么多谁。）

无论如何，哈利母亲后来用她叔叔的名字哈拉尔叫他，其他人则都叫他哈利。母亲过世后，妹妹也开始叫他哈拉尔。或许他妹妹是想填补母亲留下的空白吧。哈利无法确定这点。这孩子的脑子里实在有太多奇怪的想法。就像当时一样。她脸上带着微笑，却同时是一副鼻酸不已、眼眶泛泪的模样。哈利向她保证自己会戒烟，只是没办法说戒就戒。

此刻，他想象着袅袅升起的烟雾，那就像一条大蛇，钻入他的体内。巴巴。

已经睡着的约瑟夫全身抖了一下。

"我的祖先是乌鸦族的，"他突如其来地说，直入主题，"全都会飞。"小睡片刻似乎让他清醒多了。他用双手揉了揉脸。

"能飞真是件美妙的事。你有十元钞票吗？"

哈利只有一张二十元的。

"也行。"约瑟夫说，拿走钞票。

就像天气有时会在瞬间变化一样，云层再度笼罩了约瑟夫的大脑袋，使他开始喃喃地说一种哈利无法理解的语言，就像安德鲁与图文巴说的那种。安德鲁是不是说过那叫克里奥尔语？终于，酒鬼的下巴又垂至了胸前。

哈利刚决定抽完这支烟就离开，罗伯逊便出现了。哈利有些期待他身穿大衣的样子，就像想象中标准的暴露狂一样，但罗伯逊只穿着牛仔裤与T恤。他左右张望，用一种奇特的弹跳步伐走着，像是在心中哼着歌，随着节奏移动。他走到长椅前才发现哈利。从罗伯逊的表情可以略微看出，这次重逢并不让他觉得开心。

"晚上好，罗伯逊。我们一直在找你。坐吧。"

罗伯逊看了看四周，把身体重心移至另一只脚，看起来想逃，但最后还是坐了下来，绝望地叹了口气。

"我已经说出了我知道的一切，"他说，"干吗还来骚扰我？"

"因为你有过骚扰别人的记录。"

"骚扰别人？我他妈才没骚扰过谁呢！"

哈利观察着他。罗伯逊这种人很难让人喜欢，却也是这世上最难让哈利相信是连环杀手的人。这个想法让他相当烦躁，这代表着他只是在浪费时间而已。

"你知道有多少女人因为你而睡不安稳吗？"哈利尽可能用最轻蔑的语气说，"有多少人无法忘怀，而且不得不带着一个下流浑蛋在心理上强暴自己的记忆继续过活？你钻进了她们的脑袋，让她们感到无助，害怕晚上出门；你侮辱了她们，让她们觉得自己被人利用了。"

罗伯逊挤出一阵大笑。"警官，这就是你最大的能耐？你怎么不说我毁了她们的性生活？怎么不说我把她们吓得要吃镇静剂度日呢？顺便说一声，我想你的同事得小心一点了。就是那个要我乖乖听话，给你们这些流氓提供证词，否则可能会因为变成帮凶而被判六年徒刑的家伙。我找律师谈过，他打算把这事告诉你们上司，只是让你知道一下。所以别再想唬我了。"

"好吧，我们有两种方式处理这件事，罗伯逊。"哈利留意到自己并不具备粗暴的安德鲁那样的威信，"你可以现在就说出我想知道的事，或者——"

"或者我们可以把你带到局里。谢了，这我已经听过了。来啊，把我抓走，然后我的律师会在一小时内把我带走，然后你和你的同事就得因骚扰平民写份报告。请便！"

"这跟我要说的不太一样，"哈利平心静气地回答，"我在想的是以不容易被察觉的方式偷偷向悉尼的那些对新闻如饥似渴、喜欢哗众取宠的周日版报中的一家爆个料。你可以想象吗？附上一张英厄·霍尔特的房东的照片，他过去曾有过不雅裸露，警方正在留意——"

"我已经接受处罚了！我被罚了四十块！"罗伯逊的声音变成了假音。

"对，我知道，罗伯逊，那只是一次小小的不检点行为而已。"哈利假装同情地说，"小到可以轻易让你不被街坊邻居发现。你的邻居看到周日版报纸时，那可就真的丢脸了，对吧？还有你上班的地方……你的父母呢？他们识字吗？"

罗伯逊整个人垮了下来，仿佛被刺破的沙滩排球一般泄了气，让哈利联想到懒人沙发。他知道他提及他的父母时，显然刺到了罗伯逊的痛处。

"你这个冷血的王八蛋，"罗伯逊用嘶哑的声音痛苦地喃喃道，"他们是从哪里找到你这种人的？"一会儿过后，他又说："你想知道什么？"

"首先，我得知道英厄遇害那一晚你人在哪里。"

"我已经告诉了警方，我一个人在家——"

"谈话结束。希望编辑能找到一张你比较好看的照片。"

他站起身。

"好，好。我不在家！"罗伯逊大喊，往后一靠，闭上双眼。

哈利又坐了下来。

"我还是学生时，住在镇上高级住宅区的一间套房里，对街住了个寡妇，"哈利说，"每个星期五晚上七点，她都会拉开窗帘。我和她住在相同楼层，从套房里可以直接看到她的客厅。星期五她会打开巨型吊灯，所以看得分外清楚。在一个星期里的其余时间，她只是个灰发的老太太，戴着眼镜，穿着羊毛衫，就是那种你在电车或药房排队队伍中会看到的老太太。

"但每星期五七点，表演开始时，你会完全忘记那个性情古怪、咳个不停，还拄着根拐杖的老太太形象。她会穿上一件日式花纹的丝质睡袍和黑色高跟鞋。到了七点半，她会接待一名男性访客。等到七点四十五，她已经脱下睡袍，秀出她的黑色紧身胸衣。八点，她则半脱胸衣，在沙发上搞得忘我。八点半的时候，访客则会离开，窗帘也跟着拉上，表演就此结束。"

"还真有趣。"罗伯逊冷冷地说。

"有趣的是，这件事从来没有引发任何麻烦。要是你跟我一样住在街道的这一侧，就肯定能看到整个经过，许多附近的居民肯定也会准时观赏这场表演。但从来没人提起过这件事，据我所知，也没人向警方报过案，连投诉都没有。另一个有趣的部分则是规律性。一开始我以为她的伴侣只有那时候有空。他或许得工作，或是已婚什么的。但很快我就发现她的伴侣换了人，但时间完全不变。我这才恍然大悟：她显然就像任何一个为电视台安排节目表的人那样对此了然于心——只要你在固定时段有了观众，那么改变播放时间就绝对会造成收视率损失。她需要观众来为她的性生活调味。懂吗？"

"懂。"罗伯逊回答。

"再问一个多余的问题。我为什么要讲这个故事呢？这件事让我想起我们这位昏睡的朋友。约瑟夫确定你今晚会在此出现，然后我查了一下日历，发现大部分日期都吻合。因为今天是星期三。英厄失踪那晚是星期三，你两次被抓到也是星期三。你有固定的表演时段，对吗？"

罗伯逊没回答。

"所以我的下一个问题是：为什么你近期都没被人举报？毕竟，距离你上次被抓已经四年了，而且大男人在公园里对着小女孩裸露性器官，可不是什么大众会欣赏的事。"

"谁说是小女孩了？"罗伯逊突然说，"谁说没人欣赏了？"

要是哈利会吹口哨的话，肯定会很自然地吹出一声。他突然想起先前在附近吵架的那对夫妻。

"所以你是做给男人看的，"他几乎是在自言自语，"做给这一区的男同看的。这就是为什么你得保密。你有很多固定观众吗？"

罗伯逊耸了耸肩。"他们来来去去，不过肯定知道何时何地可以看见我的表演。"

"那为什么会被人举报？"

"都只是刚好经过的路人而已。我们现在更小心了。"

"所以我找得到证人，愿意帮你作证，说英厄失踪当晚你人在这里？"

罗伯逊点头。

他们不发一语地坐着，听着约瑟夫的鼾声。

"有件事不太对劲，"哈利总算开口，"一直在我的脑海中回荡，但又说不上来，直到我听说你邻居每星期三都会帮你喂狗和遛狗，我才想通。"

有两名男子慢慢走了过来，在路灯的光线边缘停下脚步。

"于是我自问：为什么既然有他帮忙喂狗，英厄从奥尔伯里酒吧回家时却还要带点剩肉回去？刚开始我没多想，觉得你或许会谈起这件事。说不定肉是要隔天才给它吃的。但后来我才发现自己该从一开始就留意到你的狗不吃……应该说，是你不让它吃肉才对。在这种情况下，英厄拿剩肉干吗？她告诉酒吧的人是喂狗用的，她为什么要说谎？"

"我不知道。"

哈利留意到罗伯逊看了一眼手表。表演时间肯定快到了。

"最后一件事。你对埃文斯·怀特有多少了解？"

罗伯逊转头看他，淡蓝色的双眼有些濡湿。他的眼神中是否闪过了些许恐惧？

"很少。"他说。

哈利放弃了。事情没有多大进展。他的内心翻腾，感受到一股狩猎的冲动，亟欲追击和逮捕凶手，现在的情况却让他一无所获。再过几天，他就得回挪威去了，但奇怪的是，这个念头无法让他的心情变好。

"关于证人的事，"罗伯逊说，"拜托，可以请你……"

"我不想破坏你的表演，罗伯逊。我知道这么做会给某些人带来一点好处，"他凝视着自己那包香烟，掏出一支，在起身离开时，把剩下的全放进约瑟夫的口袋里，"其实我还挺喜欢那个寡妇每星期一次的表演。"

23 黑蛇

奥尔伯里酒吧如同往常一样大声播放着迪斯科舞曲，众人正大声合唱《男人雨》。在舞台上，三名衣不蔽体的男子穿着及膝的靴子，观众则不断欢呼和合唱。哈利看了一眼，打算朝比吉塔所在的吧台走去。

"干吗不一起唱，帅哥？"一个熟悉的声音说。哈利转身。奥托今晚没穿女装，但开领的粉红色丝质衬衫与睫毛膏和口红显示出他还是精心打扮了一番。

"抱歉，奥托，我还没开嗓呢。"

"哼，你们这些北欧人都一样。要是没灌酒就放不开，到时你就没力气……反正，你懂我的意思吧。"

哈利对着他向下看的眼神露出微笑。"别调情了，奥托。完全没希望。"

"彻底的异性恋？"

哈利点头。

"我请你喝一杯吧，帅哥。想喝点什么？"他帮哈利点了葡萄柚汁，自己则点了血腥玛丽。他们互碰杯子，奥托一口气喝下半杯。

"这是唯一对失恋有帮助的事，"他喝完剩下的酒，抖了一下，又点了一杯酒，直视哈利："所以你从来没跟男人发生过性关系？说不定哪天我们可以一起做点什么哦。"

哈利觉得耳垂发热。这个同志小丑到底为什么可以让他这个大男人如此狼狈，看起来就像一个英国人在西班牙海滩晒了六小时太阳一样？

"我们来打个无聊又粗俗到极点的赌好了，"奥托说，双眼闪烁着开心的光芒，"我赌一百，在你回挪威以前，你这双柔软修长的手，肯定摸过我下面。有种跟我赌一把吗？"

奥托在哈利涨红的脸前拍了拍手。

"如果你坚持想浪费钱的话，倒是无妨。"哈利说，"但根据我的了解，奥托，你才是那个因为失恋而痛苦的人。你在家好好想些别的事情，会不会比勾引异性恋男人更好？"话一出口便让他感到后悔，但他一向不喜欢受人戏弄。

奥托缩回了手，用受伤的眼神盯着他。

"抱歉，只是随便说说，不是有意的。"哈利说。

奥托耸耸肩。"那桩谋杀案有什么新进展吗？"他问。

"没有，"哈利说，因为话题转移而松了口气，"我们或许得调查一下她朋友圈之外的人。对了，你认识她吗？"

"每个常客都认识英厄。"

"和她说过话吗？"

"我想我肯定跟她聊过几句。她对我来说太复杂了。"

"复杂？"

"她会特别留意很多异性恋客人。她穿着挺暴露的，只要能让她多赚点小费，她就会一直盯着对方笑。这么做很容易惹火上身。"

"你认为可能有客人会……"

"我只是说你可能看得还不够远，警官。"

"你在暗示什么？"

奥托翻了个白眼，喝完杯里的酒。"说说而已，帅哥。"他打算走了，"现在，我准备按照你的建议，回家想想别的事情，简直跟医生嘱咐的一样。"

他朝吧台后方一名穿着披肩的男孩挥了挥手，对方给了他一个棕色纸袋。

"别忘了去看表演!"奥托离开时,回头如此喊道。

哈利坐在比吉塔工作的吧台前的高脚椅上,专心看她工作,看着她迅速地倒酒、找钱和调酒,流畅地从倒酒机移动到柜台的收款机处,在吧台后方来回穿梭。他看见她的头发落至脸旁,又快速往后一拨,偶尔望向点东西的客人,这才看见哈利。她长雀斑的脸亮了起来,让哈利觉得心脏在胸腔里美妙地用力跳动。

"安德鲁的朋友来了有一阵子了,"她说,走向哈利,"他去医院看过安德鲁,跟他打过招呼了。他还问起你。我想他应该还在店里吧。没错,他就在那边。"

她指向一张桌子,哈利一眼便认出那名长相帅气的黑人——那个叫图文巴的拳击手。他走向那张桌子。

"会打扰到你吗?"他问,看见一张灿烂的笑脸。

"完全不会,请坐。我只是坐在这里,看一个老朋友会不会出现而已。"

哈利坐了下来。

外号"穆里"的罗宾·图文巴仍挂着微笑。不知为何,人们通常不会承认这种突然无话可说的片刻有点尴尬,但它明明就很尴尬。

哈利赶紧开口。"我今天才跟一个乌鸦族的人聊过天。你是哪一族的?"

图文巴凝视着他,眼神中带着惊讶。"你是什么意思?我是昆士兰州的人。"

哈利觉得自己的问题真是愚蠢至极。"不好意思,问了个蠢问题。今天我的舌头总是动得比大脑还快。我不是有意的……我对你们的文化很不了解。我只是好奇你是不是来自什么特殊部落……或类似的。"

图文巴拍了拍他的肩膀。"我只是开玩笑而已,哈利。放轻松。"他平静地大笑，让哈利觉得自己更蠢了。

"你的反应就跟大多数白人一样，"图文巴说，"没什么好意外的。不用说，你也同样充满了偏见。"

"偏见？"哈利觉得有些生气，"我说了什么——"

"这跟你说了什么无关，"图文巴说，"而是你在潜意识中是怎么看待我的。你认为自己说错了什么话，却没想到，我也聪明到知道你是个外国人。我不认为你会因为去挪威玩的日本游客不知道你们国家的所有事，例如不知道你们的国王叫哈拉尔什么的，就认为他们在冒犯你。"图文巴眨了眨眼，"不只是你，哈利。就算是澳大利亚的白人也谨慎到了歇斯底里的地步，说出一些大错特错的话。一切就是这么矛盾。一开始，他们先夺走了我们的自尊，夺走以后却又害怕践踏到我们的自尊，简直怕得要死。"

他叹了口气，张开苍白的大手掌。就像翻过来的比目鱼，哈利心想。

图文巴温暖低沉的嗓音似乎有着一定的颤动频率，无须大声便可盖住周围所有的噪声。

"不如跟我讲一些挪威的事吧，哈利。我在书上看到过，那里好像很漂亮，而且很冷。"

哈利开始说起来，提及峡湾、山岳，以及生活在两者之间的人，提及了工会、镇压、剧作家易卜生、探险家南森、作曲家格里格。这个位于北方的国家，认为自己富有进取心与远见，但其实更像是个经济过度依赖既有资源的小国。当荷兰与英国需要木柴时，他们有森林与海港。而当电力被发明时，他们有瀑布。最庆幸的是，刚踏出家门口就发现了石油。

"我们从来没能打造出沃尔沃汽车或乐堡啤酒，"哈利说，"只想着出口自然资源，回避进一步的思考。我们的国家是由一群长着金发的驴子组成的。"哈利说，甚至没试着选个适当的英文惯用说法。

他还谈到翁达尔斯内斯镇，一个位于罗姆斯达伦谷的居住区。那里高山环绕，风景极为美丽，他的母亲总说，上帝是从那儿开始创造世界的，他花了太多时间在罗姆斯达伦，因此世界上的其他地方，他只好抢着在星期天结束前完成。

他还提及他与父亲在七月的大清早一起去峡湾钓鱼的事。他们躺在岸边，闻着海水的气息。海鸥在一旁鸣唱，群山则像是不发一语、屹然不动的守卫，环绕在他们的小王国四周。

"我父亲来自莱沙斯库格，那里是比山谷还要深一点的村落。他和我母亲在翁达尔斯内斯镇上的一个村子的舞会上结识。他们总说等退休后就要搬回罗姆斯达伦谷。"

图文巴点头，喝着啤酒，哈利则啜饮着第二杯葡萄柚汁。他可以感觉到自己的胃已经变酸了。

"我还真希望自己能告诉你我是打哪儿来的，哈利。像我这种人，与地方或部落根本没有什么真正紧密的关系。我是在布里斯班外头一条高速公路下的小屋里长大的。没人知道我父亲是哪一族的人。他就这么出现，接着马上离开，没人来得及问。我妈则从未提过出身，一心想凑到足够的钱买酒喝。作为一个穆里，也就只能这样了。"

"那安德鲁呢？"

"他没告诉你吗？"

"告诉我什么？"

图文巴收回双手，皱起眉头。"安德鲁·肯辛顿失根的程度远胜于我。"

哈利没进一步问，但在又一杯啤酒后，图文巴回到了这个话题。

"我想应该还是让他自己告诉你吧，因为安德鲁的成长过程相当特殊。这么说吧，他属于原住民无亲无故的那一代，也就是'被偷走的一代'。"

"什么意思？"

"说来话长。一切都围绕在错误的善举上。打十九世纪末开始，当局对原住民的政策一直环绕在错误的善举上，让我们经历了可怕的遭遇。很可惜，抱着善意不一定就能有好结果。要治理一个国家，就必须了解这点。"

"原住民未能得到理解？"

"不同的阶段有不同的政策。我属于强制都市化的一代。第二次世界大战后，当局认为他们得改变先前的政策，试图同化而不是孤立原住民。他们想控制我们居住的区域，甚至是结婚的对象。许多人被送到城市，以适应欧式都市文化。结果变成一场灾难。在相当短的时间内，我们就创下了所有不好的统计记录：酗酒、失业、离婚、卖淫、犯罪、暴力与毒品——只要你说得出来的，全跟我们有关。原住民一直都是澳大利亚社会中的失败者。"

"那安德鲁呢？"

"安德鲁是在战前出生的。当时当局的政策是'保护'我们，就像我们是什么濒临绝种的动物一样。因此我们在拥有土地或就业机会方面全都受到限制。但最奇怪的是，法律竟允许当局在一旦怀疑原住民小孩的父亲不是原住民的情况下，就从母亲身边带走孩子。我的出身或许算不上世界上最精彩的故事，但我至少还有母亲，而安德鲁什么也没有。他从来没见过父母，打出生后就被当局带走，被安置在了儿童之家。他只知道，他的母亲在他被人带走后，死在班克斯敦的公交车候车亭里，就在儿童之家北边五十公里处。没人知道她为什么会在那里，或因何而死。当局始终没透露那名白人父亲的名字，后来就连安德鲁也不在乎了。"

哈利艰难地尝试着理解这一切。"这真的合法？不是还有联合国的《世界人权宣言》吗？"

"那是战后才有的东西。别忘了，处理原住民问题的政策拥有最良善的动机，目的是保护他们的文化，而不是将其摧毁。"

"安德鲁后来怎么样了？"

"他们注意到他成绩很好，于是把他送去英国的一家私立学校。"

"我还以为澳大利亚非常注重平等，不会把这些孩子送去私立学校呢。"

"这一切全由当局控制和埋单。我猜他们的意图，是想证明他们在造成那么多痛苦与人性悲剧的政治实验里，还是有像安德鲁这样光明灿烂的榜样存在。他回来后进了悉尼大学。那正是他们对他失去掌控的起点。最后他惹了一堆麻烦，以暴力闻名，成绩一落千丈。就我所知，事情肇始于一场不愉快的恋情。一个白人女性因为家人极力反对而与他分手。安德鲁从来没谈过这件事。然而，那在他人生中的确是相当困难的时期，而且事情很有可能更糟。他在英国时学过拳击——他说这是他在寄宿学校中幸存的原因。在悉尼，他再度拾起拳击，因此当他获得与吉姆·奇弗斯拳击队一同巡回的机会时，便放弃了大学生涯，就这么离开了一段时日。"

"我刚看过他打架，"哈利说，"他的技巧还保留了不少。"

"其实，他只是想通过拳击从求学生涯中喘口气，但他在拳击队里相当成功，记者开始对他起了点兴趣，他才继续了下去。当他打进澳大利亚冠军赛的决战时，甚至有几个美国来的专业经纪人前来看他。然而，墨尔本决赛的前一晚出了事情。他们在一间餐厅里，有人称安德鲁想勾搭另一名打进决赛的拳击手的女友。他的名字叫坎贝尔，女友来自悉尼北部，长得很漂亮，后来还成了新南威尔士州小姐。他们在厨房打了一架，所有人都在那里，包括安德鲁、坎贝尔的教练、经纪人与另一个家伙，把所有东西都砸烂了。

"他们发现安德鲁瘫倒在洗碗槽上，嘴唇裂开，额头上还有伤口，连手腕也扭伤了。没有任何人报警——可能是因为他想勾搭坎贝尔女友的谣言已经传开了吧。最后，安德鲁不得不退出决赛，之后他的拳击生涯就欲振乏力了。客观来说，他的确在一些比赛中打败了几名优秀选手，但记者已经对他失去了兴趣，就连专业经纪人也没再出现过。

"在这些事情的累积下，他逐渐不再参加拳赛。另一个谣言是说他开始酗酒。在西海岸的一场巡回赛后他被要求退出拳击队，显然是他让一些业余参赛者受了重伤导致的。从那之后他就消失了。在经历了这些后，离开拳击界其实让他很不好受，而他就这么在澳大利亚各州漫无目的地流浪了几年之久，后来才回到大学念书。"

"所以他的拳击生涯就这么结束了？"哈利说。

"对。"图文巴回答。

"后来呢？"

"这个嘛，"图文巴做了个需要钱的手势，"安德鲁重新开始念书时，或许是因为更有动力，有段时间他过得相当顺利。但那可是二十世纪七十年代初期，是属于嬉皮、派对、自由恋爱的年代，他或许嗑过各式各样的药，因此对课业有所影响，考试成绩也马马虎虎。"

他自顾自地笑着。

"有一天，安德鲁醒来，下床后看着镜子里的自己，好好盘算了一下。他宿醉得很严重，一只眼睛给人打黑了——天知道是怎么回事——或许还越来越沉迷于一些化学药物，他已经过了三十岁，却没有任何学位，过去还搞砸了拳击生涯，说得客气点，他的未来充满了不确定性。所以还能怎么办呢？只好念警校喽。"

哈利大笑。

"我只是在引述安德鲁说过的话，"图文巴说，"难以置信的是，尽管他记录不良，年纪也过大，但还是进了警校——或许是因为当局需要更多原住民警员吧。所以安德鲁剪了头发、拿下耳环，把药给戒了，接下来的事你都知道了。当然啦，他现在不可能打过现役拳击手，但应该算是悉尼警界中数一数二的警探吧。"

"这也是引述安德鲁的话？"

图文巴大笑："当然。"

他们听见舞台旁的吧台区传来夜间变装秀结尾的那首《Y. M. C. A. 》，而且还是村民乐队的版本——万无一失的选择。

"你知道很多安德鲁的事。"哈利说。

"他有点像我的父亲，"图文巴说，"我搬来悉尼时，没有任何计划，一心想着离家乡越远越好。不夸张，我真的是被安德鲁从街上捡回去训练的，当时还有另外两名前途渺茫的男孩也跟着一起。安德鲁还帮我申请进大学念书。"

"哇，又一个大学学历的拳击手。"

"英文和历史。我的梦想是有一天可以教原住民。"他说，充满了自豪与信念。

"在此同时，你也负责痛殴那些喝醉的水手和乡巴佬？"

图文巴笑了："这个世界需要资金才能完成梦想，我对当老师能赚到钱可不抱任何幻想。不过，我不是单纯的拳击爱好者；我的名字已经出现在今年的澳大利亚冠军赛里了。"

"为了拿下安德鲁没能拿到的头衔？"

图文巴举起酒杯致意："或许吧。"

表演结束后，酒吧的客人开始变少。比吉塔说她有个惊喜要给哈利，于是他不耐烦地等待酒吧打烊。

图文巴仍坐在桌前。他已经结了账，此刻转动着啤酒杯。哈利有股说不出来的感觉，认为图文巴有别的目的，而非只是想谈谈往事。

"你来这里调查的那件案子有进展吗，哈利？"

"不知道，"哈利回答，"有时你觉得自己像是拿着望远镜在搜寻什么，但真相离你太近，成了镜片上糊掉的一团。"

"或许你可以反过来看。"

哈利看着他把杯中的酒喝完。

"我得走了，不过让我告诉你一个故事，或许有助于你了解我们的文化。你听过黑蛇吗？"

哈利点头。在他动身来澳大利亚前，还是会阅读一些须加以防备的爬虫的信息。"如果我没记错的话，黑蛇的体形不算太大，但毒性相当烈。"

"没错，但根据传说，过去并不是这样的。很久很久以前，在梦世纪，黑蛇是无害的。相反，鬣蜥蜴才有毒，而且体形远比现在大，会吃人和其他动物。有一天，袋鼠把所有动物找来讨论，想找到战胜凶恶怪物的方法——也就是蒙戈格利，鬣蜥蜴中的伟大首领。一只名为欧悠布鲁伊的勇敢黑蛇身形虽小，却马上自告奋勇。"

他以低沉平静的声音继续说，双眼始终看着哈利。

"其他动物都嘲笑这条小蛇，说它们需要体形更大、更强壮的动物去挑战蒙戈格利。'等着瞧吧。'欧悠布鲁伊说，就这么滑向鬣蜥蜴首领的阵地。它抵达后向那头巨大的野兽致意，说它只是一条小蛇，好吃不到哪里去，不过是想找个容身之处，远离其他会戏弄和折磨它的动物。'别碍着我，否则你只会过得更惨。'蒙戈格利说，没把这条黑蛇放在心上。

"第二天早上，蒙戈格利去狩猎，欧悠布鲁伊则跟在它身后滑行。有一个人类坐在营火旁。蒙戈格利冲向他时，他连眼睛都来不及眨一下，整颗头就被一记强力且精准的打击击碎。鬣蜥蜴把人类放在背上，带回阵地，卸下毒囊，吃起新鲜的人肉。欧悠布鲁伊迅雷不及掩耳地跳了出来，带着毒囊消失在灌木丛中。蒙戈格利随后追赶这条小蛇，却一无所获。就在欧悠布鲁伊回去时，其他动物仍在讨论。

"'快看。'它大叫，张嘴让每个人看到毒囊。所有动物都聚集到它身旁，对它把它们从蒙戈格利手里救出表达祝贺。其余动物回家后，袋鼠去找欧悠布鲁伊，说它应该把毒囊吐进河中，让它们可以从此高枕无忧地睡觉。但欧悠布鲁伊咬了袋鼠一口作为回答，袋鼠随即倒地，动弹不得。

"'你们总是看不起我，但现在轮到我了，'欧悠布鲁伊对垂死的袋鼠说，'只要我拥有毒囊，谁都别想轻易靠近我。没有任何动物知道我留下了毒囊。它们会认为我欧悠布鲁伊是它们的救世主和保护者，等时机一到，我就会对它们一个一个地展开报复。'说完，它把袋鼠推入河中，看着它沉下去。它回到了灌木丛中，也就是你现在会看到它的地方——灌木丛里。"

图文巴把嘴凑到杯旁，但杯内已经空了。他站了起来。

"时候不早了。"

哈利也站起身。"谢谢你的故事，图文巴。我很快就会回去了。不知道之后还会不会见到你，先预祝你冠军赛顺利。未来一帆风顺。"

图文巴伸出手来。哈利好奇他是否真上过大学。他的手就像一块被捶烂的牛排。

"希望你能弄清楚镜片上那个模糊的东西。"图文巴说。等到他离开后，哈利才意识到他到底想说些什么。

24　大白鲨

守卫把手电筒交给比吉塔。

"你知道我人在哪里，比吉塔。小心别被吃掉了。"他微笑着说，一拐一拐地走回办公室。

比吉塔和哈利沿着巨大的悉尼水族馆里那条黑暗而弯曲的走廊前进。此刻已近凌晨两点，是一个叫本的夜间守卫让他们进来的。

哈利随口问了一个问题——为什么所有的灯全关着，结果这名老守卫给了他详尽的解释。

"这么做可以节省电力，但这不是最主要的原因。最主要的原因是我们得告诉鱼现在已经是晚上了。至少我想是这么回事。先前我们用的是平常的电灯，到时间了就关灯。当一切突然变得一片漆黑时，你可以听见受到惊吓的声音。成百上千只鱼会冲去躲起来，或是因为看不见而惊慌地到处乱窜，游动的声音会贯穿整座水族馆。"

本压低声音，用舞台演员般的语气细声说话，并用手模仿着鱼的游动。

"这会激起大量水花与波浪，有的鱼，像鲭鱼这种，就会开始狂撞玻璃，直到把自己给撞死。所以我们开始使用调光器，按照日照时间逐步调低亮度，模仿自然环境。后来就连鱼生病的情况也少了许多。就像光线会告诉人们的身体现在是白天还是晚上一样。我个人认为，鱼需要的是合乎自然的生活节奏，这样才能避免紧张。它们就跟我们一样有生物钟，而我们也不应该去打乱它们的节奏。举例来说，我知道塔斯马尼亚有一些尖吻鲈养殖者会在秋天时给鱼额外的照明，想骗它们现在还是夏天，让它们繁殖得更多。"

"只要是本热衷的话题，他就会说个没完没了。"比吉塔解释，"他跟鱼讲话几乎就像跟人聊天一样兴高采烈。"她前两个夏天都在担任水族馆的代班人员，因此与这名宣称从水族馆开业起便在此工作的守卫结成好友。

"这里晚上真的很安静，"比吉塔说，"所以要小声一点。你看！"她用手电筒照向玻璃墙，一只黑黄相间的海鳝滑出巢穴，露出一排尖锐的小牙齿。沿走廊往前走，她又照向两只长着斑点的魟鱼，它们从绿色玻璃后方游过水中，翅膀漂动着，像慢动作般。"不觉得很美吗？"她双眼发光，轻声说，"就像是没有伴奏的芭蕾舞。"

哈利走过时觉得自己就像蹑手蹑脚地穿过宿舍的学生。唯一的声音是他们的脚步声，以及水族馆内规律的微弱水声。

比吉塔在一面巨大的玻璃墙前停下脚步。"这是水族馆的咸水鳄，叫作马蒂尔达，从昆士兰来的。"她把光照向玻璃。里头仿造的河堤内侧有块干枯的树桩，水池中则漂着一块木头。

"咸水鳄？"哈利问，试着找寻视线中的活物的踪影。就在此时，那块木头睁开闪烁着的绿色双眼，在黑暗中发出光芒，像反光镜似的。

"是一种生活在海水中的鳄鱼。另一种与之对应的是淡水鳄，吃鱼维生，所以你不用怕它们。"

"那咸水鳄呢？"

"绝对要小心。有许多所谓危险的掠食者之所以袭击人类，是因为它们觉得受到威胁，因此感到恐惧，再不然就是你侵犯了它们的地盘。但咸水鳄是一种单纯直接的生物。它就只是想吃掉你而已。每年都会有好几个澳大利亚人在沼泽区以北的地方被吃掉。"

哈利靠在玻璃墙上。"这样不是会导致……呃……一定程度的反感吗？

在印度的一些地方，人们会因老虎吃婴儿而让老虎灭绝。为什么这种食人动物还没遭到灭绝？"

"这里的大部分人都会以看待交通事故的轻松态度来看待鳄鱼造成的意外。其实两者也差不多。只要你打算开车上路，你就得接受意外死亡的可能性，不是吗？这就跟你想看鳄鱼是同样的道理。这种动物就是会吃人，生命就是这样。"

哈利打了个寒战。马蒂尔达闭上双眼的方式，有点像保时捷某些跑车车型的前照灯护罩。丝毫不见波动的池水掩盖了真相。就在玻璃后方，距离他半米处的那块木头，其实是一只拥有超过一吨的肉、尖牙和坏脾气的鳄鱼。

"我们走吧。"他建议。

"这就是憨豆先生了。"比吉塔把手电筒移至一只体形较小，像比目鱼的浅棕色鱼身上，"这是提琴鳐，酒吧的人都这样叫亚历克斯，就是英厄叫'憨豆先生'的那个人。"

"为什么要叫他提琴鳐？"

"不知道。我去那里之前他们就这样叫了。"

"有趣的名字。它显然很喜欢靠在底部。"

"对，这就是为什么你在水里时得格外小心。它有毒，要是踩到它的话，它就会蜇你一下。"

他们走下楼梯，在一座大水槽前放慢脚步。

"这座水族馆里的这些水槽，其实不算是真的水槽，他们只是把悉尼港的一部分围起来而已。"他们走进去时，比吉塔这么说。

天花板上洒下的绿光将他们笼罩在起伏不断的条纹中，让哈利觉得自己仿佛站在一颗镜面球下。直到比吉塔将手电筒往上照，他才看见原来他们被海水所环绕，光则是从外头穿过水面而来的。一道巨大的阴影滑过他们，让他本能地往后退了一步。

"蝠鲼科，"她说，"魔鬼魟。"

"我的天，它也太大了！"哈利倒吸了一口气。

整条魟鱼只是翻了个身，便让它看起来像一张巨大的水床，让哈利光是看着就觉得昏沉。接着它又转向一侧，让水波朝他们涌来，就像披着黑色床单的鬼魂，潜进黑暗的水底世界。

他们坐在地板上。比吉塔从背包里拿出野餐垫、两个玻璃杯、一根蜡烛，以及一瓶没有酒标的红酒。这是在猎人谷葡萄园工作的朋友送的，她说着打开了酒。他们并排躺在垫子上，看着上方的海水。

就像躺在颠倒过来的世界里一样，像是看着翻转过后的天空，里头满是彩虹般缤纷的鱼，以及各种像是被某个充满惊奇想象力的人创造出来的奇妙生物。一条闪闪发光的蓝色鱼在他们上方的水中颤动腹鳍，盘旋着。那条身形瘦长的鱼，拥有一副表情好奇的月亮脸。

"它们不在乎时间的流逝，或它们的活动看似多么没意义，你不觉得就这么看着很棒吗？"比吉塔轻声说，"你感觉到它们让时间慢下来了吗？"她把冰凉的手放在哈利脖子上，轻轻捏了一下，"你感觉到自己的脉搏几乎就要停下来了吗？"

哈利咽了一下口水。"我不在乎时间变慢。一点也不，"他说，"接下来的几天也是。"

比吉塔的手用力捏紧了些。"现在别提这种事。"她说。

"有时我会想，'哈利，你毕竟还没有蠢到无可救药。'举例来说，安德鲁在谈到原住民时，总像在讲别人的事。这就是为什么在图文巴告诉我这些具体细节之前，我就大概猜到了安德鲁的过去。我多少推断得出安德鲁在成长过程中没有家人陪伴，他不属于任何地方，就这么漂浮在表面上，从外部的视角看待事情。就像我们现在这样，观察着一个我们无法参与的世界。跟图文巴聊过后，我才意识到别的事：安德鲁一生下来，并没有获得过一种由归属感产生的民族自豪感。这就是为什么他得靠自己寻找这种感觉。一开始，我还以为他以自己的族群为耻，现在才知道，他其实是在与自卑感抗衡。"

比吉塔应了一声，哈利继续说下去。

"有时我会觉得自己抓到了什么，下一秒却再度陷入混乱。我不喜欢困惑的感觉，完全无法容忍。这就是为什么我会希望自己要么没有这种捕捉细节的能力，要么能力更强，可以把一切拼组出清晰的景象，让它显示背后的意义。"

他转向比吉塔，把脸埋进她的头发里。

"上帝把可以留意到细节的眼力，给了一个相当缺乏理解能力的人，简直就是糟蹋。"他说，试图回忆起比吉塔的发香与什么东西一样。但那是好久以前的事，他早就忘了。

"所以你留意到了什么？"

"每个人都试图把我的注意力指向一些我不知道的地方。"

"像是什么？"

"我不知道。他们就跟女人一样，会告诉我一些事情，却意有别指。两件事之间的界线可能无比明显，但就跟我说的一样，我缺乏看穿的能力。为什么你们女人老是不把话直接说清楚？你们太高估男人的理解力了。"

"所以现在是我的错喽？"她笑着大喊，打了他一下。声音回荡在海底隧道中。

"嘘，别吵醒大白鲨。"哈利说。

比吉塔过了好一会儿才发现，他完全没碰过酒杯。

"一小杯红酒不会有事吧？"她说。

"会，肯定会。"哈利回答，"会有影响。"他笑着把她拉向自己。"先别提这个了。"他吻了她。她一面颤抖，一面深深吸气，像是为了这个吻早已等待了永恒。

哈利惊醒过来。他不知道水中的绿光是从哪儿来的。不管是悉尼上空的月光，还是陆地的探照灯，现在都已消失无踪。蜡烛已经烧尽，四周一片漆黑。他却有一种正在被监视的感觉。他拿起比古塔身旁的手电筒打开。她用那半边的垫子裹着自己，身上没穿衣服，一脸满足神情。他把灯光照向玻璃墙。

一开始他还以为看到的是自己的倒影，双眼习惯灯光后，顿时觉得自己的心脏像是在冻结前跳了最后一下。大白鲨就在他旁边，以毫无生气的冰冷双眼盯着他。哈利吐出的气息，在玻璃上凝结成苍白、濡湿的脸孔，就像是溺死的人。这只大白鲨实在太巨大了，仿佛塞满了整座水槽。它的牙齿自下颌突出，像是孩子用扭曲的线条画出的三角形，也像白色的利刃，随意排列在看不见牙床的上下颌中。

它游至哈利上方，了无生气的双眼始终盯着他看，凝聚成一种带着恨意的眼神。如同死尸般的白色身体毫无起伏地缓缓游过他手电筒的光束，好像此刻永远不会结束。

25　憨豆先生

"所以你就快离开了？"

"对。"哈利坐着，咖啡放在腿上，不知拿它怎么办才好。麦科马克从桌前起身，在窗前踱起步来。

"你认为我们要搞定这案子还得花很长一段时间，对吧？你认为有个精神病患者躲在人群里，变成了冲动杀人的神秘杀手，而且从不留下线索。我们只能祈祷他下次犯错？"

"我没这么说，长官。我只是不认为自己待在这里还能帮上什么忙。此外，我也接到了电话，他们需要我回奥斯陆。"

"好吧。我会告诉他们你在这里表现得很好，霍利。我理解你想赶快回去升职。"

"没人跟我提过这件事，长官。"

"今天剩下的时间休息吧，好好逛逛悉尼的一些景点，霍利。"

"我还是会先去调查亚历克斯·托马罗斯，长官。"

麦科马克站在窗边，凝视外面的阴天和热到令人窒息的悉尼景色。

"我也离家很远，霍利，隔着这片美丽的海。"

"长官？"

"新西兰。我是新西兰人。我的父母在我十岁时搬来这里。那里的人比这里和善多了。我也大概只记得这些而已。"

"我们还有几小时才营业。"一个脾气暴躁的女人在门口说，手中拿着扫把。

"别担心，我和托马罗斯先生有约。"哈利说，好奇挪威警察证有没有办法说服她。但没这个必要。她打开门，宽度刚好可以让哈利进去。里头全是馊啤酒味与肥皂味，奇怪的是，奥尔伯里酒吧白天时空无一人，看起来却像变小了。

他在吧台后方的办公室内找到了外号"憨豆先生"与"提琴鳎"的亚历克斯·托马罗斯。哈利向他自我介绍。

"有什么帮得上忙的吗，霍利先生？"他口音标准，语速很快，说话像外国人——那些在别的国家住了许多年但乡音难改的外国人。

"谢谢你在那么仓促的通知之下同意与我碰面，托马罗斯先生。我知道其他警员来过，也问了你很多事，所以除了一些必要的问题，我不会耽搁你太多时间。我——"

"那就好。你也看到了，我有很多事得处理。你也知道，账目……"

"我了解。你的证词上说，英厄失踪当晚，你正在处理账目的事。当时有人跟你在一起吗？"

"如果你仔细看过证词的话，你一定会看到当时只有我一个人而已。我总是自己一个人……"哈利观察着托马罗斯骄傲的脸孔与唾沫横飞的模样。我相信你，他心想，"……处理账目的事。从头到尾一个人。要是我想的话，大可直接卷走几十万元，而且没有任何人会发现。"

"所以严格来说，你并没有不在场证明。"

托马罗斯摘下眼镜："严格来说，我在两点时打过电话给我妈，说工作处理完了，正准备回家。"

"严格来说，在酒吧关门的一点到两点之间，你有很好的机会可以下手，托马罗斯先生。不过这不代表我在怀疑你什么。"

托马罗斯盯着他看，眼睛眨也不眨。

哈利翻开他的空白笔记本，假装在找资料。

"顺便问一下，你为什么会打给你妈？凌晨两点打电话交代这种事情，不是有点奇怪吗？"

"我妈总是想确认我人在哪里。警方跟她谈过了，所以我不懂为什么我们还要重提这件事。"

"你是希腊人？"

"我是澳大利亚人，已经在这里住了二十年。就连我妈现在也是澳大利亚国籍了。还有什么要问的吗？"他相当自制。

"你追求过英厄。她拒绝你时，你的反应是什么？"

托马罗斯舔了舔嘴唇，想说些什么，但又停了下来。舌头再度出现。就像吐信的蛇，哈利想。一条可怜的小黑蛇，被每个人鄙视，认为它毫无杀伤力。

"如果你是在暗示什么的话，我得说，我只是问霍尔特小姐要不要一起共进晚餐而已。她是这家店里我唯一问过的人。你可以找凯瑟琳或比吉塔确认这一点。我之所以能把这间店打理得那么好，就是因为我与员工保持着良好的关系。"

"你的员工？"

"好吧，严格来说，我只是——"

"酒吧经理。好吧，酒吧经理先生，你对她男友来这里的感觉如何？"

托马罗斯的眼镜开始起了一层雾。"英厄跟很多客人的关系都很好，所以我根本不知道哪个是她男友。所以她有男友？这对她来说是件好事……"

哈利不必成为心理学家也能看出托马罗斯正努力让语气显得无动于衷。

"所以你不知道。那你知道她跟谁比较好吗，托马罗斯？"

他转了一下肩膀："对了，有个小丑，不过他的性取向……"

"小丑？"

"奥托·雷克纳厄尔，他是这里的常客。她会给他剩菜去—"

"喂狗！"哈利大喊，把托马罗斯吓得从椅子上跳了起来。

哈利起身，用拳头砸了一下手掌。

"这就对了！奥托昨天拿了一个袋子，里头是要喂狗的剩菜！我想起来了，他说他有一只狗。英厄在失踪的那一晚告诉比吉塔，她是要拿剩菜喂狗，我们一直以为是要拿去喂房东的狗。但那只袋獾吃素。你知道那些剩菜都是什么东西吗？知不知道奥托住在哪里？"

"我的天，我怎么知道？"托马罗斯说，整个人吓坏了。他把椅子往后推去，靠在书架上。

"好吧，听我说，千万别把这次的对话泄露出去，连你亲爱的母亲也不要提起，否则我会回到这里砍下你的头。懂了吗？憨——托马罗斯先生？"

亚历克斯·托马罗斯只是不断点着头。

"现在我得先打一通电话。"

风扇的转动声凄惨无比，会议室中却没人留意到这点。所有人的注意力都集中在苏永身上，他把一张澳大利亚地图的幻灯片放在投影器上。地图上有他用来标记的小红点，旁边还标注了日期。

"这些是我们认为凶手犯下强奸案与谋杀案的时间与地点，"他说，"我们先前按照地理位置和时间尝试找出模式，最后一无所获。现在看起来，哈利帮我们找到了模式。"

苏永放上另一张投影片，盖在原先那张地图上。这一张有着蓝色的标记，几乎盖住了下方的每一个红点。

"这是什么？"沃特金斯烦躁地问。

"这是从'澳大利亚巡回马戏团'演出列表上得来的信息，标注了他们在各个地点的表演日期。"风扇依旧不断哀号，但除此之外，会议室里寂静无声。

"我的天哪，总算找到了！"莱比大喊。

"从统计学角度来看，这是巧合的可能性大概只有四百万分之一。"苏永微笑着说。

"等等，所以我们现在要找的人是谁？"沃特金斯插话。

"我们在找的是这个人，"苏永说，放上第三张幻灯片，一张苍白、略显臃肿的脸，带着试探性的微笑，却用哀伤的眼神从银幕上看着他们，"哈利可以解释他的身份。"

哈利站了起来。

"这个人叫奥托·雷克纳厄尔，一名职业小丑，四十二岁，最近这十年一直跟着澳大利亚巡回马戏团进行巡回表演。马戏团停业后，他一个人住在悉尼，变成了自由工作者。目前他在市内成立了一个小剧团。就我们所知，他没有任何犯罪记录，从台面上来看，也没被牵扯进任何性犯罪案件，感觉是个友善温和的人，只是性情有点古怪而已。重点在于他认识死者。他是英厄工作的那家酒吧的常客，后来跟她成为好友。她遭到杀害那晚，有可能去了奥托那里，还带了食物要去喂他的狗。"

"带食物喂狗？"莱比大笑，"凌晨一点半？那个小丑是另有所图吧。"

"你正好指出了最奇怪的部分，"哈利说，"至少从表面上看起来，奥托从十岁开始，一直都是百分之百的正牌同性恋。"

这项情报引起一阵窃窃私语。

沃特金斯咒骂一声："你真的认为这种男同志会去杀害七个女人，还有六次强奸记录？"

麦科马克走进会议室，听了他们先前讨论的概要。"如果你是个快乐的同志，这辈子一直只认识志同道合的同志朋友，可有一天你发现一对漂亮的奶子竟然能让你的小老弟翘起来，你的确会感到焦虑，这没什么好奇怪的。天哪，我们可是住在悉尼，这可是世上唯一一个所有异性恋都只是还没出柜的地方。"

苏永的笑声被麦科马克爆出的大笑给压了过去，而前者甚至笑到双眼已变成了两道细缝。

沃特金斯的心情没被这个笑话影响，他挠了挠头。"然而，还是有几件事连不起来。为什么这样一个心思缜密的人，会因为这种事害自己露出马脚？为什么会邀请受害者去他家？我的意思是，他无法得知英厄会不会告诉别人她要去哪儿。一旦她告诉别人，就会把我们引向他。再说，其余受害者看起来都是随机挑选的。为什么他会突然打破模式，挑了一个认识的女人？"

"对这个王八蛋我们唯一能确认的事，就是他没有明确的作案模式，"莱比说，朝他手上的一个戒指吹了口气，"不过，看起来他还是有所偏好。受害者除了得是金发外——"他用袖子擦了擦戒指，"通常都是事后才被勒死的。"

"四百万分之一。"苏永重复。

沃特金斯叹了口气。"好吧，我放弃。说不定只是祈祷有了回应，让他总算犯下了最严重的错误。"

"你们现在打算怎么办？"麦科马克问。

哈利开口。"奥托应该不在家，他的马戏团今晚会在邦代海滩演出。我建议大家一起去看表演，结束后直接逮捕他。"

"我感觉得出，我们这位挪威同行还挺重视戏剧效果的。"麦科马克说。

"要是表演中断的话，媒体马上就会赶到现场，长官。"

麦科马克缓缓点头。"沃特金斯？"

"我没问题，长官。"

"好，你们这几个小子去抓他吧。"

26 另一名病人

安德鲁把被子拉到下巴，看起来像是已经准备好了让人瞻仰遗容。他一边脸上的淤青变成有趣的渐变色谱，但当他对哈利试着露出微笑时，表情因痛楚而扭曲。

"天哪，连笑都那么痛？"哈利说。

"什么都痛，连想事情也痛。"

床头柜上有一束花。

"神秘追求者送的？"

"如果你想知道的话，那个人叫奥托。明天图文巴也会来，今天则是你。被宠爱的感觉真好。"

"我也带了东西。你得在没人看见时才能抽。"哈利举起一支长长的深色雪茄。

"啊，马杜罗雪茄。你真是我的挪威金发好兄弟。"安德鲁面露喜色，小心翼翼地笑着。

"我们认识多久了，安德鲁？"

安德鲁抚摸着雪茄，仿佛它是一只母猫似的。"应该有一星期左右，老兄。我们快跟亲兄弟一样了。"

"想要真正了解一个人需要多长时间？"

"这个嘛，哈利，想要铺出一条能穿越辽阔而阴暗的森林的道路来了解彼此，其实不需要太久。有些人的森林里有修得很好的笔直道路，还有路灯跟路标。他们似乎什么都愿意告诉你。但还是得小心，别以为这样就能知道所有事情。因为明亮的路上看不见森林里的野兽，你只有在树丛里才能发现它们。"

"那得花上多久才能了解那些野兽？"

"取决于哪种野兽。森林也是。有些人的森林比其他人还要密不透光。"

"那你的呢？"

安德鲁把雪茄收进床头柜的抽屉里。"就像马杜罗雪茄一样暗，"他看着哈利，"不过你早就发现了……"

"我跟你的一个朋友聊过。没错，他让我对安德鲁·肯辛顿有了进一步的了解。"

"那你肯定知道我在说些什么——别让自己被那些明亮道路给骗了。不过你自己也有一些黑暗地带，所以我用不着多做解释。"

"什么意思？"

"这么说吧，我认识的你，是一个放弃了不少事情的人，像喝酒什么的。"

"我想每个人都这样吧。"哈利轻声说。

"凡走过必留下痕迹，对吧？你之前走过的人生全写在你自己身上，写给那些读得懂的人。"

"你读得出来？"

安德鲁把他巨大的拳头放在哈利肩上。他恢复得相当快，哈利心想。

"我喜欢你，哈利。你是我的好兄弟。我想你知道什么事情才重要，所以别再往错误的方向钻了。在这个地球上，有数百万个孤单的灵魂试图好好生活，我只是其中一个而已。我试着不让自己犯太多错。有时，或许还把这种想法视为最重要的事，努力做点好事。就是这样而已。我根本就无足轻重，哈利。了解我并不会把你带到什么方向去。妈的，就连我自己都对挖掘自我没什么兴趣。"

"为什么？"

"要是你的森林阴暗到连你自己都无法理解，踏上探索之旅肯定不是明智之举。你很快就会发现，自己就跟踩在半空中没两样。"

哈利点头，望向花瓶里的花。"你相信概率吗？"

"这个嘛，"安德鲁说，"人生就是由一连串概率很低的事连起来的。举例来说，你买了一张乐透，数字是八二二五三一，事实是买到这组号码的概率是百万分之一。"

哈利又点了点头。"让我困扰的是，"他说，"我买到这组号码的次数实在太多了。"

"真的？"安德鲁呻吟着，从床上坐起身来，"说给安德鲁叔叔听听。"

"我抵达悉尼后发现的第一件事，就是你其实没有被指派到这件案子的调查小组里，是你坚持参与调查英厄·霍尔特谋杀案的。除此之外，你还特别要求跟我这个外国人搭档，当时我就应该思考其中的问题了。接下来你就以看马戏团表演消磨时间作为借口，把我引荐给你的朋友。悉尼有四百万人，我头一晚就认识了这个人。就这么一个！四百万分之一的概率。后来，同一个人再度出现。顺带一提，我们甚至还用一百元打了一个很私人的赌，但重点是，他出现在英厄工作的酒吧里，这代表他们原本就认识彼此！又是一个四百万分之一！同时，我们正在追查一个谋杀案的嫌疑人，说得精准点，也就是埃文斯·怀特。接下来，你突然发现一个看见埃文斯的线人。这块大陆上有一千八百万人，这么多的地方，而在谋杀案发生当晚，那个线人就偏偏出现在宁宾镇上？"

安德鲁像是陷入了沉思，哈利继续说了下去。

"所以，你会给我酒吧的地址也很正常，而埃文斯的手下还正好是那里的常客。在压力之下，他们可以证实每个人都想让我相信的事，也就是埃文斯与这件案子无关。"

两名护士走进病房，其中一名握着床尾护栏。另一名则用坚定而友善的语气说："不好意思，探访时间结束了。肯辛顿先生得去做脑电图检查，医生正在等他。"

哈利朝安德鲁的耳朵俯身。"我的智力顶多中等，安德鲁。但我知道你是在试图告诉我什么，我只是不懂你为何不直说，又为何会需要我。有人在阻止你吗，安德鲁？"

护士推着病床穿过门口，来到走廊。哈利再度跑至床边。安德鲁此时已躺了下来，靠在枕头上，双眼紧闭。

"哈利，你曾说过，像是地球上最早的人类这种故事，不管是白人版本还是原住民版本都相差无几。你说我们在不知情的情况下，对事物得到了相同结论，说这是我们与生俱来的思考方式。一方面这可能是我听过最蠢的说法，但另一方面，我却希望你说得没错。在这样的情况下，这种想法只会带来麻烦；让我们先闭上双眼，看——"

"安德鲁！"哈利在他耳旁打断他的话。他们在电梯前停下，一名护士压着电梯门。

"别再玩什么游戏了，安德鲁，你听见没有？是奥托对不对？奥托就是那只叫作巴巴的大蛇？"

安德鲁睁开双眼。"你怎么——"

"今晚表演结束之后，我们就会直接逮捕他。"

"不！"安德鲁半坐起身。护士将他推了回去，动作虽轻，却不容置疑。

"医生说过要你安静躺好，肯辛顿先生。别忘了，你的脑震荡很严重。"她又转向哈利，"你只能跟到这里。"

安德鲁挣扎着想再度起身。"不行，哈利！给我两天。现在还不行。答应我，你等我两天！护士小姐，放开我！"他试图拍开推倒他的手。

哈利站在床头，紧抓着床不放。他弯腰低声开口，情绪激动，差点无法控制音量。"从目前的情形来看，其他人还没发现你认识奥托，不过这是迟早的事。他们会开始好奇你在这件事里的角色,安德鲁。要是没什么好理由,我根本无法推迟逮捕行动。"

安德鲁抓住哈利的衬衫领口。"看清楚一点,哈利。睁大双眼!看清……"他说到一半便放弃了,往后倒在枕头上。

"看清楚什么?"哈利没有放弃,但安德鲁已紧闭双眼,挥手要他停步。忽然之间,他看起来变老了,瘦弱无比,哈利心想。一名年迈、瘦弱的黑人,就这么躺在巨大的白色病床上。

一名护士粗鲁地推开哈利。在电梯门关上前,哈利只看见安德鲁仍在不断挥着那双黑色大手。

27 行刑

邦代海滩后方的山脊上，一片薄云自午后太阳下方飘过。沙滩上与海水里的人开始变少。那些不断朝他们走来的人全是澳大利亚那些知名的美丽海滩上最为典型的几种类型：在嘴唇与鼻子上抹防晒乳的冲浪客、走起路来左右摇摆的运动人士、穿着直排轮与剪短的牛仔裤的女孩、晒黑的二线名人与隆过胸的沐浴女神；简单来说，就是一群长相好看的人、年轻人与至少表面上看起来像成功人士的人。在坎贝尔大道上，满是最热门的时尚精品店，以及外观小而朴实，却要价不菲的餐厅。一天中的这个时候，正是人潮最拥挤的时刻。敞篷跑车因塞车而移动缓慢，加速的引擎发出不耐烦的空转嘶吼。司机能做的，只有透过太阳镜看人行道了。

哈利想起了克莉丝汀。

他忆起那次他与克莉丝汀搭乘欧铁在戛纳下车的事。当时是旅游旺季，整座城市没有一家房间价格合理的旅馆。他们已离家好一阵子，所有积蓄都用光了，负担不起在豪华旅馆过夜。他们查了通往巴黎的下一班列车的时间，将帆布背包寄放在车站的储物柜中，前往十字大道。他们来回闲晃，看着往来的人与动物，每个都很美丽富裕，每艘惊人的游艇都拥有专属船员，大型游艇的船尾还停着一辆通勤用的车，船顶还有直升机停机坪，让他们当场立誓，下半辈子都要把票投给法国的社会党。

最后，这场散步让他们满身大汗，不得不去游泳。毛巾与泳衣都在背包里，所以他们被迫穿着内衣裤下水。克莉丝汀已经没有干净的内裤，所以穿着哈利的一条结实的短裤。他们穿着白色的男士三角内裤咯咯笑着跳进地中海，四周全是昂贵的丁字裤和笨重的珠宝。

哈利还记得，后来他躺在沙滩上看克莉丝汀穿着宽松 T 恤，脱掉又湿又重的短裤。他享受地看着她皮肤上的水珠在阳光照射下闪闪发亮的模样，T 恤下摆向上扬起，露出她那双晒红的长腿与线条柔和的臀部，以及那法国式的深情凝视。他喜欢她看自己的方式，随便一个动作都能俘获他。她微笑的方式、缓缓穿上牛仔裤的动作均能吸引他的目光。她把一只手伸到 T 恤下方准备拉上拉链，但就这么停顿下来，往后一仰，闭上双眼……接着用红色舌头挑逗地舔着嘴唇，身体摇晃一下，然后重重地压在他身上，大笑起来。

之后，他们去了一家价格惊人但可以看见海景的餐厅吃饭。太阳落下时，他们紧贴着坐在沙滩上，克莉丝汀因为眼前的美景流下几滴眼泪。他们一致决定入住卡尔顿酒店，然后不付钱偷偷跑掉，或许还会跳过他们原本打算待在巴黎的两天行程。

后来他想起克莉丝汀时，首先想起的总是那年夏天。一切如此浓烈，后来却又轻易成为一切随风而逝的分隔点。但哈利已经记不起来当时自己的想法了。

那年秋天，哈利去服兵役，而在圣诞节前，克莉丝汀遇到一名音乐家，就这么去了伦敦。

哈利、莱比与沃特金斯坐在坎贝尔大道与兰罗克大道路口的露天咖啡座里。他们的位置有阴影遮蔽，此刻已是傍晚，但天色仍未暗到使他们的墨镜显得格格不入。在这种温度下穿着外套还算差强人意，总比只穿衬衫、露出枪套要好。他们没什么交谈的，就这么等着。

圣乔治剧院位于海滩与坎贝尔大道之间那条徒步区的中间位置，是一座美丽的黄色建筑，也是奥托即将上台表演的地方。

"你以前用过勃朗宁大威力手枪吗？"沃特金斯问。

哈利摇头。他们在武器柜旁装备武器时，便已有人教过他如何装填子弹和打开保险。学会这些就够了。一切不成问题；哈利难以想象奥托会拔出一把机枪，将他们全部放倒在地。

莱比看了看表："该出发了。"他满头大汗。

"好了，最后再过一次流程：表演结束，所有人上台谢幕时，哈利跟我从侧门进去。我安排好了，管理员会把门开着，还会在他的更衣室门口放上名牌。我们站在外面等奥托，然后逮捕他，铐上手铐，除非有紧急状况，否则不用武器。出了后门，会有辆警车等着我们。莱比会带着对讲机待在人群里，奥托一下台就通知我们。此外，要是他察觉事情不对，如果奥托想穿越人群从正门离开，莱比也会通知我们。好了，我们各就各位，小声地祈祷一下剧场里头能有空调吧。"

圣乔治剧院虽小但舒适的观众席坐满了人，开幕时，现场充满激动的气息。但帘幕却没有拉起，而是松落下来。小丑们抬头看着帘幕松落之处，紧张地比手画脚，相互讨论，慌慌张张地跑来跑去，将帘幕推下舞台，其中一个还被另一人绊倒，接着对观众脱帽致歉。这些举止引得众人大笑并开心欢呼起来。剧院中似乎有不少人是表演者的熟人。舞台清理好后，换上断头台场景，奥托随着以鼓演奏的沉重的葬礼进行曲登上舞台。

哈利看见断头台时，立刻意识到这是他在"发电厂"看过的相同戏码，只是稍做了点改变。奥托身穿红色晚礼服，戴着一顶淡金色长假发，脸上扑满白粉。今晚的主角显然变成了女王，就连刽子手也换上新装：一件附有大耳朵的黑色紧身衣，两只手臂下方连着蹼状物，看起来就像恶魔。

或是蝙蝠，哈利心想。

断头台刀刃升起。一个角瓜先被放至下方，利刃随之落下。劈击声像是那里原本就没有角瓜一样。刽子手得意扬扬地高举被劈成两半的角瓜，全场为之欢呼，有人甚至吹起了口哨。在女王哭泣求饶，徒劳无功地试图讨好黑衣人的痛苦桥段过后，她被拖到断头台上，裙子下的双腿不断乱踢，让观众看得十分开心。

利刃再度升起，鼓也开始敲打起来。随着鼓声越来越响，灯光亦逐渐变暗。

沃特金斯靠了过来。"所以那些金发女子也是在舞台上被杀的吗？"

鼓声持续不断。哈利环顾四周，观众全坐在座位的边缘；有些人张大了嘴，身体往前倾，其他人则用双手捂住耳朵。一百多年来，不同世代的观众全都一样，被同样的表演逗得既开心又害怕。沃特金斯仿佛是为了回答他的疑问，再度靠了过来。

"暴力就跟可口可乐和《圣经》一样经典。"

鼓声仍持续不断，哈利留意到这个表演需要时间准备。先前利刃落下时有那么久吗？刽子手一脸担忧，拖着脚走上前，凝视断头台顶部，仿佛出了什么差错。一切发生得相当突然，在显然没人有任何动作的情况下，利刃"嗖"地落下。哈利不由自主地挺直身子，观众在刀刃穿过颈部时，全都倒抽了一口气。鼓声立即停止，人头落在地板上发出碰撞声响，现场一片死寂。沃特金斯与哈利前方传来一声尖叫，划破空气。整间剧院陷入惊慌之中，哈利眯起眼，试图在阴暗中看清楚发生了什么事情。他只能看到刽子手往后退去。

"噢，天哪！"沃特金斯低声说。

舞台上传来有东西喷洒而出的声音，像是有人正在鼓掌。哈利总算看清楚了。脊椎自女王那没了头颅的衣领中凸了出来，就像一条白色虫子正在缓缓上下点头。鲜血自裂口处喷洒而出，溅到舞台上。

"他知道我们会来！"沃特金斯低声说，"他知道我们已经盯上他了！他甚至还把自己打扮成他妈的强奸受害者！"他凑到哈利脸旁，"妈的，妈的，妈的，霍利！"

哈利不知道是什么让他感觉如此紧张不安。或许是血、"他妈的"与"强奸受害者"的粗鲁组合，又或许只是沃特金斯的口臭而已。

鲜血形成血洼。刽子手显然被吓得魂不附体。他跑去捡起头颅时，脚底滑了一下，"砰"的一声跌倒在地，两名小丑跑上舞台，朝彼此尖叫。

"开灯！"

"快把布帘拿上来！"

另外两名小丑带着舞台用的帘幕跑了上来，四名小丑面面相觑，一同望向天花板。舞台后方传来一声大吼，照明工具闪了一下，发出巨响，整座剧院随即陷入一片漆黑。

"真是一团乱，霍利。我们上！"沃特金斯抓住哈利的手臂，准备移动。

"坐下。"哈利轻声说，把他拉回座位。

"什么？"

灯光亮起，才不过几秒，舞台上的血污、头颅、断头台、小丑和帘幕全都消失无踪，只剩下刽子手，以及手臂夹着金发头颅，站在舞台边缘的奥托·雷克纳厄尔。他们听着观众热烈无比的欢呼声，一同鞠躬回应。

"这浑蛋骗到我了。"沃特金斯说。

28 猎人

中场休息时，沃特金斯容许自己喝了瓶啤酒。"这表演差点就骗到我了，"他说，"我还在他妈的抖个不停。或许我们应该现在就去抓那个浑蛋。这样等下去实在让我紧张兮兮的。"

哈利耸了耸肩："何必呢？他又不会去别的地方，而且也没起疑心。我们还是按计划来就好。"

沃特金斯若无其事地按下对讲机，确认他与莱比之间依旧保持联系，以及他仍待在观众席的座位上。警车已经在后门就位了。哈利很清楚，通常来说，随着时间过去，连环杀手会越来越有自信，认为自己肯定能逃过追捕。

哈利不得不承认，断头台戏码使用的技巧让人印象深刻，但他仍想不通，为何奥托要用一个无名金发女子来取代路易十六的角色？或许他认为哈利一定会用免费的票来观看表演。这是他玩弄警方的方式吗？还是他在乞求有人能阻止他？当然，还有第三种可能——他们只是调整了戏码而已。

钟声响起。

"又要再来一回了，"沃特金斯说，"我希望今晚不会再有人被杀了。"

进入下半场后，奥托打扮成猎人，装出一副东张西望的模样，拿着手枪走上舞台，抬头望着装有轮子底座的树木。树叶中传来鸟鸣声，奥托做出瞄准树枝的动作，枪声响起，一缕烟喷出，有个黑色东西掉到舞台上，发出声响。猎人跑了过去，一脸惊讶地抱起一只黑猫！奥托深深一鞠躬，在稀稀拉拉的掌声中走下舞台。

"这段我看不太懂。"沃特金斯低声说。

要不是神经紧绷着，哈利很可能会很喜欢这段表演。然而，他看手表的时间比看台上的表演还久。除此之外，其他节目具有更多当地的政治讽刺色彩，让他看得一头雾水，观众却报以热烈的掌声。最后，音乐高声响起，灯光一亮，表演者在舞台上全员到齐。

哈利与沃特金斯向站起来的观众一面道歉，一面穿过他们，连忙赶至舞台侧门。就跟先前说好的一样，门是开着的。他们走进一条半圆形走廊，奔至舞台后方。他们在走廊尽头找到写有"小丑／奥托·雷克纳厄尔"的门，开始等待。音乐与观众跺脚声让墙壁不断震动。沃特金斯的对讲机发出静电声响。他接了起来。

"结束了吗？"他说，"音乐还在播放。完毕。"他睁大了双眼，"什么？再说一次！完毕。"

哈利知道事情出了差错。

"待在原地，看紧舞台的门。完毕，结束通话！"沃特金斯把对讲机放进上衣内袋，从枪套中掏出手枪。

"莱比说奥托不在台上。"

"说不定他没认出来。他们上台时都化了很浓的妆——"

"那个王八蛋不在舞台上，"他重复，握住更衣室门把，但门锁上了，"妈的，霍利。大事不妙了！"

走廊很窄，因此沃特金斯背靠着墙，一脚朝门锁踹去。在踢了三脚后，门板才被踹开。他们冲进空无一人的更衣室，里头满是白色蒸汽。地板是湿的。水与蒸汽来自一扇半开的门后方，里头显然是浴室。他们各自站在门的两侧；哈利甚至还拔出了枪，笨拙地摸索着保险的位置。

"奥托！"沃特金斯大喊，"奥托！"

没有回应。

"我可不喜欢这样。"他沉声大喊。

哈利觉得此刻实在像极了电视里的侦探剧。开着的水龙头与无人回应的大喊，简直就是陈词滥调，让人很容易猜到接下来会发生什么。

沃特金斯用食指指了一下哈利，接着用大拇指指向浴室。哈利想冲他比个中指，但也承认这回的确该换他了。他踢开门，跨出两步，走进满是热气的浴室，不过才一秒的时间身上便湿了。他看见前方有片浴帘，用枪管将浴帘拨到一旁。

空无一人。

他在关掉水龙头时烫到手臂，用挪威语大声咒骂。蒸汽正在散去。他谨慎地移动到更好的位置以便看清状况，鞋底传出踩水的声音。

"里头什么也没有！"他大喊。

"为什么这里到处都是水？"

"有东西堵住排水孔了。等我一下。"

哈利将手伸进水中，探向可能堵住的地方。他摸索周围，手指碰到了堵住排水孔的那个又软又滑的东西。他一把抓住那玩意儿抽了出来，喉间涌上一股作呕感。他强吞下恶心的感觉，使劲喘气，仿佛因为吸入了蒸汽而喘不过气。

"怎么了？"沃特金斯问。他站在门口，低头看着蹲在浴室里的哈利。

"我跟人打赌输了，而且还欠奥托一百元。"哈利平静地说，"至少是他遗留的部分。"

哈利回忆起圣乔治剧院接下来的事情时，感觉就像身处雾气之中。奥托浴室里的蒸汽四处弥漫，连走廊里管理员的轮廓也模糊不清。当时他正试图打开道具室的门。从锁孔看进去，视线所及是一片红色。他们破门而入时，看见正在滴血的断头台。由于无法防止其他表演者在道具室门口看见奥托散落在房间各处的尸体，因此四周全是尖叫。但奇怪的是，那些尖叫听起来模糊不清，仿佛被调低了音量似的。

尸体的四肢挂在各个角落，像洋娃娃的手臂与双腿一样。墙壁与地板全溅满货真价实的黏稠血液，血凝结成了暗红色。没了四肢的躯干倒在断头台的木板上，血肉模糊，上头有圆睁的双目，小丑鼻，以及涂着口红的嘴巴与脸颊。

蒸汽附着在哈利的皮肤、嘴巴与上颚上。他看见莱比自雾气中探出身影，就像慢动作一样走来，在他耳边低声说："安德鲁从医院里跑了。"

29　比吉塔

肯定有人给这里的风扇上过润滑油。风扇顺畅地转动着，没有一丝杂音。

"车上的警员说只有一个人从后门离开，还穿着刽子手那套黑色衣服，对吗？"

麦科马克将所有人召集到他的办公室中。

沃特金斯点头。"是的，长官。我们等一下才能知道表演者与观众是否留意到了可疑之处。他们现在正在接受询问。凶手可能在观众席，走进开着的舞台门行凶，要不然就是在警车还没就位时，就已经先从后门进去了。"

他叹了口气。

"管理员说，表演过程中后门一直锁着，所以在这种情况下，凶手得有钥匙才能进去，要不然就是在没被发现的情况下，跟着表演者一起进去，在什么地方躲了起来。接下来，他在奥托表演完黑猫戏码，准备谢幕时，敲了更衣室的门。凶手可能迷晕了他——鉴定组的兄弟发现了乙醚的痕迹——地点可能是更衣室，或在道具间里，我们只能希望他真的被迷晕了。不管怎样，那家伙绝对是个真正冷酷无情的王八蛋。他在分尸后，还拿着切下来的性器官回到更衣室，打开水龙头，好让试图抓他的人听见水声，以为奥托在淋浴。"

麦科马克清了一下嗓子："断头台呢？要杀人肯定有更简单的方式……"

"长官，我猜断头台只是临时起意。他不太可能知道断头台会在中场休息时被搬进道具室。"

"他是个变态透顶的家伙。"莱比对着指甲说。

"那门怎么说？不是锁上了吗？他们是怎么进道具室的？"

"我跟管理员谈过，"哈利说，"奥托是剧团团长，房间里有串钥匙。钥匙已经不见了。"

"那套……恶魔的戏服又是怎么回事？"

"那套戏服跟假头与假发放在断头台旁的箱子里，长官。凶手在行凶后穿上戏服作为掩饰。这点真的十分狡猾，同样不太可能是一开始就计划好的。"

麦科马克用双手枕着头。

"苏永，你在查什么？"

其他人说话时，苏永一直在使用计算机。

"我们暂时先不管那个黑衣恶魔，"他说，"从逻辑上来看，凶手应该是剧团里的人。"

沃特金斯哼了一声。

"听我说完，长官。"苏永说，"我们要找的是清楚表演流程的人，这样他才知道奥托在那场黑猫戏码以后就没事了。他在谢幕前都不用上台，中间大概有二十分钟的时间。剧团成员不需要偷潜进来，再说，我不大相信外人做到这一点却不让人发现。如果他是从舞台旁的门进入后台，你们应该也有人留意到才对。"

其他人没有回答，只是点了点头。

"总之，我查了一下，发现剧团里还有三个成员过去是澳大利亚巡回马戏团的团员。这代表今晚还有三个人在犯罪现场，而且他们很可能也在我们先前讨论的那些相关案发时间的犯罪现场。奥托有可能只是个知道太多内情的无辜牺牲者。我们还是有机会查出什么的。我建议彻查剧团，不要把时间浪费在那个说不定早就翻山越岭，远离这里的歌剧院怪人。"

沃特金斯摇头："我们不能忽视那么明显的线索。有个身份不明的人离开了犯罪现场，身上还穿着放在凶器旁的戏服。他不可能跟这件谋杀案完全无关。"

哈利同意："我认为我们可以先不管剧团的其他成员。首先，情况没有任何改变，奥托还是有可能奸杀那些女孩。要杀一个连环杀手的动机实在太多了，举例来说，或许有人与这些案子有关，知道警方打算逮捕奥托，不愿冒被供出的风险。再者，现在的情况根本无法确定凶手是否事前就知道自己有多少时间——他有可能先强逼奥托，后来才知道他会不会再上台。最后一点，要相信自己的直觉！"他闭上双眼，"你们应该都感觉得出来吧？那个穿蝙蝠戏服的人就是我们要找的人。他就是纳拉登！"

"什么？"沃特金斯说。

麦科马克笑出声。"看来我们的挪威朋友已经补上肯辛顿探员的空缺了。"他说。

"纳拉登。"苏永重复，"那只蝙蝠，原住民的死亡象征。"

"还有另一件事让我觉得心烦，"麦科马克接着说，"那家伙大可在不被发现的情况下从后门逃走，而且距离悉尼最热闹的街道还只有十步之远，一旦抵达那里，他就能在几秒之内消失无踪。然而，他却宁愿多花时间换上那身抢眼的戏服。这也代表我们不会获得任何他的外貌描述。你甚至还会觉得，他知道警车就在那里监视后门。如果真是这样，他究竟是怎么办到的？"

一阵沉默。

"对了，肯辛顿在医院还好吗？"麦科马克拿出一颗糖，开始吸吮起来。

办公室一片寂静，风扇安静地转动着。

"他已经从医院离开了。"最后莱比总算说道。

"哎哟，痊愈得真快！"麦科马克说，"好吧，算了，我们得尽快调动所有可用的单位，我敢说，被分尸的小丑肯定会比遭强奸的女孩占据更多新闻版面。就跟我以前说的一样，孩子们，要是你们认为我们完全不必在意新闻的影响，那可就错了。这个国家的报纸从前就有本事让警察局局长下台，还可以任命新的局长。所以，除非你们想把我弄掉，否则你们应该知道怎么做。不过第一件事，就是先回家睡一觉。哈利，你还有什么要说的吗？"

"没有，长官。"

"好了，各位晚安。"

今晚不同。饭店的窗帘并未拉上，比吉塔映照着国王十字区霓虹灯的光线，在他面前褪下衣物。

他躺在床上，她则站在房间中央，一件件脱着衣服。过程中，哈利始终以几乎是哀伤的肃穆眼神看着她。比吉塔的双腿修长苗条，在微弱的光芒中白皙似雪。半开的窗外，可听见的热闹夜生活——汽车、摩托车、角子机的声音，还有手风琴与节奏强烈的舞曲的声音。在这些声音底下，则是人们大声交谈、怒吼与大笑等喧哗声，就像是人类版蟋蟀的叫声。

比吉塔慢慢地解开衬衫，她不是有意如此，也没有卖弄性感的意思，只是单纯在脱衣服而已。

这是为了我，哈利心想。

他之前便见过她的裸体，但今晚不同。她美到让他喉咙为之紧缩。先前他不懂为何她如此害羞，得盖上被子才愿意脱下 T 恤与内裤，从床上去浴室时，还会用毛巾裹住身体。但渐渐地，他意识到这跟尴尬或羞于裸露无关，而是与展露出真实自我有关。建立足够的安全感需要时间与感觉，也是让他感到自然的唯一方式。这就是今晚有所不同的原因。褪去衣服的过程仿佛一种仪式。她透过赤裸告诉哈利自己有多么脆弱，而她之所以敢这么做，是因为她相信他。

哈利的心脏剧烈跳动着，一方面是因为自豪与高兴——这名坚强、美丽的女子展示了她信任他的程度。另一方面则是恐惧，觉得自己或许不配拥有这些。但最主要的部分，是他认为自己的思绪和感受，在霓虹灯由红变蓝，接着又变绿的照射下展露无遗。通过褪下的衣物，她同样褪下了他的防备。

她就这么站着，白皙的肌肤仿佛照亮了整个房间。

"过来。"他说，声音比自己预期的还要模糊。他掀开被子一侧，她却没有反应。

"看着我，"她轻声说，"看着我。"

30 成吉思汗

时间是早上八点。护士带领哈利走进单人病房时，成吉思汗仍在睡觉。哈利将椅子拖至床边，他才总算睁开了眼。

"早安，"哈利说，"希望你昨天睡得安稳。你还记得我吗？我就是那个在桌子旁边喘不过气的人。"

成吉思汗呻吟一声。他的头上缠着厚厚的绷带，威胁性看起来比他在板球酒吧把哈利整个人扔出去时小了许多。

哈利从口袋里掏出一颗板球。

"我跟你的律师谈过了。他说你不准备起诉我的同事。"

哈利把球从右手抛到左手。

"考虑到当时你正打算对我下杀手，所以要是你决定去起诉救我一命的家伙，我可能会非常不爽。不过你的律师显然认为你还是会起诉。他说你没有攻击我，而是在我快被你朋友打到重伤时，将我从你朋友身边移开而已。他声称，就是因为这样你才逃过一劫，顶多被这个板球砸到颅骨裂开，而不是被直接砸死。"

他把球抛至空中，在这名勇士王子苍白的脸孔前方牢牢接住。

"你知道吗？我同意他说的话。一个球从四米的距离直接砸在脸上——你还能活下来简直就是奇迹。你的律师今天开工，打了电话给我，想知道事件的确切过程。他认为，要是你有长期损伤的话，至少也该有个要求赔偿的空间。你的律师可以分到三分之一的赔偿金额，所以就跟兀鹰一样。不过他应该告诉过你这点，对吧？我问他，为何他没设法说服你提起诉讼。

他认为这只是早晚的事。所以我想知道：这真的只是早晚的事吗？成吉思汗？"

成吉思汗小心翼翼地摇了摇头。"不是。你可以走了吗？"声音中带着微弱的鼻音。

"为什么？这会有什么损失吗？在这种情况下，要是你失去行为能力，得花上一大笔钱呢。记住，你不是在控告可怜的个人，而是在控告一整个州。我已经亲眼确定你连清理鼻子都得费上一些功夫。所以谁知道呢？陪审团或许会支持你提出索赔，让你成为百万富翁。难道你不想试试看吗？"

成吉思汗没回答。白色绷带下方那懊悔的歪斜双眼盯着哈利看。

"我实在不想再待在这间医院里了，让我简单扼要地说清楚吧，成吉思汗。你攻击我，害我断了两根肋骨，甚至还有肺穿孔。由于我没穿制服，没出示证件，也没在警察部门的援助下行动，澳大利亚甚至不是我的管辖范围，所以当局已经表明，从法律角度来看，我当时不是公务员，而是以私人身份出现在那里的。换句话说，我可以自行决定要不要控告你的暴力行为。让我们先回到你那相对干净的犯罪记录上吧。你瞧，你身上背着一桩重伤害罪的有条件缓刑，对吧？再加上我们这件事的六个月徒刑，就是一年了。你是想被关一年，还是告诉我……"他微微起身。成吉思汗的耳朵露在绷带外头，像是粉红色的蘑菇。哈利靠近他的耳朵大喊，"……我想知道的事！"

哈利用力坐回椅子上。

"你说呢？"

31 胖女士

麦科马克背对哈利，抱着双臂，用一只手撑着下巴，凝视窗外。厚重的雾气将色彩遮掩，外头的动静也仿佛随之凝结，使窗外景色就像城市的一张模糊不清的黑白照。沉默被敲击声打破。哈利后来才发现，那是麦科马克用指甲敲打上排牙齿的声音。

"所以你一开始就知道肯辛顿认识奥托·雷克纳厄尔。"

哈利耸肩。"我知道我应该先报告这一点，长官。但我不认为——"

"——要不要说出安德鲁·肯辛顿认识什么人是你的事，这没什么。但如今肯辛顿跑了，没人知道他的去向，而你认为这相当可疑？"

哈利对着他的背部点头，承认了这一点。

麦科马克自窗户中的倒影看着他，身体转了半圈，面向哈利。

"霍利，你看起来有点……"他转完剩下半圈，再度背对着他，"……烦躁。有什么烦心的事吗？还有什么要告诉我的？"

哈利摇了摇头。

奥托的公寓位于萨里山；准确地说，就在奥尔伯里酒吧与英厄位于格利伯的住所之间。他们抵达时，被一名体形庞大的女人在楼梯上拦下。

"我看见车了。你们是警察吗？"她的声音尖锐刺耳，没等他们回答就继续说，"你们也听到狗叫声了。它从今早开始就一直叫个不停。"

他们听见标有"奥托·雷克纳厄尔"字样的门后不断传来嘶哑的吠声。

"雷克纳厄尔先生的事让人很难过，真的，但你们一定得把他的狗带走。它一直叫个不停，快把我们逼疯了。这里不能养狗。要是你们不处理的话，我们只好被迫……呃，总之你懂我的意思。"

这女人翻了个白眼，两只肥胖的手往前一甩，汗水与香水气味立即弥漫四周。哈利对她十分反感。

"那只狗知道。"莱比说，两根手指在栏杆上移动，用一副不以为然的模样看着自己的食指。

"什么意思，年轻人？"胖女人问，手臂放回身体两侧，看起来仍无意让路。

"它知道它的主人死了，女士，"哈利说，"狗对这种事有第六感，所以才那么难过。"

"难过？"她满脸怀疑地看着他们，"狗？鬼扯一通。"

"这位女士，要是有人把你主人的四肢全给剁了，你会有什么反应？"莱比看着这名张大了嘴的女人。

女房东抵达后，他们拿出在更衣室奥托裤子口袋里发现的一串钥匙。奥托的狗从吠叫变成咆哮，可能是听见了陌生人即将进门之故。

门打开时，一只牛头犬站在门厅，从后腿的姿势看，它已经准备有所行动。莱比与哈利一动也不动，朝那只长相有趣的狗示意它才是这里的老大。咆哮逐渐变成有一搭没一搭的吠叫，接着它才放弃似的安静地走进客厅。哈利跟在后面进去。

阳光穿过客厅的大窗户，照在许多家具上。单色红沙发上满是五颜六色的靠枕，墙上挂着许多大幅画作，还有一张相当醒目的绿色玻璃矮桌。房间角落则有两尊陶瓷豹。

桌子上放着一个不属于那里的灯罩。

那只狗嗅着地板中央的一摊水渍。一双男人的鞋子悬在上方。尿与粪便的臭味传来。哈利从鞋袜处开始往上看，看见袜子与裤脚间的黑色皮肤。

他的视线在裤子上停下。一双巨大的手无力地垂在旁边，他得强迫自己，才能继续向上看白衬衫的部分。不是因为他从未看过上吊的尸体，而是因为他认出了那双鞋。

尸体的头靠在一侧的肩膀上，连接灰色灯泡的电线则垂在胸前。那根电线绑在天花板的坚固钩子上——先前可能吊着一盏吊灯——在安德鲁的脖子上足足绕了三圈。他的头几乎碰到天花板了。无神的双眼呆滞地看着前方，紫色舌头自嘴中吐出，表情像是在挑衅死亡或生命本身。踢翻的椅子倒在地板上。

"妈的，"哈利的呼吸急促，"我 ×，我 ×，我 ×！"他全身乏力，跌坐在椅子上。莱比走了进来，发出一声短暂的尖叫。

"快找把刀来，"哈利低声说，"打电话叫救护车，或是打给这种情况通常会找的单位。"

阳光自安德鲁身后朝哈利的方向射来，摇晃的尸体就像窗前一道陌生的黑色剪影。哈利向上帝祈求吊在电线上的是别人，接着才站起身来。他曾对自己保证绝不向任何人祈求奇迹。但如今只要帮得上忙，要他祷告也行。

他听见走廊传来脚步声，莱比在厨房大喊："出去，你这只肥猪！"

哈利的母亲下葬后，整整五天时间他对所有事都没有任何感觉，唯一的感觉就是，他知道自己应该感觉到什么才对。因此，他跌坐在沙发上的坐垫，喉咙紧缩，双眼涌出泪水时，就连自己也感到惊讶。

这不代表他从未哭过。有一次，他独自坐在巴杜福斯的军营里，读着克莉丝汀寄来的信，也曾感到一阵哽咽。信上表示"那是她这辈子最美妙的事"。从前后文中，看不太出她指的是离开他，还是指认识了那名英国音乐家，并且将与他一同上路这件事。他只知道，这是他一生中最难过的事。但想哭的感觉就停在这里，就停留在喉咙里，就像觉得恶心，快要呕吐一样。

他起身抬头看去。安德鲁还吊在那里。哈利打算移动几步，拉张椅子来垫脚，割断电线时好把他放下来。但他动弹不得，就这么一动也不动，直到莱比带着一把菜刀回来。莱比以异样的眼光看着他，哈利这才意识到泪水已沿着他的脸颊滑落。

天哪，就这样了？哈利不知所措地想着。

他们一言不发地将安德鲁解下，放到地上，搜索口袋。里头有两串钥匙，一大一小，还有一把单独的钥匙。莱比马上确认，那把钥匙是打开前门的锁用的。

"外观没有遭施暴的迹象。"莱比快速检查后说。

哈利解开安德鲁的衬衫。他胸口有个鳄鱼图案的刺青。此外，哈利也拉起安德鲁的裤管加以检查。

"这里也是，"他说，"没有任何伤痕。"

"我们得等一下，看医生怎么说。"莱比说。

哈利的泪水又涌了上来，勉强用耸肩替代回答。

32　查威克

哈利怀疑办公室里要举办什么庆祝活动。

"这些是路透社的人，"苏永说，"美联社正派一个摄影师过来，市长办公室还打来说美国全国广播公司要派一个制作团队过来报道这件事。"

沃特金斯摇头："印度海啸死了六千人，他们用一则插播的新闻快讯带过去了。一个同性恋小丑给人分尸了，反倒成了世界级的新闻。"

哈利请他们一同进入会议室，关上了门。

"安德鲁·肯辛顿死了。"他说。

沃特金斯与苏永难以置信地看着他。哈利简短而直接地告诉众人，他们发现安德鲁的尸体吊在奥托家中的天花板下。

他直视众人，声音没有任何动摇。"我们没打给你们，是为了确保事情不会泄露出去。或许我们该让这件事暂时保密。"

他忽然发现，把这件事当成警务来讲要容易开口得多。他可以客观面对，也知道该如何处理。一具尸体、一个死因，按照案子通常的做法，试着让一切暂时保密。他不知该如何面对陌生的死神，因此这么做可以让他与死亡保持距离。

"好吧，"沃特金斯心烦意乱地说，"我们得小心点，不能随便做出什么草率的结论。"

他抹去上唇的汗水。"我得跟麦科马克说一声。妈的，该死！肯辛顿，你到底干了什么好事？要是记者听到风声的话……"沃特金斯就这么走了出去。

他们三人留在会议室内，听着风扇不断哀鸣。

"他有时会来重案组跟我们一起调查，"莱比说，"他不算真正的组员，但还是……"

"一个好人，"苏永看着地板说，"一个很善良的人。我刚来的时候，他帮了我不少忙。他是个……相当好的人。"

麦科马克同意这件事应当保密，只有他们几个知道就行。他情绪恶劣，不断来回踱步，脚步比平常沉重，鼻子上方的浓眉皱成一团，就像灰色的屋檐排水槽。

会议后，哈利坐在安德鲁的位置上，迅速翻着笔记本。里头没记录什么事情，只有几个地址、两串电话号码，后来发现电话号码是汽车修理厂的，以及画满涂鸦、内容难以理解的一张纸。抽屉里除了办公用品，几乎全是空的。哈利看着在他身上发现的两串钥匙。其中一个是有着安德鲁名字第一个字母的皮质钥匙圈，因此他猜那是他私人用的钥匙。

他打了电话给比吉塔。她被吓坏了，问了几个问题，但后来只是静静地听着哈利说话。

"我不懂，"哈利说，"我才认识那家伙一个多星期，发现他死的时候却哭得跟个婴儿一样。但我妈下葬的那五天里，我甚至没流过几滴眼泪。那可是我妈，世界上最伟大的女人！这到底是什么逻辑？"

"逻辑？"比吉塔说，"我不认为逻辑能解释什么。"

"我只是想告诉你一声而已。记得别说出去。你下班后我去找你？"

她犹豫了，说她今晚得等一通父母从瑞典打来的电话。

"今天是我生日。"她说。

"祝你年年有今日。"

哈利挂断电话，觉得老毛病又开始在胃里咆哮起来。

莱比与哈利一同前往安德鲁位于查威克的住所。

"那个猎鸟的戏码……"哈利开口说。

这句话就这么在抵达下一个路口之前回荡着没说完。

"你想说什么？"莱比问。

"没事。我只是在想那场表演。我对那个猎鸟的戏码很困惑。整个表演看起来像是没有重点。一个猎人以为自己在猎鸟，最后发现猎物原来是只猫，狩猎的一方就这么被猎杀了。但那又怎么样呢？"半小时车程后，他们抵达一个怡人的地区，来到风景优美的悉尼路。

"天哪，真的是这里？"哈利在看见他们从人力资源部门得到的门牌号码后这么说。这是一栋大型砖房，附有可停两辆车的车库，屋前有被细心照料的草坪与一座喷泉。一条碎石路引领他们通往让人印象深刻的红木大门。他们按下电铃。开门的是一个年轻男孩。他们提到安德鲁时，男孩严肃地点了点头，指了一下自己，用手捂住嘴巴，表示他是个哑巴。他带他们绕至屋后，指着大花园另外一侧的低矮砖屋。如果这里是一座英国庄园，那房子可能就是守门人的小屋。

"我们得进去，"哈利说，发现自己的发音太过刻意，仿佛男孩的听力也有问题似的，"我们是安德鲁的同事。安德鲁过世了。"

他举起安德鲁那串用皮革钥匙圈串起的钥匙。男孩刚开始还一脸迷惑地看着钥匙，呼吸有些急促。

"他昨晚突然去世了。"哈利说。站在他们面前的男孩双臂垂在身侧，双眼逐渐湿润起来。哈利这才发觉他们两人一定认识。他得知安德鲁在这里住了将近二十年，这件事提醒了他，这个男孩可能是在这栋大房子里长大的。一些画面不受控制地出现在哈利脑中：黑人与男孩在花园里玩球，还给了他零用钱，让他去买冰激凌吃。说不定他是在小屋里听着苦口婆心的建议和半真半假的警察故事长大的。等到他长得足够大时，可能早就学会了怎么追女孩，还有怎么一面防御一面挥出左直拳。

"这么说可能不太对。我们不只是同事，还是好朋友，就跟你一样，"哈利说，"我们可以进去吗？"

男孩眨了眨眼睛，紧抿着嘴，点头同意。

他走进这栋小型单身住宅时注意到的第一件事，就是这里干净整齐的程度。客厅的家具十分简约，便携电视前方有茶几，上头没有凌乱的报纸，厨房中也没有待洗的餐具。门厅的鞋子与靴子排列整齐，鞋带还全都收进了鞋内。一丝不苟的秩序感让他觉得似曾相识。

卧室中，床铺一尘不染，白色床单紧紧地塞在床垫下方，被子整齐的程度就像军队里严格要求的一样，让哈利联想起他的饭店房间。他瞥了一眼浴室。剃刀与肥皂严整地摆在水槽上的置物架旁边，架子上则有须后水、牙膏、牙刷与洗发水等东西。这就是全部了，没有任何多余的沐浴用品。因为这些整齐的细节，哈利忽然联想到他自己戒酒后的家居陈设。

哈利的新生活其实就跟这里一样，以力行简约为纪律，以所有东西各归其位为基准。一旦使用过，一定要放回架上或抽屉里。就连一支圆珠笔也要收好，保险丝烧坏后也要马上取出。这么做有其实际的象征意义。不管是对是错，他的余生，都要以家中的整齐程度作为自己状况的度量。

哈利请莱比检查卧室里的衣柜与五斗柜，在旁边等了一会儿，接着又走出去打开镜子旁的橱柜。几十个一次性针筒放在最上面的架子上，针头排列整齐地指向他，像座微型导弹仓库。

成吉思汗说安德鲁是瘾君子，这事看来他并未说谎。关于这件事，他们在奥托家发现安德鲁时，哈利便已毫无疑虑。他很清楚，在澳大利亚这种让人通常只能穿短袖衬衫与T恤的气候下，一名警察不可能露出满是针孔的手臂到处乱跑。因此，他只能把针头插入不会暴露针孔的地方，比如双腿后方等。而安德鲁的小腿与膝盖后方到处都是针孔。

　　成吉思汗还记得，安德鲁向那个声音像罗德·斯图尔特的家伙买了好一段时间的货。他猜安德鲁是那种吸食海洛因，但在社交与工作方面仍然几乎与常人无异的类型。"这种人其实不少，比大多数人想象的多。"成吉思汗说。

　　"但快手发现那家伙是警察时，整个人开始偏激起来，想要开枪杀他，认为他是个卧底。但我们说服了他。多年来，那家伙始终是快手最好的客户之一，从不讨价还价，钱永远准备齐全，一直很守规矩，不闲聊，也从来没出过乱子。我没看过原住民买毒品这么利落。他妈的，根本就没人买毒品像他这么干脆！"

　　同样地，他也没听过安德鲁跟埃文斯·怀特谈过话的传言。

　　"怀特从不插手客人的事。他是个批发商，就这样而已。他有一阵子在国王十字区推销。他赚得也够多了，所以我不知道他为什么要这么做，不过后来就没去了。我听说好像是因为几个卖淫的而惹上了麻烦。"

　　成吉思汗的话匣子打开了，远远超过想免于牢狱之灾的程度。事实上，他似乎还乐在其中。他八成认为，只要他们的账簿上有至少一名哈利同事的名字，那么就算哈利要追捕他们，也不会给他们带来太大的危险。

　　"帮我向那家伙打声招呼，说我们欢迎他再来光顾。我们不会记仇的，"成吉思汗咧嘴一笑，"你也知道，不管那些客人是谁，总是会再度上门。一向如此。"

33　病理学家

圣乔治剧院的管理员在休息室内，还记得昨天晚上见过哈利。他似乎松了口气。

"总、总算有不是来挖新闻，或是打听情况的人来了。一堆记者来这边吵了一、一整天，"他说，"还有你们的法医。不过他们自己都忙不完了，所以没有打、打扰到我们。"

"是啊，他们有不少工作要做。"

"对啊。我昨晚没怎么睡，老婆还给了我一颗她的安、安眠药。人实在不该遇到这种事。不过你可能早就习惯了吧。"

"这回比平常的案子更猛一点。"

"我真不知道自己什么时候才有办法再走进那个房、房间。"

"你会撑过去的。"

"不，听我说，我甚至没办法把那里叫作道、道具室，我都说那房间。"管理员无助地摇头。

"时间可以治愈一切，"哈利说，"相信我。我还算有点心得。"

"希望你说得对，警官。"

"叫我哈利就好。"

"要来杯咖啡吗，哈利？"

哈利说好，把一串钥匙放在桌子上。

"啊，原来在这里。"管理员说，"这串钥匙是奥托借走的。我还担、担心不见了，得把全部的锁都换掉。你是在哪儿找到的？"

"奥托家里。"

"什么？但他昨晚不是用到了这些钥匙吗？他更衣室的门……"

"别想了。我想知道，昨天除了表演者，是不是还有人待在舞台后方？"

"哦，对。我想想。有灯、灯光师，两个舞台工作人员和一名音控人员。这不是什么大、大制作，所以没有造型师或化妆师。嗯，情况就是这样。表演期间只有工作人员和其他表演者。还有我。"

"你完全没看到别人？"

"连个影子都没有。"管理员毫不迟疑地回答。

"除了后门与舞台门，有任何人可以从别的路进来吗？"

"这个嘛，顶层楼座有一边的走廊可以。那、那里昨天没有开放，由于灯光师待在那里，所以门是开的。你可以找他谈谈。"

灯光师凸起的双眼，让他就像一条刚被抓到水面上的深海鱼。

"对，一直都在。有个家伙在中场休息前就坐在那里。我们要是估计不会客满，就会只卖池座的票，不过他坐在那里也没什么好奇怪的。顶层楼座没上锁，就算他的票是池座的也能进来。他自己一个人坐在后排。我记得我还很惊讶，他竟然会坐在离舞台那么远的地方。嗯，那里没什么灯光，不过，对，我还是看到了他的模样。中场休息结束，我又回来时，他人已经不见了，就跟我说的一样。"

"他有没有可能跟你走同一扇门，跑进后台里？"

"这个嘛，"灯光师搔了搔头，"有可能吧。要是他躲进道具室，就不会被人看到了。现在想起来，那个人的气色不太好。没错。我知道自己漏了什么，一直想不起来，就是有什么不太对——"

"听我说，"哈利说，"我让你看一张照片——"

"对了，还有一件关于那个人的事——"

"这样就够了,"哈利打断他,"我要你想象昨天那个人的模样,看到照片时,想都别想,只要说出你想到的第一件事就好。之后你还有很多时间,说不定还会改变想法,但现在我只要你用本能反应。可以吗?"

"没问题,"灯光师说,闭上凸起的双眼,看起来就像青蛙似的,"我准备好了。"

哈利给他看了照片。

"就是他!"他马上回答。

"再多看一眼,告诉我你的想法。"

"绝对没错。这就是我要说的,警官,他是个黑人……一个原住民。就是这张照片里的人!"

哈利筋疲力尽。才到现在,这一天便已显得如此漫长,他只能努力不去想接下来的时间。他由一名助理带进验尸室时,巨大的顶灯照着一张像是手术台的桌子。体形矮胖的安格索医生,正俯身看着桌上那具硕大的胖女人的尸体。哈利没料到,他今天竟然会遇到另一个胖女人。

脾气暴躁的安格索就像个疯狂的教授,稀疏的头发朝不同方向乱翘,金色胡须凌乱地遍布脸上。

"什么事?"

哈利发现这个人忘了约莫两小时前的那通电话。

"我叫哈利·霍利,之前为了安德鲁·肯辛顿的初步验尸结果打过电话给你。"

虽然房间里满是奇怪的气味与溶液,但哈利仍能闻到他的呼吸中有着毋庸置疑的金酒的气味。

"哦,对。肯辛顿。让人难过的案子。他还活着的时候,我跟他说过几次话。现在他在那个抽屉里安静得就跟蛤蜊一样。"

安格索用大拇指比了一下身后。

"听着……你叫什么来着？对，霍利！我们这里有一整排尸体，全都吵着要我优先处理。当然啦，吵的是警察，不是尸体。但所有人都得乖乖坐好，等着轮到自己。这就是这里的规定，不能插队，懂吗？所以麦科马克老板今天早上打来，叫我们优先处理这件自杀案，还真是让我好奇起来。我没问麦科马克，不过你呢，霍根①先生，或许可以告诉我这个肯辛顿到底哪里特别了？"

他轻蔑地摇了摇头，朝哈利吐出更多金酒的气味。

"我们正希望你来告诉我们，医生。他有什么特别的地方吗？"

"特别？你的特别是什么意思？有三只脚、四个肺，还是背上长了奶头？"

哈利觉得很累。他现在最不想面对的就是一个喝醉的病理学家——只因为觉得有人侵犯了他的地盘，就一心想着让对方难堪。拥有大学学历的人，通常对地盘这件事比其他人还敏感。

"我的意思是有没有任何……不寻常的地方。"哈利决定冒个险，试图换个说法。

安格索用迷蒙的双眼看着他。"没有，"他说，"没什么不寻常的，一切都正常得很。"

医生左右松了松脖子，过程中始终看着他，好让哈利知道他还有话要说。他来了个戏剧性十足的停顿，但从他泡在酒精里的大脑来看，这或许也不是装模作样。

"对我们来说，尸体里有大量药物反应不算太不寻常，"医生总算说了下去，"而在这件案子里，则是大量的海洛因反应。真正不寻常的地方，就

---

① 此处医生喝醉，将霍利（Holy）误称为"霍根"（Horgan）。

是他是个警察。我们很少在这张台子上遇到你的同事，所以我也说不出这有多不寻常。"

"死因呢？"

"不是你发现他的吗？要是你用挂在天花板上的电线上吊，你觉得死因会是什么？百日咳吗？"

哈利心中的保险丝开始烧起来，但就此刻而言，他只能继续忍耐。

"所以他是死于窒息，而不是药物过量？"

"没错，霍根。"

"了解。接下来我想问一下死亡时间。"

"大概是午夜到凌晨两点之间吧。"

"没办法更准确？"

"要是我说一点零五分的话，你会比较开心一点吗？"医生红通通的脸颊变得更红了，"好吧，那就一点零五分好了。"

哈利深呼吸了好几口气。"要是我的表达方式……要是我太失礼的话，在这里说声抱歉，医生。我的英文有时候——"

"没有想象中那么好。"安格索接着说完。

"没错。你一定很忙，医生，所以就不耽误你了。但我还是希望你能按照麦科马克的指示，在验尸报告出来后，先不按照通常的官方渠道传递，而是直接交给他。"

"不可能。我做事的规矩很明确，霍根。你可以帮我问候一下麦科马克，然后告诉他这是我说的。"

这名矮小的疯教授面对哈利，双腿叉开，手臂抱在胸前，坚持自己的立场，眼中闪烁着奋战的光芒。

"规矩？我不知道悉尼警方做事的规矩是什么，但我是被指派来告诉你这件事该怎么处理的。"哈利说。

"算了吧，霍根。你显然不太懂职业道德，做事也没好好想过这点，所以我很怀疑我们能就此讨论出什么结果。你觉得呢？不如我们划清界线，就此别过。这样可以吗，霍根先生？"

哈利没有动作。他面前是一个相信自己不会失去任何东西的人。一个中年酒鬼，职位不上不下的病理学家，要么没有升职机会，要么就是已经爬到了顶，因此不会对任何人或事物感到害怕。毕竟，他们哪敢对他做出什么？对哈利来说，今天是他这辈子最漫长也是最难受的日子。此刻哈利真的受够了，于是一把揪住白袍衣领，把他整个人举了起来。

他的理智快要崩溃。

"我觉得呢？我觉得我们应该帮你验个血，然后再来谈职业道德，安格索医生。我觉得我们应该谈一下，有多少人可以证明你帮英厄·霍尔特验尸时，根本就是在喝醉的状态。然后我觉得我们可以谈谈你被解雇的事。不只是这份差事，只要是需要医生资格的工作，你都别想做下去了。你觉得呢，安格索医生？现在你觉得我的英文程度如何？"

安格索医生认为哈利的英文相当完美，经过充分思考后接受了这个观点，认为这次算是例外，验尸报告或许可以通过非官方渠道传递。

34 弗朗纳游泳池上的跳水台

麦科马克再度背对哈利坐着，望向窗外。太阳就快下山了，但还是可以隐约瞥见摩天大楼与深绿色的皇家植物园之间有一片迷人的蓝色海水。哈利口干舌燥，头痛欲裂。他叙述着他的推论，几乎不间断地说了超过四十五分钟。包括奥托、安德鲁、海洛因、板球酒吧、灯光师，还有安格索的事情。简单地说，也就是发生的每一件事。

麦科马克坐着，双手指尖靠在一起，有好一段时间什么也没说。

"你知道吗，世界上最笨的人，全住在海的另外一边，也就是新西兰。他们独自住在一座岛上，没有邻居打扰，四周只有海水。然而，这个国家参与了每一场二十世纪的主要战争。就比例而言，他们失去的年轻人口数是最多的，没有任何国家比得上他们，就连第二次世界大战的俄罗斯也比不上。他们留下来的妇女人数是出了名的。他们为何而战？为了帮忙。为了别人而站出来。这些傻瓜甚至没有在自己的战场上战斗过，完全没有，他们搭船、乘飞机远赴他乡，或许根本无法幸存。他们帮同盟国对抗德国与意大利，帮南韩对抗北韩，帮美国对抗日本与北越。我父亲就是那群傻瓜之一。"

他从窗口转身面对哈利。

"我爸曾经告诉我一个故事，是一九四五年对日本的冲绳岛战役时期，他船上一个炮兵的故事。日本动用了神风特攻队，列出阵型攻击，使用一种他们称为'从水面上方像胡桃树叶般直落而下'的战术。这就是他们做的事情。一开始先派一架飞机，要是被击落的话，就再派两架飞机，接下来是四架，看起来就像由飞机组成的金字塔，简直永无止境。在我爸那艘船里，甲板上的人全被吓得魂飞魄散。简直就是疯了，飞行员愿意牺牲生命，以确保他们的炸弹能够击中目标。唯一可以阻止他们的方式，就是尽可能密集地安装高射炮，摆出一列满是防空炮的护墙。高射炮范围之间有个小缝隙，日本人会从上方飞过。根据计算结果，要是飞机出现在射击范围内，你没在二十秒内把它们打下来的话，那就来不及了。到时不管怎样，飞机都会成功撞上船。炮兵知道，每次遭遇攻击，他们都势必不断射击，有时空中攻击可能会持续一整天。我父亲描述，当时你可以一直听见高射炮砰、砰、砰的射击声，对方俯冲时，飞机咆哮的音量会越来越高。他说从那时到现在，他每天晚上都还是会听见那些声音。

　　"战斗的最后一天，他们看到一架飞机闪过高射炮的火力网，朝他们的船直奔而来。当时他人在舰桥上。炮兵没有射中目标，飞机越来越近，每一秒都变得更大更清楚。最后，他们可以清楚地看到驾驶舱与驾驶员的轮廓。飞机上射出的子弹横扫整座甲板。接着，防空弹总算击中目标，机枪也打中了机翼与机身。机尾断裂，一切就像慢动作一样，飞机解体成零件，最后只剩下一堆连接在螺旋桨上的小碎片，拖着火焰与黑烟，撞到甲板上。其他炮兵将炮管移向新目标时，有个家伙从舰桥正下方的炮塔中爬了出来。那是个年轻下士，由于他们都是从惠灵顿来的，所以彼此认识。他对我爸挥手，面带微笑地说：'今天好热。'然后就这么从甲板上跳了下去，人就不见了。"

　　或许是光线之故，哈利突然觉得麦科马克看起来老了。

　　"今天好热。"麦科马克重复。

　　"人性是一座辽阔无尽的阴暗森林，长官。"

　　麦科马克点头。"我听过这说法，霍利，或许就是这样吧。我想你跟安德鲁应该有足够的时间互相了解。有人建议我，说我们应该调查他在这个案子里扮演的角色。霍利，你怎么看？"

"我不太懂你的意思，长官。"

麦科马克起身，开始在窗前踱步，哈利已经习惯这套流程了。

"我当了一辈子警察，霍利，但每次我看着身边的同事，还是不懂他们为什么要干这行，又为什么要帮别人打他们的仗。他们为什么要这么做？谁愿意为了伸张正义，就经历这么多别人身上的苦痛？他们全是笨蛋，霍利。我们也是。但我们乐于当个笨到无药可救的人，以至于我们相信自己可以成就什么。

"我们有可能被枪打成蜂窝，被摧毁，最后跳进大海。但我们还是持续不断地当个笨蛋，只因为相信有人需要我们。就算有一天，我们可以冷静地看穿这些假象，也为时已晚，因为我们早已成为警察，人早就进了战壕里，没有回头路了。到时，我们只会想知道问题出在哪儿，我们到底是什么时候做出了错误的决定。我们的余生注定要当个维护正义的人，也注定会失败。但让人欣慰的是，真相是一种相对的东西，是有弹性的。我们可以不断扭曲它，直到可以放进我们的生命里。至少有一部分是这样吧。有时，只要能抓到一个坏人，就足以让我们稍感安心了。但大家都知道，长久下来，这种消灭社会害虫的行为并不健康。你会亲自去尝对付害虫的毒药。

"重点是什么呢，霍利？那个人始终待在炮塔里，然后就这么死了。有什么好说的呢？真相是相对的。没亲身经历过的人很难明白，极端的压力会对人造成什么影响。刑事精神病学家试图在病患与罪犯间划清界限，他们会扭曲真相，好让这些人适用他们的理论模型。我们有法律规范，好让一切尽善尽美，希望消灭街上那些少数的破坏秩序的人。记者则像是理想主义者，抱持着信念，署名揭露别人的事情，借此奠定某种正义。但真相呢？

"真相就是，没有人活在真相里，这就是为什么没人关心真相。我们为自己建构的真相，只不过是符合某个人的利益，且受到他们握有的权力的拉扯，所得到的总和罢了。"

他凝视哈利。

"所以，有谁在乎安德鲁这件事的真相是什么？有谁会认真看待？要是我们画出一个扭曲而丑陋的真相，把狡猾、危险这些与他不符的特质钉在他身上，又有谁会从中得到好处？警察局局长不会，市议会的政客不会，为原住民奋斗的人不会，警察工会不会，就连我们的大使馆也不会。没人会。还是，我错了呢？"

哈利想回答英厄的父母会，但还是忍了下来。麦科马克停在一张年轻的伊丽莎白二世肖像前。

"霍利，如果你愿意把你告诉我的事，当成我们两人之间的秘密，我会很感激你。我敢说你一定理解，把这件事就这么给放过，会是最好的状况。"

哈利从裤管上拾起一根红色长发。

"我和市长讨论过这件事，"麦科马克说，"外界还会关注英厄·霍尔特的案子一小段时间，所以这件事不太会被留意到。要是我们查不出更多东西，很快，人们就会接受是小丑杀了那个挪威女孩，继续开心地过日子。谁杀了小丑或许是个更大的问题，但这件事很容易让人联想到激情犯罪或嫉妒，说不定是某个求爱被拒的秘密情人动的手，谁知道呢？在这种情况下，人们可以接受凶手逃脱的事。当然，我们没有任何确切证据，但间接证据却很明确。几年以后，整件事就会被人遗忘。逍遥法外的连环杀手只是警方想到的一种可能性，只不过后来他们打消了这个念头。"

哈利准备起身离开。麦科马克清了清嗓子。

"我正在写报告，霍利。我会在你离开后，把报告寄给奥斯陆的警察局局长。你明天就要走了？"

哈利轻轻点头，就这么离开。

轻柔的夜风并未舒缓他的头痛，心中的阴霾也使他无法开心起来。哈利漫无目的地在街上走着。一只小动物穿过海德公园的小径。刚开始他还以为是只大老鼠，等到经过时才看见一只毛茸茸的小坏蛋正抬头注视着他，它的双眼在公园灯下闪闪发光。哈利从未见过这种动物，但觉得应该是负鼠。这只动物并未被他吓跑，反而好奇地嗅个不停，发出奇怪的尖锐叫声。

哈利蹲了下来。"你也在纳闷自己在这座大城市里到底在做什么吗？"

动物以歪头作为回答。

"你怎么想？我们明天要起身回家吗？你回你的森林，我回我的国家？"

负鼠跑开了，它不想被人游说自己该去哪里。这里就是它的家。公园里、车辆之间，还有垃圾桶中。

他走过伍尔卢莫卢区的一家酒吧。大使馆打了电话过来，但他只说他会再回电。比吉塔怎么想？她没多说，而他也没多问。她完全没提生日的事，或许是因为她知道他会做出一些蠢事而让一切显得太多余了吧。送她过于昂贵的礼物，或者因为今晚是最后一晚，就说出一些多余的话。他从内心深处感到难过。毕竟他都要走了。"这代表什么？"她可能会这么想。

就像克莉丝汀从英国回来时一样。

他们在弗朗纳咖啡店外侧的露台上碰面。克莉丝汀告诉他，她会在家待两个月左右。她晒黑了，啤酒杯上方的温柔微笑就像过往一样，而他也很清楚自己该说些什么、做些什么。这就像用钢琴演奏一首你以为自己早就遗忘的老歌——脑中一片空白，手指却知道该怎么弹。他们两人都喝醉了，但还不到不省人事的地步，因此哈利还清楚地记得后来发生的事。他们搭电车前去市区，克莉丝汀面带微笑，无视沙丁鱼夜店排队的人潮，带他走了进去。那晚，他们跳舞跳到满身大汗，坐出租车回弗朗纳区，爬过户外游泳池的栏杆，在冷清的公园中爬上十米高的跳水台，一面分享克莉丝汀放在包里的一瓶红酒，一面俯瞰奥斯陆，告诉彼此自己想做的事，每次说的总与上一回不同。他们手牵着手，冲刺着从边缘跳下。她落下时的尖叫声，听在哈利耳中美妙不已，却也是失去控制的警示。他趴在泳池边缘大笑时，她爬出水中，朝他走来，衣服紧贴着身体。

第二天早上，他们在哈利的床上相拥着，满身大汗地醒来，因宿醉而情欲高涨。他打开阳台的门，回到床上，而她则开心地接受了他。他满怀激情，既笨拙又灵巧地与她做爱，盖过后院中孩子们玩耍的声音。这是第二次的警示。

结束后，她提出了一个让他难以回答的问题。

"这代表什么？"

要是他们之间不会有任何结果，这又能代表什么？要是她回英国去，要是他真那么自私，要是他们太过不同，因而不可能结婚生子、共组家庭又会怎样？要是事情就停在这里呢？

"这是我们相处的最后一天，这理由还不够好吗？"哈利说，"要是明天他们在你的乳房里发现肿瘤，那又代表什么？要是你跟你的孩子在家，脸上还有个黑眼圈，只能一心期盼你上床之前老公就已经在睡梦中死了，那又代表什么？难道你真的那么确定你会像自己规划的一样幸福？"

她说哈利是个一心享乐，放纵、肤浅的人，还说生命中有许多事比打炮重要。

"我知道你想拥有那些狗屁东西，"哈利说，"但你真的得踏上婚姻这条天堂路？等到你进了养老院，你肯定会忘记你婚礼时收到的餐具是什么颜色，但我发誓，你绝对会记得跳水台，还有之后我们在泳池做爱的事。"

她原本是他们两人中比较放荡不羁的那一个，但她冲了出去，甩上房门，说他根本就不懂，他也是时候长大了。

"这代表什么？"哈利大喊，引得一对路过哈默街的情侣扭头查看。

比吉塔不是也知道这代表什么吗？他明天就要离开了，所以她也害怕事情失去控制不是吗？这就是她宁可在越洋电话上度过生日的原因吗？当然，他应该直接问她的，但在此之前，这段关系到底又代表了什么？

哈利可以感觉出自己疲累的程度，也知道今晚肯定无法成眠。他转身往回走进酒吧。天花板上的霓虹灯管中有死虫尸体，角子机沿着墙壁摆放。他在窗边找了个位子，等待服务生过来，决定要是没人过来就不点任何东西。他只是想找个地方坐坐而已。

一名男子走了过来，问哈利想点什么，哈利看着饮料清单，挣扎了好一阵子，才总算点了可乐。他在窗户上看见自己的双重倒影，希望安德鲁此刻就在这里，好让他有人可以讨论案情。

安德鲁真的是在暗示奥托杀了英厄吗？如果是真的，又是为了什么呢？为什么哈利就是不能理解为何安德鲁想让他知道这些？他引荐了一堆人给哈利，那些狡猾的报告内容，还有那个在宁宾镇看见埃文斯、明显是虚构出来的目击证人——这一切全是为了让他的注意力从埃文斯身上移开。但安德鲁到底要他发现什么？

安德鲁自荐加入这件案子，并与一个外国人联手，料想自己控制得了他。但安德鲁为何不自己阻止奥托？难不成奥托与安德鲁是恋人关系？安德鲁就是让奥托心碎的人？如果是的话，为什么要在他们逮捕奥托时杀掉他？哈利拒绝了一名摇摇晃晃走到桌旁想要坐下的女子。

为何安德鲁行凶后要自杀？他大可直接逃走不是？可以吗？灯光师看到了他，哈利也知道他与奥托认识，在谋杀案发生时，他甚至没有不在场证明。

难道现在真的是播放片尾字幕的时候了？妈的！

哈利腹中的恶犬开始吠起来。

安德鲁冒着他们难以理解的风险，赶在哈利与其他人逮捕奥托前先行下手。哈利的头痛得更厉害了，就像是有人把他的头当成磨刀石一样磨个不停。他的双眼后方笼罩在火花之中。他试着一次只思考一件事，但所有念头却同时涌上，彼此推挤个不停。或许麦科马克是对的。或许这只是一个失衡的灵魂遇上了炎热的一天。但哈利就是无法认同这个想法。肯定还有更多内幕。安德鲁·肯辛顿还隐瞒了更恶劣的事，而且对一个笑口常开的人来说，应该会选择逃跑才对。

一道人影出现在他面前。他抬起头来，服务生的头挡住光线，在只看得见轮廓的情况下，哈利仿佛看见了安德鲁吐出的紫色舌头。

"还需要别的吗，先生？"

"你们有种叫作黑蛇的饮料……"

"金宾威士忌加可乐。"

那头恶犬挣脱了掌控。

"很好。给我来一杯不加可乐的双份黑蛇。"

35　故态复萌

　　哈利迷路了。前方有着几级台阶，后方则是海水与更多台阶。他越来越混乱，海湾的船桅不断转向，从这一侧转到另一侧，而他完全不知道自己是怎么来到这里的。他决定继续向上。"大胆向前，奋发向上。"这是他父亲说过的话。

　　爬上去并不容易，但他还是扶着房子的墙壁，挣扎地爬上台阶。一个路牌上写着"查利斯大道"，但这地方对他来说没有任何意义，所以又继续前进。他想看一下手表，却找不到。街道一片漆黑，空无一人，哈利猜想现在肯定很晚了。在往上爬了更多台阶后，他想已经到了尽头，于是左转走入麦克利街。他脚底冒汗，肯定走了很长一段路，说不定一路都在跑。他裤管的左膝部分擦破了，有可能还跌过一跤。

　　他经过几家酒吧与餐厅，但全都打烊了。就算时间已晚，在悉尼这种大城市里，肯定能找到喝酒的地方。他走出人行道，朝一辆车顶亮着灯的出租车招手。出租车刹车，随即又改变主意，就这么直接开走。

　　妈的，我看起来有那么糟吗？哈利好奇地笑着。

　　沿着街道向前，开始有人出现，吵闹的人、车与音乐声越来越大，转过街角，他才突然意识到自己认得这个地方。运气不错，他走到国王十字区了！达令赫斯特路就在他面前，同样喧闹嘈杂。这里每家酒吧都还开着。第一家酒吧拒绝了他，而另一家中国小酒馆则让他进门，给了他一瓶装在玻璃瓶里的威士忌。店内拥挤漆黑，赌博机的嘈杂声让他无法忍受，所以在喝完那瓶酒后，他又回到街上。他扶着一根柱子，看着车辆驶过，试图压下今晚稍早时在一家酒吧地板上呕吐的微弱记忆。

他站在原地，觉得背后被人轻拍了一下。他转过身，看到一张红色嘴唇张着，犬齿部分只剩下一个空洞。

"我听说安德鲁的事了，真遗憾。"对方嚼着口香糖说。是桑德拉。

哈利说了些什么，但桑德拉看着他，像是听不懂一样。他的发音肯定模糊不已。

"你有空吗？"他慢慢地问。

桑德拉大笑。"有，但我不认为你现在有这个本事。"

"不一定哟。"哈利好不容易才把话说出口。

桑德拉看了看四周。哈利瞥见阴影中有个穿着亮面西装的人影。特迪·蒙卡比就在不远的地方。

"听我说，我现在还在工作。或许你该回去小睡一下，我们明天再说。"

"我可以付钱。"哈利掏出皮夹。

"快收起来！"桑德拉说，把皮夹推了回去，"我跟你一起走，你得付我费用，但不是现在，好吗？"

"去我的饭店，新月饭店，转角就到了。"哈利说。

桑德拉耸肩。"随你高兴。"

他们在路上经过一家酒行，哈利买了两瓶金宾威士忌。

他们走进新月饭店的接待区时，夜班门房从头到脚打量着桑德拉，似乎打算说点什么，但哈利先发制人。

"你以前没看过卧底女警吗？"

夜班门房是个穿着西装的年轻亚洲人，露出一个怯生生的微笑。

"忘记你见过她，然后麻烦把房间钥匙给我。我们还有工作得做。"

哈利有点怀疑门房会不会听信这个模糊不清的借口，但他给了哈利钥匙，没有任何异议。

哈利打开房间里的迷你吧，拿出所有的酒。

"我要这个，"哈利说，挑出一瓶迷你瓶的金宾威士忌，"剩下的给你。"

"你一定很喜欢威士忌。"桑德拉说，打开一罐啤酒。

哈利看着她，似乎有点困惑。"你怎么知道？"

"大多数人都喜欢不断换点能够刺激他们的东西。来点不同的，不是吗？"

"真的吗？你也喝？"

桑德拉犹疑了一下。"不算吧。我试着少喝点，正在减肥。"

"不算吧，"哈利重复，"所以你根本不懂自己在说什么。你看过尼古拉斯·凯奇演的《远离拉斯维加斯》吗？"

"嗯？"

"算了。那是一部有个酒鬼决定要喝酒喝到死的电影。我是那样看的，保准没错。问题是，那家伙什么都喝。金酒、伏特加、威士忌、波本、白兰地……什么都喝。要是没的选的话，倒还算正常。但这家伙人在拉斯维加斯，全世界酒种最齐全的地方，他有钱，却没有特别喜欢的酒。他妈的没有任何一种喜欢的酒！我从来没遇到过酒鬼不在乎自己喝什么的。只要你找到自己喜欢的酒，就会一直喝下去。他竟然还拿了奥斯卡奖。"

哈利向后仰，喝光那瓶迷你瓶，走去打开阳台的门。

"从袋子里拿一瓶酒，过来这里。我想要坐在阳台，看看城市的夜景。我有种似曾相识的感觉。"

桑德拉抓起两个玻璃杯与一瓶酒，坐在他身旁，背靠着墙。

"让我们先忘记那个浑蛋生前做了些什么。为安德鲁·肯辛顿干一杯。"哈利一口喝完他那杯酒。

他们不发一语地喝着酒。哈利开始大笑起来。

"就拿乐手理查德·曼纽尔举例好了。他有很严重的问题，不只是酗

酒，还有……整个生活都有问题。最后他撑不下去，在饭店房间上吊自
杀。他们在他家找到两千瓶酒，全是同个牌子——柑曼怡。全部都是。你
懂了吗？全他妈是橙酒！这才是个好例子，他找到了自己的位置。尼古拉
斯·凯奇——呸！我们活在一个古怪的世界……"

他朝悉尼满是星星的夜空伸出一只手。两人又喝了点酒。当桑德拉把
一只手放到哈利脸上时，他的眼睛已半闭起来。

"哈利，我得回去工作了。你已经快睡着了。"

"如果我付你一整个晚上的钱呢？"哈利帮自己倒了更多威士忌。

"我不认为——"

"留下来。我们继续喝，然后就做那件事。我保证很快。"哈利傻笑着说。

"不，哈利。我现在就要走了。"桑德拉起身，环抱双臂。哈利挣扎着
想站起来，却失去平衡，往后朝阳台栏杆退了两步。桑德拉抓住他，他则
用双臂搂着她纤细的肩膀，重重靠在她身上，低声说："你就不能陪我一下
吗，桑德拉？今晚就好，看在安德鲁的分上。我在说什么？是看在我的分
上才对。"

"特迪一定在想我去哪里了——"

"特迪会拿到他的钱，然后一声也不吭。拜托？"

桑德拉停顿一会儿，叹了口气："好吧，不过先把你身上这些破布脱
掉，霍利先生。"

她小心翼翼地把哈利带到床上，脱下他的鞋子与裤子。不可思议的是，
他竟然可以自己解开衬衫。桑德拉一下子就把她的黑色连身迷你裙脱了下
来。她脱下衣服竟然更瘦了，肩骨与臀骨向外突起，小小的乳房下方的肋
骨就像一块洗衣板。她关灯时，哈利看见她的背部与大腿后方满是淤青。
她躺在他身旁，抚摸他光滑的胸腹。

桑德拉闻起来有股淡淡的汗味与大蒜味。哈利看着天花板。他很惊讶

自己在这种状况下还闻得到味道。

"你的味道,"他问,"是你自己的还是客人的?"

"都有吧,我猜,"桑德拉回答,"你会觉得不舒服吗?"

"不会。"哈利回答,不确定她指的是味道或别的男人。

"你醉得很厉害,哈利。我们不一定要——"

"你摸。"哈利说,抓着她温暖的手。

桑德拉大笑。"天哪。我妈还告诉我,男人喝醉了就只会说大话而已。"

"我正好相反,"哈利说,"酒精会麻痹我的舌头,却可以让我的老二硬起来。真的。我不知道为什么,但一直以来都这样。"

桑德拉坐在他身上。

他看着她,她与他的目光相遇,对他很快笑了一下,便望向别处。这笑容就像你在电车上无意间盯着别人太久时会得到的一样。

哈利闭上双眼,听着床垫有节奏地嘎吱作响,觉得一切就像幻觉。酒精的确麻痹了所有事。之前他觉得自己会很快完事,就跟他的承诺一样,那种感觉现在消失无踪。桑德拉卖力地不断动着,哈利的思绪则滑出床单,离开床上,飘向窗外。他来到一片上下颠倒的星空下方,穿越海洋,直到抵达海岸旁白色条纹似的沙滩。

他下降时,看见海水冲打在沙滩上,接着他降得更低,看见一座他去过的城市。他知道有个女孩正躺在沙滩上。她睡着了,于是他轻轻降落在她身旁,以免吵醒她。他躺了下来,闭上双眼。他醒来时,太阳已经下山了,只剩他孤身一人。在后方徒步区散步的人群里,有他认识的人。里头是不是有他在电影里看到过的人?有些人戴着墨镜,手中牵着瘦小的狗。那些高耸的饭店正门则矗立在街道的另一侧。

哈利走至海边,正要进入水里时,看见海中全是水母。它们漂浮在水面上,伸出长长的红色触角,在果冻般的柔软身躯上,映照出他认识的人的面孔。水上摩托车从海上弹跳驶来，越来越近，接着哈利忽然醒来。桑德拉正在摇晃他。

"有人来了！"她低声说。哈利听见有人在敲门。

"他妈的服务生！"他说，跳下床铺，用枕头遮在身前，打开房门。

是比吉塔。

"嘿！"她说，但她的微笑在看见哈利扭曲的表情时僵住了。

"怎么了？出什么事了吗？哈利？"

"对，"哈利说，"是出了事。"他的头抽痛起来，心脏每跳一下就让他脑中一片空白。"你怎么来了？"

"他们没打电话来。我等了好一阵子才打电话回去，但没有人接。他们可能搞错了时间，在我上班时打来吧。肯定是夏令时的关系，让他们搞错了时差。我爸老是这样。"

她说得很快，明显想进去。毕竟半夜站在一家饭店的房间门口，与一个显然不想让她进去的人闲聊琐事，可不是什么正常情况。

他们互视对方的眼睛。

"里面有别人？"她问。

"对。"哈利说。巴掌声听起来就像是树枝折断的声音。

"你喝醉了！"她说，泪水在眼眶中打转。

"听我说，比吉塔——"

她重重地推了他一下，让他退至房中，跟了进来。桑德拉已经把迷你连身裙穿好了，正坐在床上穿鞋。比吉塔弯下腰，像是突然间胃痛起来。

"你这个妓女！"她大喊。

"答对了。"桑德拉冷冷地回答。她比在场的另外两人冷静许多，但说出的话同样尖酸刻薄。

"拿着你的东西滚出去！"比吉塔虚弱地大喊，把放在椅子上的手提包扔向桑德拉。手提包打中床铺，里头的东西掉了出来。哈利全身赤裸地站在房间中央，不知如何是好。他惊讶地发现有一只京巴坐在他的床上。在毛发蓬松的京巴旁边，则是梳子、香烟、钥匙、一块闪闪发光的绿水晶，以及哈利看过尺寸最大的保险套。桑德拉翻了个白眼，抓起京巴的颈背，塞回手提包中。

"钱呢？亲爱的？"她说。

哈利没有反应。她拿起他的裤子，掏出皮夹。比吉塔瘫倒在椅子上。那一刻，房内只有桑德拉专心算钱的声音，以及比吉塔强忍着的抽泣声。

"我走了。"桑德拉开心地说，走出房外。

"等一下！"哈利说，但为时已晚，房门已被甩上。

"等一下？"比吉塔说，"你叫她等一下？"她从椅子上起身，尖叫，"你这个酗酒的嫖客。你没权利——"

哈利试图抱她，但被一把推开。他们就像两名摔跤选手似的面对彼此。比吉塔像是陷入恍惚状态，呆滞的眼神中闪烁着恨意，嘴唇愤怒地颤抖着。哈利认为，要是可以杀了他的话，比吉塔肯定会毫不犹豫地当场动手。

"比吉塔，我——"

"你就这么喝到死，然后滚出我的生活！"她转过身去，怒气冲冲地离开。她甩上房门时，整个房间都震动了一下。

电话响起。是前台打来的。"还好吗，霍利先生？隔壁房的女士通知我们——"

哈利挂上话筒。忽然间，一股无法控制的怒火涌上，他抓起旁边的东西用力扔出，接着抓起桌上的威士忌，正打算砸到墙上时，最后却改变了主意。

自我控制需要终身练习，他想着，打开瓶子，一把塞进嘴中。

36 客房服务

哈利被钥匙开门的声音吵醒。

"现在不用客房服务。晚点再来！"哈利趴在枕头上大喊。

"霍利先生，我是代表饭店管理部门来的。"

哈利翻过身。两名身穿西装的人走入房内，礼貌性地站在离床有一段距离之处，却一脸坚决的模样。哈利认出其中一人正是昨晚的门房，另一个人继续说了下去。

"你违反了饭店规定，我很遗憾地告诉你，我们得要求你尽快退房，离开这里，霍利先生。"

"饭店规定？"哈利觉得自己就快吐了。

那名穿西装的人清了清嗓子。"你把一个女人带进房里，我们怀疑她是……呃，性工作者。不仅如此，你们引起的骚动，把这层楼一半的客人都吵醒了。我们是一家正派的饭店，无法纵容这种行为。我想你一定可以理解这点，霍利先生。"

哈利"哼"了一声作为回答，转身背对他们。

"随便，管理部门先生。反正我今天就要走了。退房前先让我安静地睡一会儿。"

"退房时间已经过了，霍利先生。"门房说。

哈利瞥了一眼手表。已经两点十五分了。

"我们一直试着叫醒你。"

"我的飞机……"哈利说，匆忙把双腿移至床下。两次尝试后，他才稳住双脚，站起身来。他忘了自己还一丝不挂，把门房与经理吓得后退了几步。哈利觉得头晕，一阵天旋地转让他不得不坐回床边，就这么吐了出来。

第三部　巴巴

　　他打开窗户，凝视前方的屋顶。气温降了下来，但空气依旧暖和，混合了城市各个角落的人以及食物的气味。这是这颗星球最美丽的城市，也是这颗星球最美丽的夏夜。他抬头望向星空。

37　两名保镖

"波本与牛肉"餐厅的服务生将完全没碰过的班尼迪克特蛋收走时，同情地看着这名客人。这一个星期以来，他每天早上都会边看报边吃早餐。有几天他看起来的确很累，却从来没像今天这样以这副模样出现。更别说他抵达时都已经快两点半了。

"昨晚过得很糟吗，先生？"

这位顾客坐在桌前，行李箱放在一旁，泛红的双眼毫无生气，就连胡子也没刮。

"嗯，对，难熬的一晚。有……很多事得处理。"

"辛苦了。这就是为什么要有国王十字区这种地方。还需要什么吗，先生？"

"谢谢，不用了。我还得赶飞机……"

服务生听了这话后感到有些可惜。他刚喜欢上这个安静的挪威人。他看起来似乎有点寂寞，但十分友善，给小费也很大方。

"嗯，我看到行李箱了。如果你之后有好一阵子都没办法再来的话，这顿就算我请吧。你确定你不要来杯波本或杰克丹尼威士忌？喝上一杯再上路？"

挪威人惊喜地抬头看他，仿佛服务生说的是一件他早该做的事，但不知为何把它给忘了。

"那就麻烦来杯双份的好了。"

几年后，克莉丝汀搬回了奥斯陆。哈利通过朋友得知，她有个两岁的小女儿，但她还在伦敦的时候就与那个英国人分手了。后来有一天晚上，他在沙丁鱼夜店遇到了她。他走近时，发现她变了很多，肤色苍白，披头散发。她发现他时，脸上挤出一个胆战心惊的微笑。他向她身旁的基亚尔打了声招呼。他印象中，那人是个"玩音乐的朋友"。她说话很快，神经兮兮地说着一些不重要的事，不让哈利有机会问那些她明知他会问的事。接着，她谈到了未来的计划，眼中却没有神采，他印象中的克莉丝汀手势夸张、丰富，如今却动作缓慢，显得无精打采。

有一刻，哈利以为她哭了，但他当时醉得厉害，所以无法确定。

基亚尔原本要走了，但又回头在她耳旁低声说了些话，从她的拥抱中挣脱，对哈利露出优越感十足的微笑。后来大家都离开了，只剩哈利与克莉丝汀坐在空无一人的夜店里，四周全是烟盒与玻璃碎片，一直坐到他们被请出去。很难说他们谁搀扶着谁走出店门的，又是谁建议要去旅馆的。总之，他们最后去了萨沃伊饭店，迅速喝完迷你吧里的酒，爬上了床。哈利尽力想突破她的心防，却徒劳无功，一切为时已晚。当然，一切早就过去了。克莉丝汀把头埋在枕头里哭。哈利醒来后，悄悄走了出去，拦了辆出租车去波斯特咖啡店，那里比别的小酒吧还要早一个小时营业。他就这么坐在店内，沉思着他们之间是什么时候成为过去式的。

春田旅舍的老板叫作乔，是个体重过重、性情随和的家伙。他以节俭谨慎的态度经营着这家稍嫌破旧的小旅舍，有将近二十年之久。在国王十字区的廉价旅舍中，这里称不上顶尖，但也绝非最差的，真要说的话，他只有过几次被客人抱怨的情况。其中一个原因就如同前面说的，乔是个随和的家伙。另一点则是他坚持房客先看过房间，要是他们愿意预付超过一个晚上的钱，他就会少收五元。而第三点，或许也是最主要的原因，是他始终尽量让这个地方没有背包客、酒鬼、瘾君子与妓女……

　　就算是那些无法入住的人也很难讨厌乔。没有人会被春田旅舍激怒或取消订单；这里最多只会有惋惜的微笑与旅舍客满时的诚挚歉意，这里或许会取消你下周的续住资格，但也很欢迎你再次造访。由于乔很会看人，很快便能确认住客类型，处理起来没有丝毫犹豫，因此很少会遇到那种爱抱怨的客人。只有在很少数的情况下，乔才会在判断客人方面犯下错误，而他也为此十分后悔。

　　他回忆过去的几次状况，迅速对他面前的高大的金发男人那副矛盾的形象做出总结。他身上朴实的服装让人觉得，他有钱但认为没必要花在衣服上。是外国人这点值得大大加分；通常只有澳大利亚人才会惹来麻烦。后背包与睡袋通常代表着疯狂的派对，还有旅舍的毛巾会被偷走什么的，但这人带着行李箱，看起来保管得很好，表示他并不常出门。没错，他没剃胡子，但从头发来看，离他上回去理发店并不算太久。除此之外，他的指甲修剪整齐，瞳孔也是正常尺寸，没有吸毒问题。

　　这些印象的总和，再加上那人直接把信用卡与挪威警察证放在柜台上，使他通常会说的"很抱歉"开场白，就这么卡了在喉咙里。

　　这个人毫无疑问地喝醉了，而且醉得厉害。

　　"我知道你看得出我还有点钱，"那人留意到乔的犹豫，用一口急促不清，却出奇标准的英文说，"这只是假设而已。我可能会在房里发疯，比如砸坏电视或浴室镜子，还有吐在地毯上什么的。这种事以前的确发生过。但如果我先抵押一千块呢？不管怎样，我打算让自己醉到很难大吵大闹，或跑到走廊或接待处骚扰其他客人。"

　　"恐怕我们这周已经客满了。或许——"

　　"'波本与牛肉'的格雷格向我推荐这里，叫我帮他跟乔打声招呼。你就是乔吗？"

乔端详着这个人。

"别让我因此后悔。"乔说，给了他七十三号房的钥匙。

"喂？"

"嘿，比吉塔，我是哈利。我——"

"我有客人在，哈利。现在不太方便。"

"我只是想说，我并不是有意——"

"听我说，哈利。我没生气，也没有因此受伤。幸运的是，我们才认识不到一星期，所以受到的伤害有限，但我还是希望你别再联络我了。好吗？"

"不，其实那不是——"

"我说过了，我还有客人在。祝你在这里一切顺心，也希望你可以平安回到挪威。再见。"

"……"

"再见。"

特迪·蒙卡比不喜欢桑德拉与那个北欧警察过夜这件事，认为会惹来一身腥。他看见那个人拖着脚步，垂头丧气地走在达令赫斯特路上，第一个反应便是后退一步，融进人群之中。然而，他还是输给了好奇心，于是双手抱胸，挡在那个挪威疯子面前。那人试着绕过他，但特迪抓住他的肩膀，把他转了过来。

"老兄，不跟朋友打声招呼吗？"

这位老兄用迟钝的眼神看着他。"你是那个皮条客……"

"我希望桑德拉没让你失望，警官。"

"桑德拉？我想想……桑德拉很棒。她人呢？"

"她今晚休息。不过说不定你会对别的东西感兴趣,警官?"

哈利脚步蹒跚,试着找回平衡。

"好,好,来吧,拉皮条的,我们试试。"

特迪大笑。"跟我来,警官。"他扶着喝醉的警察走下台阶,进入夜店,让他坐在可以看见舞台的位置。特迪用手指勾了勾,一名衣不蔽体的女子马上走了过来。

"麻烦来两杯啤酒,埃米。叫小仙子为我们上台跳支舞。"

"下一场的表演要八点才开始,蒙卡比先生。"

"就当是加演吧。快去,埃米!"

"是,蒙卡比先生。"

警察的脸上挂着傻笑。"我知道要上台的人是谁,"他说,"那个杀人犯,那个杀人犯要上台了。"

"谁?"

"尼克·凯夫。"

"尼克什么?"

"还有那个金发歌手。那可能是假发。听我说……"

吵闹的迪斯科音乐停了下来,这名警察伸出双手的食指,准备指挥交响乐团,但没有任何音乐。

"我听说了安德鲁的事,"特迪说,"惨到无话可说。太惨了。我听说他是上吊自杀的。为什么这么讨人喜欢的人会——"

"桑德拉戴着假发,"这名警察说,"就收在她的包包里。这就是为什么我遇到她时没认出她来。就是这里!安德鲁和我就坐在那边。之前我在达令赫斯特路上见过她几次,但那时她戴着假发。一顶金色的假发。为什么她现在不戴了?"

"啊哈,原来这位警官偏爱金发。我想我应该有些你喜欢的……"

"为什么？"

特迪耸了耸肩。"桑德拉？她最近被一个家伙吓着了。桑德拉坚称是那顶假发的关系，决定收起来一阵子，以防他又出现。"

"谁？"

"不知道，警官。就算知道也不会说。谨慎对我们这行来说是种美德。我敢说你肯定认同这点。我一向不太记得住名字，不过你叫龙尼对吧？"

"我叫哈利。我得跟桑德拉谈谈。"他努力站了起来，差点撞翻埃米放在托盘上的啤酒。他用手撑着桌子。"拉皮条的，你有她的电话号码吗？"

特迪挥手叫埃米离开。"基本上，我们不会把女孩的地址跟电话给客户，这是出于安全考虑。你应该了解才对。"特迪开始后悔没有听从直觉。他应该跟这个难缠的酒醉挪威佬保持距离的。

"我知道。把号码给我。"

特迪微笑。"就像我说的，我们不会给——"

"现在就给！"哈利揪住他那件亮灰色的西装外套衣领，吐在特迪脸上的满是威士忌与呕吐物混合的臭味。音箱中流泻出一串迷人的音乐。

"我数到三，警官。要是你还不放手的话，我就会叫伊万跟杰夫过来。这代表你会从后门被丢出去。后门有个水泥楼梯，足足有陡峭的二十级。"

哈利露出笑容，把衣领揪得更紧。"你这个拉皮条的王八蛋，你以为吓得到我吗？看着我。我很生气，什么也不怕。我他妈天下无敌。杰夫！伊万！"

两个人影从吧台后方走出。哈利转头看时，特迪猛地挣脱了他，使劲一撞，让哈利脚步不稳地向后退去。哈利跌倒在地，撞翻了桌椅。他没有起身，反倒躺在原地哈哈大笑，直到杰夫与伊万抵达，朝特迪投以询问的眼神。

"把他从后门丢出去。"特迪说，看着这名警察像个洋娃娃般被抬了起来，由一名身穿黑色西装的彪形大汉扛在肩上。

"我还真他妈不懂这家伙是在发什么疯。"特迪说，抚平身上那件笔挺的西装。

伊万走在前面打开了门。

"这家伙是怎么回事？"杰夫说，"他笑到全身抖个不停。"

"看他还能笑多久，"伊万说，"把他放下。"

杰夫把哈利放下，让他自己站好。他就这么摇摇晃晃地站在两人面前。

"你可以保守秘密吗，先生？"伊万露出不好意思的微笑，"我知道这是黑帮的老话了，但我实在讨厌暴力。"

杰夫在一旁窃笑。

"别笑了，杰夫。这是真的。问一下认识我的人就知道了。他们会说我真的很难承受，说伊万都睡不着觉，忧郁得要命。对那些可怜的王八蛋来说，我们不用打断他们的手脚，这个世界对他们来说已经够糟了。所以你不如直接回家，我们两边都不用节外生枝，可以吗？"

哈利点了点头，摸索口袋想找什么东西。

"就算你今天晚上跟个帮派分子没两样，我们还是饶你一回，"伊万说，"听懂了没？"

他用食指戳着哈利的胸口。

"听懂了没？"伊万一面重复，一面用力推他。金发警官就要站不稳了。

"懂了没？"

哈利的脚跟悬空，手臂不断挥舞。他用不着回头看就知道是怎么回事了。他咧嘴一笑，呆滞的双眼与伊万视线相交，向后跌去。他在撞上第一层台阶时发出呻吟，之后往下摔的过程里，则半声也没吭过。

38 叫作快手的家伙

乔听见有人在抓前门，透过玻璃门看见那名弯着腰的新客人，便知道自己又犯了罕见的错误。乔开门后，那名客人朝他倒下。要不是乔下盘够稳，他们早已狠狠摔了一跤。乔设法让哈利的手臂靠在自己肩上，把他拖至接待处的椅子上，以便仔细检查他的状况。这个金发酒鬼入住时的模样本就已经不能算体面了，此刻看起来更是糟糕透顶。他眉毛上有一道很深的伤口——乔可以看见亮红色的肌肉——脸颊有一边肿了起来，鼻血滴在肮脏的裤子上。他的衬衫磨破了，呼吸时胸口有杂音。但至少他还能呼吸。

"发生什么事了？"乔说。

"从楼梯上摔下来。没有大碍，休息一下就好了。"

乔不是医生，但从呼吸声就能判断出他八成断了一两根肋骨。他找出消毒药膏与纱布，尽量帮这名客人包扎伤口，还在他一个鼻孔里塞了些药用棉花。在乔打算给哈利止痛药时，哈利摇了摇头。

"我房里有能止痛的东西。"他喘着气说。

"你得看医生，"乔说，"我会——"

"不用。休息几小时就没事了。"

"你的呼吸声听起来不太妙。"

"我没有气喘。让我躺几小时就好，不会给你带来麻烦的。"

乔叹了口气，知道自己就要犯下第二个错误。

"算了，"他说，"你需要的可不只是几小时。不管怎样，这不是你的错，悉尼的楼梯实在陡得要命。我早上再来看你。"

他扶着客人回到房间，把他放到床上，脱掉鞋子。桌上有三个空瓶，以及两瓶尚未打开的金宾威士忌。乔滴酒不沾，但已经活得够久，知道自己无法跟酒鬼讲道理。他打开其中一瓶，放在床头柜上。这家伙醒来时，肯定会被自己的状况吓着。

"水晶城堡你好。"

"你好，我找玛格丽特·道森。"

"我就是。"

"如果你愿意承认你儿子杀了英厄·霍尔特，我还帮得上忙。"

"什么？你是谁？"

"一个朋友。你得相信我，道森太太。你要是不这么做就会失去儿子，懂了吗？是他杀了英厄吗？"

"这是怎么回事？你是在开玩笑吗？英厄·霍尔特是谁？"

"你是埃文斯的妈妈，道森太太。英厄也有母亲。你和我是唯一可以帮助你儿子的人。快说是他杀了英厄！你听见了没？！"

"我听得出你在喝酒。现在我要报警了。"

"快说！"

"我要挂电话了。"

"快说……他妈的蠢女人！"

比吉塔走进办公室时，亚历克斯·托马罗斯靠在椅子上，双手枕着后脑勺。

"坐，比吉塔。"

她坐在亚历克斯办公桌前的椅子上，亚历克斯趁机仔细打量她。她看起来很累，还有黑眼圈，像是相当烦躁，比平常更苍白。

"几天前，有个外国警察找我谈过，比吉塔，也就是霍利先生。从交谈内容来看，他事前已经找一些工作人员谈过了，得到了……呃，不经考虑就随口说出去的信息。当然，我们都很关心能不能抓到杀了英厄的人，但我还是得提醒你一下，要是之后再有任何类似状况，就可以算是一种……背叛的行为。我想我也不用特别提醒你了，现在生意不好做，我们没办法付薪水给那些不能信赖的人。"

比吉塔什么也没说。

"有人今天打电话过来，正好是我接的。他装出一副口齿不清的样子，但我还是听得出他的口音。又是霍利先生，说是想找你，比吉塔。"

比吉塔猛地抬头："哈利？今天？"

亚历克斯拿下眼镜："你知道我特别疼你，比吉塔，我也承认这部分……呃，的确有点出自私人的情感因素。我原本希望哪天我们可以成为好朋友。所以，千万别笨到毁了这一切。"

"他是从挪威打来的吗？"

"我希望是，但很可惜，听起来就跟本地线路打来的一样。你很清楚我没什么好隐瞒的，比吉塔，不管从什么角度来看，我跟这案子都没有任何关系。这原本就是他们要查清楚的事，不是吗？要是你再多嘴说出别的事情，对英厄一点帮助也没有。所以，我应该可以相信你吧，亲爱的比吉塔？"

"别的事情是指什么？亚历克斯？"

他似乎有些惊讶："我以为英厄告诉过你。就是我载她的事。"

"载她？"

"下班后载她回家。我原本以为英厄是故意给我机会，但情况有点出乎预料。我只是开车送她回家而已，没有要吓她的意思，但恐怕她对我开的小玩笑反应有点过于激烈了。"

"我不知道你在说什么，亚历克斯。我也不确定我想知道。哈利说了他人在哪里吗？他会再打来吗？"

"嘿，嘿，等一下。你直接喊那个人的名字，而且我提到他时，你脸都红了。这到底是怎么回事？你们之间发生了什么吗？"

比吉塔痛苦地揉着手。

他靠向桌子，拍了拍她的头，但她生气地挥开。

"少来这套，亚历克斯。你是个大白痴，我之前就告诉过你了。麻烦他下次打来时你不要再那么智障了。记得问他我要怎么才能联络他，好吗？"她站起身，气冲冲地走了出去。

快手走进板球酒吧时，简直不敢相信自己的双眼。伯勒斯在吧台后方耸了耸肩。

"他已经在那里坐了两小时，"他说，"醉得厉害。"

那个间接害他两名兄弟进了医院的人，就坐在角落那个他们常坐的位子上。快手可以感觉到小腿枪套里的那把点四五手枪，于是走到桌旁。那人的下巴垂在胸前，看起来像是睡着了。他面前的桌子上放着半瓶威士忌。

"嘿。"快手喊。

那人慢慢抬起头，给了他虚弱的微笑。

"我正在等你。"他含糊不清地说。

"你坐错位子了。"快手说，依旧站在原地。今晚他有很多事得忙，不能冒险浪费时间在这个白痴身上。客人随时可能上门。

"你先告诉我一些事。"那人说。

"我干吗要听你的？"快手可以感觉到手枪紧贴着小腿。

"因为你在这里做生意，因为你开门进来了，因为你身上带着货，所以现在是最容易搞定你的时候。你肯定不希望当着满屋子证人的面被我搜身。

待在原地别动。"

快手现在才看见那人在大腿上握着一把手枪，并且若无其事地将枪口直指着他。

"你想知道什么？"

"我想知道安德鲁·肯辛顿多久跟你买一次货，还有他最后一次买货的时间。"

"你在录音吗，条子？"

那条了笑了："放轻松。用枪威胁出的证词派不上用场。最糟糕的情况，就是我开枪打你而已。"

"好吧，好吧。"

快手感觉到自己开始冒汗了。他衡量了一下从枪套中拔枪所需的时间。

"除非我听到的是谣言，否则他已经死了，所以也不会有什么损失，对吧？他很谨慎，用的量不多，一星期会来买个两次，一次买一袋。模式很固定。"

"在上次打那一架之前，他最后一次买货是什么时候？"

"三天前。他原本第二天会再上门。"

"他跟别人买过吗？"

"从来没有，我很确定这点。这种事还挺私人的——很讲究信誉这回事。再说他是个警察，不太可能冒曝光的风险。"

"所以通常他过来时，身上几乎没库存了？结果几天过后，他还有足够的货让自己吸毒过量而死，要是他没用电线上吊的话。你到底是怎么帮他抓量的？"

"他不是从医院里跑了吗？说不定就是因为想吸毒才跑的。谁知道呢，说不定他存了点货吧。"

那条子叹了口气，一副筋疲力尽的模样。"你说得对，"他说，把枪收进外套内袋，拿起面前的玻璃杯。"这世上所有的事都跟'说不定'这三个字脱不了关系。为什么就是没有人愿意抛开这些屁话，直接把事情说清楚呢？直截了当，一就是一，二就是二，这样可以使很多人的生活过得轻松点，相信我。"

快手正想撩起裤管，却又改变了主意。

"那些针筒究竟是怎么回事？"那条子仿佛是在喃喃自语。

"什么？"快手说。

"我们在犯罪现场没有发现任何针筒。说不定他扔进马桶里冲掉了。就跟你说的一样——他是个谨慎的人，就算死前也是。"

"可以分享一下吗？"快手问，坐了下来。

"请便。"那条子说，把酒瓶推了过去。

39　幸运国度

　　哈利穿过烟雾，进入一条狭窄的通道。乐队演奏得相当大声，使周遭一切都在不断震动。这里有股硫黄的酸气，云层降得如此之低，让他一头撞了进去。虽然四周如此嘈杂，但还是听得见强烈刺耳的声响，在噪声中找到了属于自己的频率。那是龇牙咧嘴的吠声，以及铁链拖过柏油路面的声音。一群狗正在他身后狂吠。

　　通道变得越来越窄，最后他不得不侧身奔跑，以免卡在高大的红色墙壁之间。他抬头一看，在砖墙的窗户里，有一堆小脑袋探了出来，挥舞着绿色与金色的旗子，歌声震耳欲聋。

　　"这是幸运的国度，这是幸运的国度，我们生活在幸运的国度中。"

　　哈利听见背后传来愤怒的嘶吼。他尖叫了出来，跌倒在地，惊讶地发现四周全暗了下来，而他并未跌在坚硬的柏油地上，而是持续坠落。他肯定是跌进了一个大洞里。不是哈利跌落的速度很慢，就是这个洞深到不行，他仍在不断坠落。地面上的音乐声越来越远，他的眼睛开始适应黑暗，发现坑洞的两侧有窗户，甚至看得到里头的人。

　　天哪，我该不会是穿过地心了吧？哈利想。

　　"你是瑞典人吧？"一名女人的声音传来。

　　当哈利环顾四周时，光线与音乐声全都回来了。他站在一个开阔的广场上，现在是晚上，他后方的舞台有个乐队正在演奏。他面对着电视专卖店的橱窗，说得准确点，是面对许多被调到不同频道的电视。

　　"所以你也是出来庆祝澳大利亚国庆节的？"另一个声音说。这回是男人的声音，用的是他熟悉的语言。

哈利转身。一对夫妻正对他友善地笑着。他命令自己保持微笑，希望身体会乖乖服从。嘴角的紧绷感代表他仍然可以控制身体的这个部分。至于其他部分，也只能先放弃了。他的潜意识背叛了他，在这个紧要时刻与视觉和听觉打了一仗。他的大脑全力运转，想试着了解发生了什么事。由于大脑被扭曲的时间感与荒谬的幻想轰炸了一轮，所以并不容易做到。

"对了，我们是丹麦来的。我叫波尔，这是我妻子吉娜。"

"为什么你们会觉得我是瑞典人？"哈利听见自己这么说。这对丹麦夫妻面面相觑。

"你刚刚自言自语时说的。你没发现吗？你在看电视，想知道跌进洞里的爱丽丝是不是穿过了地心。她的确是，哈哈！"

"哦，对，她的确是。"哈利说，完全搞不清楚状况。

"这跟北欧的仲夏夜不同。真的很好笑。你可以听见烟火发射的声音，却因为雾的关系，什么也看不见。说真的，搞不好烟火都已经害一些摩天大楼烧起来了。你闻到火药味了吗？这是因为空气太潮湿使它附着在了地面上。你也是来这里旅游的吗？"

哈利思考了一下。这肯定是件需要细细思索的事，因为当他准备回答时，那两名丹麦人早走了。

他把注意力移回电视屏幕。一个屏幕上有着燃烧的树林，另一个则是网球比赛。在新闻里，他们展示了一张帆板的照片，有个女人在哭，一件黄色潜水衣上有撕咬的痕迹。在旁边那台电视里，蓝白色的警方封锁线在森林边缘随风飘荡，穿制服的警察拿着袋子来回走动，接着则是一张苍白脸孔的特写，占据了整个屏幕。那是一张拍得很差的照片，照片上是一名不算漂亮的年轻金发女子。她的眼中有着悲伤的神情，仿佛因为自己没能更漂亮而感到难过。

"漂亮，"哈利说，"这还真奇怪。你知道这回事吗……"

莱比从一名正在接受访问的警探后方走过。

"妈的，"哈利大喊，"他妈的！"他用手掌拍着橱窗，"把音量调高！快把音量调高！有人……"

画面变成澳大利亚东岸的天气图。哈利把脸贴在玻璃上，鼻子都被压扁了，在一个没打开的电视屏幕的映射中，看见美国喜剧演员约翰·贝鲁西的脸。

"这只是幻想吗，约翰？别忘了，我现在可是因为药物影响，处于强烈幻觉中呢。"

"让我进去！我得跟她谈谈。"

"回家睡觉去吧。我们不让喝醉的人……嘿！"

"让我进去！我说过了，我是比吉塔的朋友。她是负责吧台的。"

"我们知道，但我们的工作就是不让你这种人进去，懂吗，金发仔？"

"啊！"

"给我乖乖离开，别逼我打断你的手，你……啊！鲍勃！鲍勃！"

"抱歉，我已经受够被人动手动脚了。祝你有个美好的夜晚。"

"怎么回事，尼基？他人呢？"

"让他走吧，妈的！他只是想挣脱我，打了我肚子一拳而已。可以扶我一下吗？"

"这座城市已经不行了。我想我还是搬回墨尔本算了。你看到新闻了吗？又一个女孩遭人强奸，还被凶手勒死。他们今天下午在世纪公园发现了她。"

40 跳伞

哈利醒来时头痛欲裂。光线让他的双眼感到刺痛。他刚发现自己盖着一张毯子，便马上转至旁边吐了起来。呕吐物喷出的速度很快，瞬间从他的胃部喷至石砖地上。他坐回长椅，觉得鼻子又肿又痛，问了自己一个经典的问题：我在哪里？

他记得的最后一件事，是走进绿色公园，鹳鸟责备似的看着他。此刻他在一个摆着数张长椅与两张大木桌的圆形房间里。墙上挂着工具，铲子、耙子与浇花圃用的水管，地板中间则有一个排水孔。

"早安，白人弟兄，"一个他听过的低沉声音说，"你还真是白到不行。"他走近时说，"坐着别动。"

是约瑟夫，那个全身脏兮兮的乌鸦族原住民。

他扭开墙上的水龙头，用水管把地上的呕吐物冲掉。

"我在哪里？"哈利决定从这个问题开始。

"绿色公园。"

"可是……"

"放轻松。我有这里的钥匙。这里算是我第二个家，"他望向窗户外头，"今天天气很好，没什么好挑剔的。"

哈利抬头看着约瑟夫。对一名流浪汉来说，他的心情似乎好到夸张的地步。

"公园管理员跟我认识一阵子了，我们有个特殊的交换条件，"约瑟夫解释，"他偶尔请病假时，由我帮他处理他该做的事——捡垃圾、清理垃圾桶与割草什么的。作为交换条件，我偶尔可以在这里睡觉。有时他会留下一点吃的给我，不过今天好像没有。"

哈利试图想出一些"可是"以外的话来回答，但还是放弃了。而约瑟夫正处于想多说点话的情绪里。

"老实说，这交易中我最喜欢的部分，就是让我有事可做，可以填补一整天的时间，让我想想别的事情。有时，我甚至会觉得自己还有点用处。"

约瑟夫开心地摇了摇头。哈利很难把眼前这个人与前阵子坐在长椅上、始终处于昏睡状态的人连在一块儿。当时就连与他沟通都是白费力气。

"昨天看到你时，我简直就不敢相信，"约瑟夫说，"你跟先前那副清醒、正派的模样几乎完全不同，更别说几天前我还跟你讨了香烟。昨天那个情况，就连跟你谈谈都没办法。哈哈！"

"你赢了。"哈利说。

约瑟夫离开了，回来时带了一包热腾腾的薯片与一杯可乐。他看着哈利小心翼翼地吃着这虽简单，却相当能恢复元气的一餐。

"最早的可口可乐是一个美国化学家想出来的，他想调配出治疗宿醉的药物，"约瑟夫说，"不过他认为自己失败了，所以只收八块钱就把配方卖了出去。我会说这些，是因为我猜你会希望我买点更好的东西。"

"金宾威士忌。"哈利边吃边说。

"对，除了金宾以外，还有杰克丹尼与爱走路的约翰[①]这几个家伙。哈哈。感觉如何？"

"好多了。"

约瑟夫把两个瓶子放在桌上。"这是猎人谷最便宜的红酒，"他说，"身

---

① 尊尼获加（Johnnie Walker），苏格兰威士忌品牌。

上有玻璃杯吗，白老弟？"

"谢了，约瑟夫，不过红酒不是我的……你还有别的酒吗？比如，褐色那种？"

"你觉得会有吗？"

由于哈利拒绝了他的慷慨，约瑟夫看起来有点被侮辱的感觉。

哈利吃力地站起身，试着重建记忆里的空白部分。他记得自己用枪指着罗德·斯图尔特，后来又称兄道弟地搂着对方的脖子，分享了一些致幻剂。除了金宾威士忌的影响以外，他无法准确解释自己当时为何会如此开心，两人可以那么聊得来。此外，他还记得自己打了奥尔伯里酒吧的保镖一拳。

"哈利·霍勒，你真是个可悲的酒鬼。"他喃喃自语。

他们走到外头，摇摇晃晃地坐在草地上。阳光刺痛他的双眼，前一天的酒精刺痛着他的毛孔，要不然这感觉肯定不差。一阵微风吹过，他们就这么躺着，看着天上的浮云。

"今天的天气很适合跳一下。"约瑟夫说。

"我可没打算蹦蹦跳跳的，"哈利说，"我只想一动也不动地躺着，顶多动动脚趾头。"

约瑟夫眯起眼睛望向阳光。"我不是说那种跳，我是在说从空中跳下来，也就是跳伞。"

"你是跳伞员？"

约瑟夫点头。

哈利遮着眼睛，抬头望向天空。"那云层怎么办？这样不会出事吗？"

"完全不会。那是卷云，羽毛云的一种，约莫在四千五百七十二米的高度。"

"你真让我惊讶，约瑟夫。我不知道跳伞员看起来应该像什么样子，但我还真想象不出你竟然会是……"

"一个酒鬼？"

"类似。"

"哈哈。硬币总有两面。"

"你是说真的？"

"你一个人在空中待过吗，哈利？你这样飞过吗？从很高的地方跳下，感觉空气想把你托起来，抓住你，然后轻抚你的身体吗？"

约瑟夫已经喝起第一瓶酒，声音里有种暖意。他在向哈利叙述自由落体的美妙时，双眼闪闪发光。

"那会打开你所有的感官，全身因为飞翔而尖叫起来。'我没有翅膀'，身体这么大叫，试着压过风在你耳旁呼啸的声音。你的身体以为自己会死，因此进入全面警戒的状态——把所有感官放到最大程度，看有没有办法解决这件事。大脑是全世界最厉害的计算机，可以应对所有事。你坠落时，可以感觉到皮肤温度在上升，耳朵察觉到压力在增强，还能留意到下方景色的每一个线条与色彩。随着高度降低，你甚至可以闻到地球的味道。要是你能把对死亡的恐惧抛在脑后，哈利，在那个瞬间，你就跟天使一样。在那四十秒内度过一生。"

"要是没办法呢？"

"你没办法把那种感觉抛开，只能暂且不去理它。因为那种感觉就在那里，像一个清晰但刺耳的音符，像是冰水流过皮肤。你不会真的摔死，但对死亡的恐惧会打开你的感官。你跳下飞机时，身体就会开始恐惧，肾上腺素会在血管中迅速涌动，就跟打了一针一样。接下来它会跟血液混合，让你觉得兴奋、强壮。你要是闭上双眼，就会觉得它像一只神奇的毒蛇，正透过蛇眼看着你。"

"你形容的就跟毒品一样，约瑟夫。"

"就是毒品，没错！"约瑟夫的手势开始变得夸张，"就是这样。你会希望坠落感持续下去，要是你已经跳过一阵子伞的话，会发现拉开降落伞这件事变得越来越难。最后，你会害怕有一天玩得太过头，根本不去拉开降落伞，接着就此放弃跳伞了，因为你知道自己已经上瘾。戒断的感觉会吞噬你，人生仿佛毫无意义可言，只是一堆琐碎的事。最后，你会发现自己身在一架又小又旧的赛斯纳飞机上，坐在飞行员后方，感觉爬升到三千多米的过程似乎永无止境，就这么花光所有积蓄。"

约瑟夫深吸一口气，闭上双眼。

"简单地说，哈利，这就是一枚硬币的两面。生活变成了人间炼狱，但另一个选项甚至更惨。哈哈。"

约瑟夫用手肘支起上半身，喝了一口红酒。

"我是一只没办法飞的鸟。你知道鸸鹋是什么吗，哈利？"

"一种澳大利亚鸵鸟。"

"聪明的孩子。"

哈利闭上双眼时，听见的是安德鲁的声音。没错，躺在他身边草地上的正是安德鲁。缅怀是件重要的事，也是件无关紧要的事。

"你听过为什么鸸鹋不能飞的故事吗？"

哈利摇头。

"好吧，听好了，哈利。梦时代的鸸鹋有翅膀，而且能飞。他跟妻子住在湖边，他们的女儿嫁给一只叫作贾比鲁的鹳。有一天，贾比鲁和妻子捕完鱼，带着丰收的美味回家；他们几乎把捕获的鱼吃完，但在匆忙之间，忘了像平常一样把最好的几只留给她的父母。当女儿把剩下的鱼交给她的父亲鸸鹋时，他非常生气。'我去捕鱼时，哪一次不是把最好的鱼留给你？'他说，抓起棍棒和一把长矛，飞到贾比鲁那里痛打了他一顿。

"贾比鲁不准备不做抵抗地乖乖挨打，于是他抓起一根巨大的树枝，把棍棒打掉了。接下来，他先打岳父的左边，然后是右边，打断了两边的翅膀。鹳鹬爬了起来，把长矛朝他女儿的丈夫扔去。长矛刺进他的背部，从嘴里穿了出来。那只鹳忍着痛苦，飞到沼泽，从此用嘴上的矛来捕鱼。而鹳鹬则去了干燥的平原，在那里，你可以看见它带着折断的翅膀到处奔跑，再也无法飞翔。"

约瑟夫把瓶子举到嘴边，但里头只剩几滴而已。他一脸哀怨地看着瓶子，把软木塞塞了回去，又打开第二瓶。

"跟你的故事差不多，对吗，约瑟夫？"

"这个嘛，呃……"

酒瓶发出咕噜声，他准备好了。

"我在塞斯诺克当过八年的跳伞教练。我们是个很棒的团队，工作氛围相当好。没有人发财，不管是我们还是老板；那个俱乐部完全是靠热情在运作。我们把当教练赚来的大部分钱，全花在自己跳伞上了。我是个好教练。有些人还觉得我是最好的。但就算如此，他们还是因为一场不幸的意外撤销了我的执照。他们坚称，我有一次在喝醉的情况下带着学生跳伞。说得好像我会因为喝酒就搞砸跳伞似的！"

"发生了什么事？"

"什么意思？你想知道细节？"

"你有事情要忙吗？"

"哈哈。好吧，我告诉你。"

酒瓶在太阳下闪闪发光。

"好吧，事情是这样。那不只是一两件倒霉透顶的事，而是所有事情都难以置信地结合在一起害的。首先是天气。我们起飞时，云层在大概二千五百米的高度。这点不成问题。因为我们不到一千二百米绝不会拉开降落伞，所以云层算是很高。重点是，学生们会在看到地面后才拉开降落伞，这样才不会搞不清状况，朝着纽卡斯尔飞去。他们得看见地面上的信号，才知道如何根据风向与地形保证自己在降落区域安全着陆。我们起飞时，的确有些云飘了过来，但看起来还要一阵子才会抵达这里。问题在于，俱乐部用的是一架老旧的赛斯纳飞机，靠着绝缘胶带、祈祷与努力才飞得起来。我们花了二十几分钟才抵达三千米，也就是我们跳伞的高度。在我们跳下去后，风吹了起来，等到我们穿过二千五百米的云层时，风已经把第二片云层吹到了下方，而我们根本没发现这点。懂了吗？"

"你们没办法跟地面联络吗？他们没办法通知你那片低云层的事？"

"可以，有无线电。哈哈。这是另一件后来被压下来的事。我们抵达三千米时，飞行员总会在驾驶舱大声播放滚石乐队的歌，好让学生们有冲劲继续下去，而不是怕个半死。要是地面真的传过通知给我们，我们也没收到。"

"你们在跳之前不会跟地面做最后确认？"

"哈利，这故事已经够复杂了，别让它更复杂了好吗？"

"好吧。"

"第二件出了差错的鸟事，是高度计害的。在飞机起飞前，高度计得归零，以便显示与地面的高差。就在我们要跳的时候，我发现自己忘了带高度计，但飞行员总是会携带完整的跳伞装备，所以我就跟他借了。他跟我们一样，担心这架飞机哪天会突然解体什么的。当时我们已经抵达二千五百米，所以得加紧脚步。我不得不赶到机翼那里，也没时间跟学生校准高度计——当然啦，我先前在地面已经确认过设定为零了，虽然每次起飞前，飞行员的高度计不一定都会设定为零，但我觉得他的高度计应该还算准确。我没多想——如果你跟我一样，跳伞跳了五千多次，在可以用视觉准确判断高度的情况下，这肯定是件很合理的事。

"我们站在机翼，那个学生过去有三次杰出的跳伞经验，所以我一点也不担心。一切看起来都没有问题，所以我们张开身体，呈大字形跳了下去。我们全速穿越第一片云层，他飘浮得很好，相当稳定。等我看见下方还有第二片云层时，稍微吓了一跳，但也只是觉得这次的经验会比较特别，等靠近时再确认高度就好。那个学生调整一下动作，在回到标准的 X 形姿势前，转了九十度，横向移动了一下。学生想拉开降落伞时，我的高度计显示为一千八百二十九米，所以示意他再等一下。他看着我，但当时的情况很难看出那家伙的表情。他的脸颊与嘴唇在两耳之间不断上下飘动，就像强风中挂在晾衣绳上的湿床单一样。"

约瑟夫停顿一下，满意地点了点头。

"强风中挂在晾衣绳上的湿床单，"他重复了一次，"还不赖。干杯。"

酒瓶再度倾斜。

"我们进入第二片云层时，我的高度计显示为一千五百二十四米。"他稍微调整呼吸，继续说下去，"我们又下降三百多米才拉开降落伞。我抓着那名学生，双眼直盯着高度计看。云层很厚，我们不得不在云里拉开降落伞，但就在那时，我们已穿出云层。我看见地面朝我们直冲而来时，心脏都快停了；树林、草地、柏油路，就像摄影机的镜头拉近一样。我同时拉开我们两个的降落伞，因为要是其中一具主伞没开，根本没时间再拉开备用伞。原来，那片云层很低，高度才六百一十米而已。下面的人看到我们从云层中穿出，而且没开降落伞时，脸都被吓白了。最关键的是，那个白痴学生在他的降落伞打开以后竟然陷入恐慌，操控降落伞，结果撞到了树上。这件事本身还好，但他吊在离地面四米高的地方，竟然没等救援人员抵达就自己解开降落伞，掉下来摔断了腿。他正式提出控诉，说在我身上闻到了酒味，而俱乐部委员会做出决定，让我终身停职。"

约瑟夫把第二瓶酒喝完了。

"后来呢？"

"就这样喽,"他把酒瓶抛开,"社会救济金、烂同事跟烂酒。"他开始口齿不清,"他们折断了我的翅膀,哈利。我是乌鸦族的人,不想活得像只鸸鹋一样。"

公园里的影子逐渐变密,开始拉长。哈利醒来时,约瑟夫就站在他上方。

"我要回家了,哈利。在我走之前,你应该会先去工具室里拿东西吧?"

"妈的,对。我的枪,还有外套。"

哈利站了起来。也该是时候去喝一杯了。约瑟夫锁上门后,他们在原地站了一会儿,不知该说些什么。

"所以你应该很快就会回挪威?"约瑟夫说。

"对,随时都有可能。"

"希望你这次赶得上飞机。"

"今天下午航空公司就会打来吧。我工作的地方也会。他们可能想知道我发生了什么事。"

"哦,妈的,"约瑟夫说,拍了一下额头,再度掏出钥匙,"我猜我喝的红酒里头有太多单宁了。那东西会伤害脑细胞。我老是记不住有没有关灯,要是管理员来的时候,发现灯还开着,肯定会气坏的。"

他打开门。灯是关着的。

"哈哈。你知道吗?每次你从一个地方离开时,总会想都不想就自动把灯关了,接着就会想不起来到底有没有关灯……不觉得很好笑吗?"

哈利全身一僵,直盯着约瑟夫看。

41　巴洛克沙发

圣乔治剧院的管理员难以置信地摇着头，帮哈利斟满咖啡。

"我从来没见过这、这种事。现在这里每晚客满。他们表演断头台戏码时，观众跟疯了一样，不断大吵大闹，叫个不停。这戏码甚至还上了海报——'电视与媒体报道中出现过的致命断头台：曾有人真的丧命于此……'天哪，那玩意儿成了表演节目的明星，真是够诡异的。"

"的确是。所以他们找人取代奥托来表演相同的戏码？"

"多少算吧。他们从来没有这么成、成功过。"

"那个用枪猎猫的戏码呢？"

"取消了，他们好像觉得不够吸引人。"

哈利有些局促不安，衬衫底下不断冒汗。"我一直不太懂他们为什么会表演那套戏码……"

"那是奥托的点子。我年轻时也想当个小、小丑，所以马戏团进、进城表演时，我都会仔细看着台上的一举一动。我记得表演本来没有那个，是到了彩排前一天才加进去的。"

"我觉得应该是奥托安排的。"

哈利搔了搔剃过胡子的下巴。

"有个问题一直困扰着我，不知道你是否帮得上忙。我可能找错了方向，但你不妨听听我的推论，告诉我你的想法。奥托知道我在观众席，他知道一些我不知道的事，试图告诉我，但又因为很多原因，无法直截了当地说出来。或许是因为他自己也参与其中吧，所以这个戏码是特别为我准备的。他想告诉我，我们在猎捕的人本身就是猎人，就跟我一样是个警察。我知道这听起来有点怪，但你也知道奥托是个怪人。你怎么想？听起来像是他会做的事吗？"

管理员看了哈利好一会儿。

"警官，我觉得你应该多喝点咖……咖啡才对。那个戏码没有要告诉你什么。随便一个马戏团成员都可以告……告诉你，那只是扬迪·扬达斯科夫斯基一个经……经典表演而已。就这样，根本没什么。抱歉泼你冷水，但——"

"正好相反，"哈利松了一口气，"这才是我想听到的答案。现在我可以彻底排除这个想法了。我们再喝点咖啡好了，你觉得呢？"

他要求看看断头台，管理员带他到道具室。

"每次我走进这里，就会吓得脊背发凉，不过至少晚上已经睡得着了，"管理员说着，打开了门，"道具室已经冲洗过了。"

门打开时，一股寒气透出。

"穿上衣服。"管理员说，按下电灯开关。断头台就立在道具室里，用毯子盖着，像是一名斜躺着的女演员。

"穿上衣服？"

"哦，只是句玩笑话。在圣乔治剧院，每次我们走进黑……黑暗的房间里，都会先说这句话。没什么。"

"为什么？"哈利掀起毯子，感觉到了断头台的刀刃。

"哦，这是一个得追溯到二十世纪七十年代的老故事。当时的老板是个比利时人，叫作阿尔贝·莫索，是个容易生气的家伙，不过我们这些在他手下工作的人都很喜欢他，他是个货真价实的剧场人——愿老天保佑他。你也知道，大家都说搞戏剧的人都很会玩弄女性，相当随……随便，我想或许是真的吧，嗯，只是实话实说而已。总之，那段时间我们公司有个有名又帅气的演员，我就不提名字了，反正是个老色鬼。女人全都为他着迷，男人则全都嫉妒他。有时我们会开放剧院给申请的旅行团参观，有一天，负责导览的人带着一整班的小孩去道具室。里头有张巴洛克沙发，是我们用来演田纳西·威廉斯的剧本《玻璃动物园》的。他打开电灯——结果那演员正在沙发上大搞贩卖部的小姐。

"由于那个我们先不提名字的知名演员是面朝下趴着的，所以导览人本来可以化险为夷的。但他是个想成为演员的年轻人，而且就跟大多数剧场工作人员一样，是个虚荣的呆子，因此明明近视很深，却没戴眼镜。总之，重点来了，他根本没看到沙发上的情况，还以为大家之所以挤上前看，是因为他的导览相当精彩。就在导览继续鬼扯一些田纳西·威廉斯的事时，那个色鬼骂了一句脏话，努力让大家看不到他的脸，只能看见他毛茸茸的屁股而已。但导览人认出了他的声音，大声说：'天哪，是你吗，布鲁斯·莱斯灵顿？'"

管理员咬住下唇。

"哦，天哪。"

哈利大笑，举起手掌："没关系。我已经不记得那个名字了。"

"总之，第二天莫索召开会议，解释了事情的来龙去脉，说他认为这是个很严重的问题。'我们不能用这种方式宣传，'他说，'所以我得遗憾地说，从今天开始，我们不能再让这种人来导……导……导览了。'"

管理员的笑声在道具室里引发回声，哈利也跟着笑了起来。只有那个用钢铁与木头打造的斜躺着的"女演员"仍保持沉默，难以亲近。

"现在我知道'穿上衣服'是怎么回事了。后来那个倒霉的导览怎么样了？他最后成为演员了吗？"

"对他来说算是不幸，但对舞台而言则正好相反。他没成为演员，不过还是待在这行，现在是圣乔治剧院的灯光师。哦，对，我都忘了，你见过他……"

哈利的呼吸慢了下来。腹中的恶犬开始咆哮，不断拉扯铁链。妈的，妈的，妈的，这里实在太热了！

"对，没错。他现在应该是戴隐形眼镜？"

"没。他坚称舞台看起来越模糊，他的工作表现越好。他说他可以完全集中精神，不会因细节分心。他真的是个奇怪的家、家伙。"

"的确很怪。"哈利说。

"喂？"

"我是哈利·霍利。不好意思这么晚还打来，莱比。"

"霍利？天哪，挪威现在是几点？"

"不知道。听我说，我不在挪威。班机出了点差错。"

"怎么回事？"

"班机提早起飞，把我留在这里，偏偏又很难弄到别的航班座位。我需要你帮个忙。"

"说。"

"到奥托家跟我碰面。要是你不太会开锁的话，记得带撬杆。"

"没问题。现在吗？"

"可以的话最好。谢了，老兄。"

"反正我也睡不着。"

"喂？"

"安格索医生吗？我对一具尸体有疑问。我是——"

"我才不管你是谁，现在是……凌晨三点，你可以去问值班的汉松医生，晚安。"

"你聋了吗？我说别——"

"我是霍利。麻烦别再挂电话了。"

……

"那个霍利？"

"我很高兴你还想得起来我的名字，医生。我在发现安德鲁·肯辛顿尸体的屋子里找到了一些有趣的东西。我得见他——应该说，我得看看他死时穿的衣服。你还留着吗？"

"留着，可是——"

"半小时后在太平间外面见。"

"亲爱的霍利先生，我真的看不出来——"

"别让我再说一次，医生。还是你想被澳大利亚医学协会除名，被死者家属起诉，登上报纸头条……需要我继续说下去吗？"

"好吧，但我没办法在半小时内赶到。"

"这么晚了，街上的车很少，医生。我想你应该办得到。"

42 访客

麦科马克走进办公室，反手将门关上，直接走到窗前。悉尼夏季的天气多变，已经下了一整夜雨。麦科马克已年过六十，过了警察的退休年龄，就像那些领退休金的人一样，开始会自言自语了。

自言自语的内容大多是一些不重要的日常观察，他总怀疑，除了自己根本没人有这种本事。例如他会反复踮脚，看着他的城市说："没错，看起来今天就会放晴了。"或是："没错，我今天又是第一个到的。"

一直到他在办公桌后方的衣柜里挂衣服时，才留意到沙发处传来的声音。一名男子从沙发上坐起身。

"霍利？"麦科马克惊讶地看着他。

"抱歉，长官。希望你不介意我借你的沙发……"

"你怎么进来的？"

"我一直没机会把证件还回来，所以夜班警卫就让我进来了。你办公室的门是开着的，由于我想找你谈谈，所以在这里睡了一下。"

"你应该回挪威了才对。你上级打过电话来。你看起来真惨，霍利。"

"你怎么跟他说的，长官？"

"我说你作为挪威代表，留下来参加肯辛顿的葬礼。"

"但你怎么——"

"你把这里的电话号码留给航空公司了，由于你没出现，所以他们在起飞前半小时打来，我才会知道。我打了通电话到新月饭店，答应饭店经理会对这次的对话保密，而他则告诉我后来发生的事情。我们试着找你，却找不到人。我明白这是怎么回事，霍利。我建议我们当作没这回事就好。发生这些事情后，任谁都会有这种反应。重要的是，你得振作起来，我们会帮你处理航班座位的事。"

"谢谢长官。"

"别担心。我会叫我的秘书联络航空公司。"

"在你这么做之前，我还有几件事要说，长官。我们通宵进行了一些调查，最终结果需要等法医确定。但我很确定结果会是什么，长官。"

虽然那台老旧风扇上过润滑油，但还是回天乏术，被一台更大、更安静的全新电风扇取代，这让哈利确定，就算他人不在了，世界还是会持续运转。

在场的人只有沃特金斯与苏永还不知道细节，但哈利还是从头到尾讲了一遍。

"由于我们发现安德鲁的时间是中午，所以根本没想到这回事。就连知道安德鲁的死亡时间后，我也还是忽略了。一直到后来，我才想到我们抵达奥托家时，电灯是关着的。要是事情与我们先前假设的一样，过程应该是这样的：安德鲁在门口关灯，在海洛因药效发作时，于凌晨两点，屋子里一片漆黑的情况下，摸索着找到椅子，然后在摇晃的椅子上保持平衡，把绳圈套在脖子上。"

随后的沉默表明，就算科技进步，人们也还是无法消除电风扇的扰人噪声，顶多让它变成低沉的嗡嗡声而已。

"听起来怪怪的，"沃特金斯说，"说不定当时不是一片漆黑，或许有路灯或别的光照进屋内？"

"莱比跟我今天凌晨两点确认过了。客厅里暗得就跟墓穴一样。"

"会不会你们抵达时灯是亮的，只是没注意到？"苏永问，"毕竟那时是中午，说不定后来哪个警察把灯给关了。"

"我们用刀子割断电线，把安德鲁放下来，"莱比说，"由于可能被电到，我先确认了灯是关上的。"

"好吧，"沃特金斯说，"我们先假设他是在黑暗中上吊自杀的好了，所以肯辛顿是个怪人，那又如何？"

"但他没有在一片漆黑中上吊自杀。"哈利说。

麦科马克在会议室后方轻咳了一声。

"这是我们在奥托家中发现的，"哈利说，举起一个灯泡，"看到烧焦的痕迹了吗？这是人造纤维造成的。"他拿起一件白色衣服，"这是我们发现安德鲁时，他身上穿的衬衫，用的是速干型布料，成分有百分之六十是人造纤维。人造纤维的熔点是两百六十摄氏度。一颗灯泡的表面温度大约是四百五十摄氏度。你们看见他胸前口袋的烧痕了吗？那就是我们发现他时，灯泡靠在他衬衫上的位置。"

"让人钦佩的物理学解说，霍利，"沃特金斯说，"你认为是怎么回事？"

"有两个可能，"哈利说，"第一个，是有人比我们早到那里，看见安德鲁用电线上吊，把灯关掉以后走了。这种说法最大的破绽，是房子的钥匙只有两把，分别在奥托与安德鲁身上。"

"那房子用的是弹簧锁，"沃特金斯说，"说不定那个人开了门，把钥匙放在安德鲁的口……不对，那安德鲁就进不去了。"他脸红了。

"你可能抓到了重点，"哈利说，"我的想法是，安德鲁没有钥匙。是某个在屋子里的人让他进去的，再不然就是他们两个一起过去，而有钥匙的是那个人。安德鲁死时，那个人就在屋里，后来才把钥匙放进安德鲁的口袋，好让情况看起来像是安德鲁独自进到屋内一样。事实上，其他钥匙全都扣在钥匙圈上，只有那把钥匙例外。接着，他把灯关了，在离开时把门带上。"

一片寂静。

"你是说安德鲁是被谋杀的？"沃特金斯问，"如果真是这样，凶手怎么下手的？"

"我认为安德鲁被迫注射了过量海洛因，有可能是被凶手用枪胁迫的。"

"有没有可能是他抵达前自己已经注射过量？"苏永问。

"首先，我不认为像安德鲁这种经验老到、可以控制自己的瘾君子，会突然注射过量。再说，安德鲁手上的毒品没有多到可以注射过量的地步。"

"那为什么要把他吊起来？"

"吸毒过量并不是能精准控制的事。就跟我们很难确定僵直的尸体还会不会有反射动作一样。说不定他能撑上好一阵子，活着直到被人发现。说不定毒品只是为了让他无法抵抗，这样凶手才可以顺利让他站到椅子上，用电线缠住他的脖子。对了，说到电线，莱比？"

莱比用舌头与嘴唇将口中的牙签移至嘴角。

"我们请鉴定组的人检查过电线。很少有人会清理天花板的电灯电线，所以我们认为应该很容易采到指纹。但那条电线干净得像是……呃……"莱比甩了甩手。

"被人刻意清理过？"苏永帮忙接了下去。

"对。唯一采到的指纹只有我们自己的。"

"所以，除非安德鲁在上吊自杀前自己先擦过电线，"沃特金斯做出总结，"并且在没用到半根手指的情况下把自己的头套进了绳圈，否则就是有人替他这么做了。这就是你们想说的？"

"就是这样，老大。"

"要是这家伙跟你们说的一样聪明，为什么离开时他会把灯给关了？"沃特金斯双手一摊，环视桌旁众人。

"因为那是条件反射式的动作，"哈利说，"他连想都没想就这么做了。

就跟大家出门时一样。他们应该都有那栋房子的钥匙，养成了进出的习惯。"

哈利往椅背一靠，汗流浃背，不确定自己在喝到下一杯酒之前还能撑多久。

"我想，我们要找的就是奥托的那个秘密情人。"

莱比与哈利一同站在电梯里。

"要去吃午餐？"他问。

"应该会吧。"哈利说。

"介意我跟你一起去吗？"

"当然不介意。"

不怎么想说话的时候，莱比绝对是个好伙伴。

他们在市场街的南方餐厅里找到位子。哈利点了一杯金宾威士忌。莱比看着菜单，抬起头来。

"麻烦你，我要两份鲈鱼沙拉、黑咖啡和新鲜好吃的面包。"

哈利惊讶地看着莱比。"谢了，不过我这样就好。"他对服务生说。

"照我说的上菜，"莱比微笑着说，"等我朋友尝到这里的鲈鱼以后，就会改变心意了。"

服务生离开。哈利看着莱比。他把手放在桌上，摊开手指一根根看着，像是在相互比较。

"我年轻时，曾经沿着大堡礁搭便车去凯恩斯的海岸，"他对着自己光滑的手背说，"在一家背包客旅馆里，遇见两个正在环游世界的德国女孩。她们租了一辆车，从悉尼一路开车过来，巨细无遗地告诉我她们去过的地方，在那里待了多久，为什么要去那里，还有她们打算去的地方。她们把一切都计划得好好的。或许这就是德国人的习惯吧。我问她们在旅途中有没有看见过袋鼠，她们大笑起来，说当然看见过。那原本就是她们列在'待办事项'里的。'你们停下来喂它们吃东西了吗？'我问，但她们惊讶地面面相觑，接着一起望向我。'没有，当然没有！''为什么没有？它们很可爱啊。''天哪，可是它已经死了啊！'"

哈利惊讶于莱比竟可以说上那么长的话，以至于忘了要笑。

服务生走了过来，把金宾威士忌放在哈利面前。莱比看着那杯酒。

"前天，我看到一个女孩，漂亮到让我想摸摸她的脸，说点赞美她的话。她二十几岁，穿着一件蓝色连衣裙，腿上什么也没穿。天哪，可是她已经死了。就跟你知道的一样，她有着一头金发，被人先奸后杀，脖子上有一圈淤青。

"昨天晚上，我梦见这些漂亮到没有天理的年轻女孩全倒在路边，遍布整个澳大利亚——从悉尼到凯恩斯、阿德莱德到珀斯、达尔文到墨尔本。全是相同的死因。我们无法面对现实，所以选择闭上双眼。我们做得不够，所以才让自己变得软弱，和所有人一样。"

哈利知道莱比想说什么。服务生把鱼端上。

"你是最接近他的人，哈利。要是你把耳朵贴在地上，等他再度出现时，说不定还能认出他的脚步声。我们有一百种理由可以大醉一场，但是像你这样在饭店里吐个不停，就什么忙也帮不上。那家伙不是人。所以我们也得抛开人性，展现出坚韧不拔、勇于反抗的能力，"莱比摊开餐巾，"但我们得先吃饱才行。"

哈利把威士忌送到嘴边，一边看着莱比，一边慢慢把酒喝完。接着，他把空杯放在桌上，做了个鬼脸，拿起刀叉。在接下来的用餐过程里，他们没再交谈。

43　大鱼

桑德拉就站在老地方。在他走近之前，她都没认出他来。

"很高兴再见到你。"她说，缩小的瞳孔看着远方。

他们走到"波本与牛肉"餐厅，服务生立刻跑了过来，帮她拉开椅子。

哈利问桑德拉想点什么，接着点了一杯可乐与一杯双份威士忌。

"天哪，我还以为他是跑来撵我走的。"她松了口气说。

"我算这里的常客。"哈利解释。

"你女朋友还好吗？"

"比吉塔？"哈利平静地说，"我不知道。她不肯跟我说话。希望她感觉糟透了。"

"为什么会希望她感觉糟透了？"

"因为我希望她还爱我。"

桑德拉发出刺耳的大笑。"那你呢，哈利·霍利？"

"糟透了，"哈利苦笑，"不过要是能抓到凶手的话，应该会感觉好很多吧。"

"你认为我帮得上忙？"她点燃一支香烟。虽然不太可能，但她的脸竟然比先前还要苍白憔悴，双眼发红。

"我们都有另一面。"哈利说，指着两人窗户上暗淡的倒影。

桑德拉什么也没说。

"我依稀记得，比吉塔把你的包扔到床上时，里面的东西全掉了出来。一开始，我以为你在包包里藏了只京巴，"哈利停顿一下，"告诉我，为什么你会带着一顶金色的假发？"

桑德拉看着窗外，又或者是在看窗户中两人的倒影。

"客人买给我的。他要我在他光顾的时候戴上。"

"他是？"

桑德拉摇头。"算了吧，哈利。我不会说的。这一行没什么规矩，但其中一个就是得对客人的身份保密。这规矩还不坏。"

哈利叹气。"你很害怕。"他说。

桑德拉的双眼闪烁不定。"别再问了，哈利。你没办法从我口中探出任何事。"

"你不用告诉我他是谁，桑德拉。我知道，只是想确认你敢不敢说。"

"我知道，"桑德拉模仿他的口气，显然不太高兴，"你怎么知道的？"

"我看见有颗石头从你包里滚了出来，桑德拉。绿水晶。我认得上头的符号。那是他送你的。从他母亲那家叫作水晶城堡的店拿来的。"

她用又黑又大的双眼看着他，红色嘴唇的丑陋冷笑为之一僵。哈利关心地握住她的手臂。

"你为什么那么害怕埃文斯·怀特，桑德拉？为什么不把他的事告诉我们？"

桑德拉把手臂抽回，又转向窗户。哈利静静等候。她吸了吸鼻子，哈利把不知何时放在口袋里的一条手帕递给了她。

"这里有很多人都让人觉得害怕。"她总算开口了，低声说。她转向他时，双眼变得更红了。"你知道这是什么吗？"她拉起衣服袖子，让他看自己白皙的前臂，上头满是让人看了难受的红色伤痕，有些都已经结痂了。

"海洛因？"

"吗啡，"桑德拉说，"悉尼没多少人弄得到货，所以大多数人最后还是会选海洛因。但我对海洛因过敏，身体无法吸收。我试过一次，差点就死了，所以才选吗啡。去年，国王十字区只有一个人有办法提供足够数量的吗啡。他要求以角色扮演的方式作为报偿。我戴上一顶金色假发，用身体去换。我没所谓，也不在乎他想得到什么，只要能得到我要的就好了。反正，很多人都会让我做出更恶心的事，叫我扮成他们妈妈这种根本没什么。"

"妈妈？"

"我猜他很恨他妈吧，不然就是爱到超乎寻常。我不确定是两者中的哪一种，他也没说过，老天在上，我也不想知道！"她干笑着说。

"为什么会认为他恨她？"

"最后几次，他比平常粗暴，甚至弄伤了我。"

"勒你的脖子？"

桑德拉摇头。"他试过。就在报上刊登那个挪威女孩被勒死的谋杀案没多久之后。他把手环在我脖子上，叫我不要害怕，静静躺着就好。后来我也没多想。"

"为什么？"

桑德拉耸了耸肩。"人们总是会被读到与看到的东西影响。举例来说，就像电影《爱你九周半》上映时，就会有一群嫖客叫我们全裸着在地上爬来爬去，他们则坐在一旁欣赏。"

"烂片一部，"哈利说，"后来呢？"

"他把手环住我的脖子，大拇指移到喉头上，完全没有动粗。但我摘下假发，说我不想玩这种游戏。他恢复成平常的模样，说没有关系，只是一时兴起而已，这么做没有任何意义。"

"你相信他？"

桑德拉耸肩。"你是不知道，自己独立讨生活，多少会改变你看事情的方式。"她把威士忌喝完。

"是吗？"哈利说，不满地看着那瓶没碰过的可乐。

麦科马克不耐烦地用手指敲打着。虽然电风扇已开到最大，哈利仍不断冒汗。苏永去奥托家时，奥托的邻居跟他说了很多事，简直就是滔滔不绝。可悲的是，她说的事没一件有用。苏永发现这一点后，实在很难再装出一副好听众的模样。

"大胖子。"沃特金斯问他那女人长什么模样时，他笑着回答。

"世纪公园那个女孩有什么新消息吗？"麦科马克问。

"不多，"莱比说，"不过她可不是妈妈眼中的小公主。她吸毒，而且不久前开始在国王十字区的一间脱衣舞酒吧工作。她是在回家路上被杀的。有两个目击者说曾看到她走进公园。"

"还有呢？"

"目前就只有这样，长官。"

"哈利，"麦科马克说，擦了擦汗，"你有什么推论？"

"是有什么新推论才对。"沃特金斯低声说，但足以让所有人听见。

"这个嘛，"哈利开始说起来，"我们一直没找到安德鲁口中的证人。也就是英厄遇害当天在宁宾镇看见埃文斯的家伙。现在我们知道，埃文斯对金发异常迷恋，他有一个不安定的童年，如果我们检视他与母亲的关系，或许可以查到什么有趣的事。他从来没稳定的工作或住所，因此要追查他的行踪相当棘手。他有可能跟奥托私下交往，奥托巡回演出时，他跟着一起旅行也不是不能想象的事。他或许在饭店租了一个房间，在行经各地时找寻猎物。当然，这只是推论而已。"

"说不定奥托就是连环杀手，"沃特金斯揣测，"或许是别人杀了他跟肯辛顿，与那些谋杀案无关？"

"世纪公园的案子，"莱比说，"就是我们要抓的连环杀手干的。我敢拿自己的一切来打赌，反正我也没什么好输的……"

"莱比说得对，"哈利说，"他仍逍遥法外。"

"好吧，"麦科马克说，"霍利用'有可能'与'不是不能想象'这种表达方式来描述推论，这么做还挺明智的。要是太过自信的话，我们就什么也查不出来。再说，我们要抓的是一个非常聪明，而且信心满满的人，这一点我们都应该十分清楚。他给了我们一个设计好的解答，拱手呈上凶手，认为这些答案可以让焦头烂额的我们冷静下来——既然凶手已自行了断，那这件案子就结束了。当然，他知道把矛头指向肯辛顿，好让我们决定压下这件事。你不得不承认，这是个相当聪明的做法。"

他望向哈利，继续说下去。

"我们的优势在于他认为自己很安全。认为自己高枕无忧的人往往会看不见风险。不管怎样，我们也该决定怎么处理这件事了。我们有个新嫌疑人，同时无法承担再次犯下大错。问题在于，要是我们动作太大，就有可能把那条大鱼给吓跑。我们得沉着心安静等待，直到可以凑近了看清楚那条大鱼，清楚到完全不会弄错，近到绝对不会失手才行。只有在这样的情况下，我们才能掷出鱼叉。"

他转头望向其他人。所有人都点头认同，上司这番话的确思路清晰，无可辩驳。

"我不同意。"哈利说。

其他人全转向他。

"要在不引起骚动的情况下抓到大鱼，还有另一种方式，"哈利说，"一根钓线，以及一定能引他上钩的诱饵。"

44 立方水母

风沿着碎石路吹过，卷起一阵沙尘，飘过围绕墓园的低矮石墙，直至一小群哀悼者之间。哈利不得不眯起双眼，避免沙尘吹进眼里。强风将衬衫与外套的衣角拂起，从远处看，这些人像在安德鲁·肯辛顿的墓前跳舞一样。

"这风根本就是从地狱里吹来的。"沃特金斯在牧师吟诵时低声说。

哈利想着沃特金斯的用词，希望他是错的。很难辨认这风是从哪儿吹来的，但的确来得又急又快。如果这阵风是来带走安德鲁的灵魂的，肯定没人会说这阵风做事不力。赞美诗的书页飘了起来，墓地旁覆盖泥土的绿色帆布不断拍动，有些没戴帽子的人压着头发，其余人的发型则乱成一团。

哈利没有听牧师在说些什么，只是看着墓旁那些眯起眼睛的人。比吉塔的头发往后飘起，像一道喷射出的红色火舌。她与他眼神交会，却没有任何表情。一名头发灰白的老妇人全身颤抖地坐在椅子上，腿上放着一根拐杖。她的肤色蜡黄，年龄掩饰不住那张显而易见的英国人长脸。风将她的帽子吹斜。哈利猜她是安德鲁的养母，但她年纪实在太大，虚弱到哈利刚才在教堂外对她表达慰问时，几乎无法回应——她只是点了点头，一次又一次喃喃地说着他听不懂的话。她身后站着一名身材娇小的黑人女子，让人难以察觉她的身影，双手还各牵着一个女孩。

牧师用路德教派的方式将土抛进墓中。哈利听说安德鲁是圣公会教徒，而旁边则是澳大利亚目前最大的天主教教堂。但哈利参加过的葬礼很少，看不出这些仪式与挪威的有何不同。就连天气也一样。他母亲下葬那天，风势同样强劲，墓地上空的蓝灰色云层仿佛在互相竞速。幸运的是，他们因下雨而匆忙结束了葬礼。龙尼下葬那天是晴天。只是哈利人在医院，由于阳光让他头痛，他拉上了百叶窗。就像今天一样，参加葬礼的人大多数是警察。或许他们最后唱的赞美诗也同样会是《与主更亲近》。

葬礼结束后，人们开始朝自己的车子走去。哈利走在比吉塔后方，她停下脚步，好让他跟上。

"你看起来好像生病了。"她头都没抬地说。

"那是因为你没见过我生病的模样。"他说。

"所以你生病时看起来不像生病？我只说你看起来很像病了。你真的生病了吗？"

一阵风将哈利的领带拂起，盖在他的脸上。

"或许有些小毛病吧，"他说，"但没有病得很重。你看起来像水母，尤其是头发飘到……我脸上的时候。"哈利从口中捻出一根红色发丝。

比吉塔笑了。"你该感谢你的幸运星，我不是立方水母。"她说。

"不是什么？"

"立方水母，"比吉塔说，"在澳大利亚很常见。它的刺比一般水母毒性要强，可以说……"

"立方水母？"哈利听见身后传来熟悉的声音。他转过身。是图文巴。

"你好吗？"哈利说，向他解释是因为比吉塔的头发吹到他脸上，才有了这个比喻。

"如果是立方水母的话，会在你脸上留下红色条纹，你会不断尖叫，就像有人抽你二十鞭一样，"图文巴说，"你会在几秒内虚脱，毒素会让你的呼吸器官瘫痪，让你呼吸困难，要是没有及时医治，就会在相当痛苦的情况下死亡。"

哈利举起双手做出阻挡动作。"谢了，今天死的人已经够多了。"

图文巴点头。他穿着丝质的黑色便服西装，还系了领结。他留意到哈利的视线。

"这是我唯一一件接近正装的衣服。再说这衣服是从他那里继承来的，"他的头朝坟墓点了下，"不是最近的事，好几年前了。安德鲁说他穿不下，放着就跟垃圾一样。他不愿意承认，但我知道他买这件衣服，原本是想在澳大利亚冠军赛的赛后派对上穿的。他可能是希望我穿着这件衣服，经历那些他没能经历的事吧。"

他们沿碎石路走着，车辆从一旁缓缓驶过。

"图文巴，方便问你一个私人问题吗？"哈利说。

"问吧。"

"你觉得安德鲁会去哪里？"

"什么意思？"

"你觉得他的灵魂会上天堂还是下地狱？"

图文巴换上一副严肃的神情。"我是个单纯的人，哈利，不太了解这种事情，对灵魂的事懂得不多。但我清楚安德鲁·肯辛顿的为人，如果上面真的有什么，而且美丽的灵魂都会上去的话，那里肯定就是他的归宿。"他露出微笑，"但是如果下面也有什么的话，我猜他宁可选择那里。他讨厌无聊的地方。"

他们轻声地笑了。

"不过由于这是个私人问题，哈利，我就给你一个私人答案吧。我认为安德鲁的父母和我的父母都有相同的想法——冷静看待死亡。虽然很多部落都相信会有死后世界，有些则相信轮回，认为灵魂会不断转世为人，甚至还有人相信灵魂可以回到世上。有些部落则相信，在星空中看得见死者的灵魂。说法有很多，但其中的共通之处是，他们相信在经过所有阶段后，我们迟早会迈向真正的终极死亡。就这样。你成了一堆石头，就此消失无踪。不知道为什么，我很喜欢这种想法。那些关于永恒的观点实在让人觉得很累，你不这么觉得吗？"

"我觉得听起来像是安德鲁不只留给你这件衣服而已，这就是我的感觉。"哈利说。

图文巴大笑。"这么容易听出来？"

"他很会讲这种话，"哈利说，"他应该当牧师的。"

他们停在一辆满是沙尘的小车前。那显然是图文巴的车。

"听着，我可能需要一个了解安德鲁的人，"哈利出于直觉说道，"得知道他的思考模式，还有做事的动机。"

他挺直身子，两人视线相交。

"我觉得有人杀了安德鲁。"哈利说。

"废话！"图文巴激动地说，"根本就不用觉得，你很清楚这点！每个认识安德鲁的人都知道，他绝对不会心甘情愿地离开派对。对他来说，生命就是最热闹的派对。我不知道有谁比他还热爱生命。不管他遇到什么事都一样。要是他想这么做，过去早就有足够的机会与理由了。"

"看来我们都认同这点。"哈利说。

"通常，打这个号码可以找到我。"图文巴说，在一个火柴盒上快速写下数字，"这是我的手机号码。"

图文巴往北驶去，老旧的白色霍顿汽车不断发出杂音。比吉塔与哈利站在原地看着他离去。哈利建议他们一起搭同事的便车回市中心，只是大多数人似乎已经离开了。一辆豪华的老别克汽车停在他们面前，司机摇下车窗，探出一张红脸，鼻子十分醒目，像是块茎丛生的马铃薯，甚至比他脸上浮起的其余血管还要红。

"要回市中心吗，朋友？"大鼻子问，叫他们上车。

"我叫吉姆·康诺利，这是我太太克劳迪娅。"他在他们坐进宽敞的后座时这么说。一张深色小脸自前座转头对他们微笑。她看起来像印度人，娇小到他们几乎无法从座椅后方看见她。

吉姆从后视镜里看着哈利与比吉塔。

"你们是安德鲁的朋友还是同事？"

他小心翼翼地开着这辆老爷车沿碎石地向前驶去。哈利解释了他们之间的关系。

"了解，所以你来自挪威，你来自瑞典。还真是够远的。嗯，这里每个人几乎都来自很远的地方。就拿克劳迪娅来说，她是委内瑞拉来的，你也知道，环球小姐几乎全出自那里。克劳迪娅，加上你那一次，你们总共得过几次冠军？哈哈。"他笑得双眼眯成一条细缝，几乎看不见，让克劳迪娅也跟着笑了起来。

"我是澳大利亚人，"吉姆继续说，"我的曾曾曾祖父是从爱尔兰来的。他是个杀人犯跟小偷。哈哈哈。有些人不愿意承认自己是罪犯的后代，就算那是将近两百年前的事。不过我一直以此为荣。他们跟一群水手和士兵建立了这个国家。而且还是个很棒的国家。我们都说这里是幸运国度。对，没错，情况变了。现在我听说，追溯祖先的罪犯身份才是一件流行的事。哈哈哈。安德鲁的事实在让人难受，对吧？"

吉姆的嘴巴就像机关枪，让哈利与比吉塔甚至来不及回答，他就又说了下去。他说话很快，开车却很慢，就像哈利那台老旧的卡带式录音机里头的大卫·鲍伊的专辑一样。几年前，他从父亲手上接手那台装电池的录音机，要是你把音量开大，录音带转速就会变慢。

"安德鲁和我以前一起在吉姆·奇弗斯拳击队打拳。你知道吗？安德鲁的鼻子从来没被打断过。不唬你，场上没有人真正伤过他。原住民的鼻子都很塌，或许这就是没人留意到这点的原因吧。但安德鲁的身体既强壮又健康，还有健全的心灵与健康的鼻子。他一出生就被政府绑架，能有健全的心灵算是很不错了。但在澳大利亚冠军赛期间，他的心灵可就没那么健全了。我猜你听说过这件事？他失去了很多东西。"他们此刻的时速不到四十。

"冠军腰带，还有坎贝尔跟他女友。是她倒追安德鲁的，还自己送上门呢。不过，她这辈子八成过得太顺了，从来没被拒绝过。要是有的话，一切肯定会大大不同。那天晚上，她敲着安德鲁的房门，结果他客气地请她离开，她无法接受，于是直接回去找她男友，说安德鲁一直对她毛手毛脚。他们打电话到安德鲁的房间，叫他下去厨房一趟。他们打的那一架的谣言一直流传到现在。安德鲁的人生从那之后就走上了岔路。不过他们还是没伤到他的鼻子。哈哈哈。你们是一对吗？"

"不算是。"哈利让自己足够冷静后才回答。

"看起来像一对，"吉姆从镜子里看着他们，"或许你们只是还不清楚自己的想法，就算你因为今天气氛沉重，显得有点累，但还是看得出彼此之间有火花。要是我说错的话可以纠正我，但你们看起来就跟我与克劳迪娅年轻时陷入爱河的状态一样。就跟我们相处的前二三十年一样。哈哈哈。我们到现在还在谈恋爱。哈哈哈。"

克劳迪娅用满怀激情的眼神望着丈夫。

"我在一次巡回时遇见了克劳迪娅。她是表演软骨功的。就是现在，她也还是可以把自己折得跟信封一样，所以我真不知道自己买这么大的别克汽车干吗。哈哈哈。在她总算让我吻她之前，我足足花了一年多的时间，每天都在向她告白。后来她才说，她在第一眼看到我时就坠入爱河了。这可真让人感动，竟然一直把我这个鼻子不晓得挨了多少拳的人放在心里。接着，她就在漫长到可怕的一整年里，不断地假正经。有时候女人实在会吓得我六神无主。你觉得呢，哈利？"

"嗯，"哈利说，"我懂你的意思。"

他望向露出无力微笑的比吉塔。

这段平常只需要二十分钟的车程,他们花了四十五分钟才抵达。他们在市政府前停车,哈利与比吉塔向他表示谢意,走出车外。市中心的风势不小,他们站在风中,显然不知该说些什么。

"一对很特别的夫妻。"哈利说。

"是啊,"比吉塔说,"他们过得很开心。"

强风呼啸而过,公园里有棵树摇晃起来,哈利想象一只动物飞快跑去寻找遮蔽处的模样。

"我们现在要干吗?"哈利说。

"跟我一起回家。"

"没问题。"

45　报仇

比吉塔把一支香烟放入哈利口中，将烟点燃。

"你赚来的。"她说。

哈利思索了一会儿。他感觉很好，用被子盖住身体。

"你害羞了？"比吉塔大笑。

"我只是不喜欢你色眯眯地看着我。你或许不相信，但我可不是机器人。"

"真的？"比吉塔俏皮地咬着他的下唇，"你可真骗过我了。那个活塞运动——"

"好了，好了。你一定要在生命这么美好的时候讲这种下流话吗，亲爱的？"

她拥抱着他，把头枕在他胸口上。

"你答应过我会说另外一个故事。"她轻声说。

"的确，"哈利深吸一口气，"我想想。就从这里说起吧。我八年级时，有个女孩转到班上。她叫作克莉丝汀，不过才过三个星期，她就跟我最好的朋友泰耶正式公开交往。泰耶有一口雪白的牙齿，还在乐队里当吉他手。问题在于，她正是那种我等了一辈子的女孩。"

"那你怎么做？"

"什么也没做，只是继续等。在那段时间，我变成了克莉丝汀的朋友——她觉得可以跟我无所不谈，还向我透露她认为自己跟泰耶已经没戏唱了，完全没留意到她的好朋友正悄悄地欣喜若狂，等候出手时机。"

他咧嘴一笑。

"天哪，那时我还真恨我自己。"

"真让人意外。"比吉塔喃喃地说，深情地抚摸着他的头发。

"有个朋友的祖父母有间空着的农舍，所以他邀请我们一群人周末去那里玩。泰耶的乐队在那个周末正好有表演。我们喝了自家酿的酒，克莉丝汀与我坐在沙发上一直聊到深夜。一会儿后，我们决定探索那栋房子，跑到了阁楼里。门锁上了，但克莉丝汀发现钥匙就挂在钩子上，于是打开门锁。我们并肩躺在一张盖着羽绒被、尺寸很小的四柱床上。寝具上的破洞里有一层黑色的东西，当我发现那是一堆死苍蝇时，整个人跳了起来。那里头肯定有好几千只。我看着她把脸贴近我，白色枕头周围满是苍蝇尸体，沐浴在蓝色的月光中。窗外的月亮又大又圆，让她的皮肤看起来就像透明的一样。"

"哼！"比吉塔说，把他一把推开。他的视线依旧停留在她身上。

"我们聊了很多事，也沉默了好一阵子，躺在那里静静听着寂静的声音。有辆车经过，车灯发出的光线扫过天花板，各种形状奇怪的影子就这么悄悄溜过整间阁楼。两天以后，克莉丝汀就跟泰耶分手了。"

他转到一旁，背对着比吉塔。她紧抱着他。

"接下来呢？大情圣？"

"克莉丝汀与我偷偷碰面，直到一切都瞒不住了为止。"

"泰耶有什么反应？"

"这个嘛，有时人们的反应就跟教科书一样。泰耶叫他的朋友在我跟他之间选一个。我想那应该是场压倒性的胜利。在学校里，有一口洁白牙齿的男孩总是特别受欢迎。"

"那一定很可怕。你会觉得孤单吗？"

"我不知道究竟是谁更惨，也不知道我是更同情泰耶，还是同情我自己。"

"至少你跟克莉丝汀还拥有彼此。"

"没错，只是有些魔力消失了。梦想中的女孩就这么不见了。"

"什么意思？"

"我得到的女孩是个和男友分手只为跟他最好的朋友在一起的人。"

"而对她来说，你则是那个不择手段地利用好朋友，借此得到她的人。"

"完全没错。这件事将永远存在。或许表面上还好，但一切就这么默默累积，让我们互相鄙视对方。我们就像是可耻的谋杀案共犯。"

"所以你不得不凑合着继续这个并不完美的关系。欢迎来到现实世界！"

"别误会。从很多方面来说，我认为我们一起背负的罪恶感让我们更加亲密。我觉得我们有好一阵子是真心相爱。有些时光相当……完美。就像水珠一样，也像是一幅美丽的画作。"

比吉塔大笑。"我喜欢你说话的样子，哈利。你在说这种事情时，双眼仿佛亮了起来。像是你回到了当时。你常回忆过去吗？"

"克莉丝汀？"哈利怀疑地说，"或许我还常回忆我们在一起的时光，但克莉丝汀？人是会变的。你思念的那个人可能早就不存在了。妈的，我们都变了，不是吗？一旦事情过去后，一切就太迟了。就算是同一件事，你也无法找回最初的感觉。很可悲，但事情就是这样。"

"就像初恋？"比吉塔静静地说。

"就像……初恋。"哈利说，轻抚着她的脸颊，再度深吸了一口气。

"比吉塔，我有件事想问你。想要请你帮个忙。"

音乐声震耳欲聋，哈利得靠近才听得见他在说些什么。特迪·蒙卡比正在说着他的新星，也就是年仅十九岁的梅利莎。此刻她正炙手可热，哈利得承认，这话一点也不夸张。

"口耳相传。这就是原因,"特迪说,"只要你高兴的话,想做多少广告和营销都行,但最后只有一件事真的对生意有帮助,就是做出口碑。"

口碑的说法显然十分奏效,因为这是很久以来这家俱乐部首次接近客满。梅利莎的牛仔套索戏码结束后,男人们全呆坐在椅子上,就连少数的女性观众也礼貌性地鼓掌。"你瞧,"特迪说,"这可不是因为她发明了什么新东西,老天在上,这不过是经典的脱衣舞而已。我们有十几个女孩会表演相同的戏码,但都没让客人印象深刻。真正不同的地方,在于纯真与投入。"

说来遗憾,根据经验,特迪知道受欢迎的事物只是一时的。一方面,大众总是追寻新鲜的东西;而另一方面,这一行也有个糟糕的倾向,会不断地消损舞者未来的生命。

"你也知道,好的脱衣舞需要热情,"特迪在舞曲节奏中大喊,"没有多少女孩可以保持热情,所以很难持续下去。每天要表演四次,绝对会让人丧失兴趣,连观众都忘了。我过去看过太多这种事了。不管你有多受欢迎,明星只要一失去光芒,有经验的人保证看得出来。"

"怎么看?"

"这么说吧,她们是舞者,得听着音乐融入其中。当她们开始'急躁',有抢拍的情况发生时,你绝对不会误以为那是太过热情的表现。正好相反,那是她们感到厌烦,想要尽快结束的迹象。除此之外,就连舞步也会变少,她们会用更多挑逗的动作来取代完整的舞步。就跟一个说了太多次相同笑话的人,会逐渐跳过一些重要的细节一样,但那些细节才是会让人大笑的关键。这就是其中的难处——肢体语言不会说谎,还会传达给观众。那些女孩都留意到了这个问题,于是想帮表演加料。为了解决问题,她们会在上台前喝几杯酒。偶尔还会做过头,接着就……"特迪伸出一根手指,举至鼻孔前嗅了嗅。

哈利点头。这全是耳熟能详的桥段。

"她们发现毒品不像酒精那样会让人晕头转向，听说还可以保持身材。很快，她们就会需要更多毒品助兴，好让每天晚上都有最佳表现。不久后，她们变得需要毒品才能上台表演。副作用很快就会变得明显，她们会发现自己失去专注力，开始厌恶那些不断欢呼的醉酒观众。接下来的某一晚，她们走下舞台时会生气地哭个不停。她们会说服经理放自己一个星期的假，然后才回来工作。但她们再也感受不到激情，也无法在心里找到让一切回归正轨的感觉。观众也会用脚来投票，最后她们只好走上街头，继续讨生活。"

没错，特迪是个能够掌握情势的人。一切早就注定了。现在是帮乳牛挤奶的时候，此刻那只乳牛就站在台上，眨着大眼，挺起胀满的胸部，不管从什么角度来看，她可能还是一只非常快乐的乳牛。

"你一定想不到有谁来这里看我们的新明星，"特迪笑着，拍了拍衣领，"要是我能继续推动这股热潮，说不定有些人还会是你的同行。这些观众可不全是社会底层的人。"

"看一下脱衣舞也不会有什么害处。"

"这个嘛，"特迪拉长语调说，"我可不确定。只要他们愿意弥补过后造成的损失的话，我想偶尔摔伤应该也不算什么害处吧。"

"这话是什么意思？"

"没什么，就此打住吧。是什么风把你吹来的，警官？"

"两件事。在世纪公园被人发现的那个女孩，没有我们一开始以为的那么天真无邪。血液样本显示，她体内全是安非他命，进一步调查后，我们发现线索指向了这里。事实上，我们发现她失踪当晚曾在这里上台表演过。"

"对，芭芭拉，真是场悲剧。"特迪尽力装出一副强忍悲伤的模样，"她不算优秀的舞者，但肯定是个好女孩。你们查出什么了吗？"

"我们还希望你能帮上忙呢，蒙卡比。"

特迪紧张地用手梳了梳他的油头。

"抱歉，警官。她不归我管。你可以找萨米谈谈，他晚点会过来。"

此时，一对用丝绸遮住的巨大胸部出现在两人视线之间，接着又这么离去，在哈利面前留下一杯五颜六色的混合果汁。

"警官，你说你是为了两件事来的。第二件事是什么？"

"哦，对。这件纯属私事，蒙卡比。你以前见过我站在那里的朋友吗？"哈利指向吧台。一名身穿便服西装的高大黑人朝他们挥手。特迪摇了摇头。

"你确定没有？他还算有点名气，不久之后会成为澳大利亚拳击冠军。"

特迪顿了一下，眼神闪烁不定。

"你是想要……"

"不用说，他是重量级的。"哈利拿起小纸伞与柠檬片之间的吸管，吸了一口果汁。

特迪挤出微笑。"听我说，警官，我们只是在闲聊，还是我做错了什么事吗？"

"我们是在闲聊没错。但生命里不是每件事都能就这么算了，就是这样。闲聊时间已经结束。"

"听着，霍利警官，我不认为最近发生的事，还有谁可以比你处理得更好。我很抱歉。但你也知道，你应该为发生的事负起一部分责任。你今晚坐在这里，就代表我们有所共识，愿意把一切抛诸脑后。我相信我们对很多事情都有共通的想法。你跟我，可以好好谈谈，警官。"

舞曲突然停下，店内安静了好一会儿。特迪不知如何是好。最后一点果汁吸完时，发出响亮的声音。

特迪咽了一下口水。"举例来说，我知道晚上梅利莎没有别的约会。"

他对哈利露出恳求神色。

"谢谢你，蒙卡比，我很高兴你这么说。但我实在没空，得赶快解决这件事，接着就要离开。"

他从外套中掏出一根黑色警棍。

"我们真的很忙，如果有时间的话，我搞不好会干脆杀了你。"哈利说。

"你到底他妈的想……"

哈利起身。"我希望杰夫与伊万今晚会上班，我朋友相当期待认识一下他们。"

特迪挣扎着想起身。

"闭上眼睛。"哈利说，一棍打了下去。

46　诱饵

"喂？"

"哈喽，请问是埃文斯吗？"

"或许吧。你哪位？"

"嘿，我是比吉塔。英厄的朋友。我们在奥尔伯里酒吧见过几次面。我留长发，金色的，有点偏红。你还记得我吗？"

"当然记得。你好吗？你怎么会有我的电话？"

"我很好，差不多就老样子，只是因为英厄的事有点难过，不过我不是为了这件事打扰你。我是从英厄那里拿到号码的，这样她在宁宾镇的时候，我们若有事就联络得上她。"

"了解。"

……

"呃，我知道你那边有一些我需要的东西，埃文斯。"

"嗯哼？"

"药。"

"我懂了。我还真不愿意让你失望，但我想我可能没有你要的东西。听我说……呃，比吉塔——"

"你不懂，我只能找你！"

"别激动。还有上百人有你需要的东西，这个电话不安全，所以我建议你别说出任何不该说的话。对不起，我帮不了你。"

"我需要的是'吗'开头的东西，不是'海'开头的，你是唯一有货的人。"

"鬼扯。"

"好吧，或许有些人有，但我不相信他们。我跟好几个人买过，但我需要更多，而且愿意付高价。"

"我现在有点忙，比吉塔。拜托别再打来了。"

"等一下！我可以……我知道一些事。我知道你喜欢什么。"

"像是？"

"像是你……真正喜欢的东西。喜欢搞的方式。"

……

……

"抱歉，我刚刚把某个人赶出了房间，那家伙很惹人厌。你觉得我喜欢怎样的方式，比吉塔？"

"我没办法在电话里说，不过……不过我头发是金色的，而且我……我也很喜欢那套。"

"天哪，姐妹淘！你们还真是让我意想不到。我还以为英厄不会把这种事告诉别人咧。"

"埃文斯，我什么时候可以跟你碰面？我真的很急。"

……

"我后天会去悉尼，不过说不定我可以考虑提前飞去……"

"太棒了！"

"嗯。"

"我们要什么时候——"

"嘘，比吉塔，让我想一下。"

"……"

"好了，仔细听好。明天晚上八点，沿着达令赫斯特路走。在一家叫饥饿杰克的店左侧停下来，找一辆车窗是有色玻璃的黑色霍顿汽车。要是到八点半还没看到那辆车，就可以先走了。记得让我能看见你的头发。"

47　数据

"最后一次？克莉丝汀有天晚上打电话给我，我想她应该有点醉了吧。她生气地抱怨着某件事，内容我已经忘了，大概就是搞砸她人生的什么事情吧。她老是觉得身边的人不断地在摧毁她精心安排的规划。"

"这就是小时候大部分时间都自己独处，只会跟洋娃娃玩的那种女孩。"

"或许吧。不过就跟我说的一样，我记不起来了。我自己那时也很少保持清醒。"

哈利在沙滩上用手肘撑起身子，环视大海。浪潮涌起，白浪顶端先是升起，维持了一秒后又落了下来，在阳光下闪闪发光，就像碎玻璃一样，撞上邦代海滩远方的崖壁。

"但我后来还见过她一次。在那次意外发生后，她来医院看过我。我睁开眼睛，一开始还以为是做梦，看见她坐在床边，脸色苍白，跟透明的没两样，就跟我第一次见到她时一样漂亮。"

比吉塔捏了一下他的身体。

"我说得太细了？"

"才不会。继续。"她趴在他肚子上傻笑。

"你是怎么回事？我在谈旧情人时，你应该有点嫉妒才对。但那些罗曼史的细节我说得越多，你好像反而越爱听似的。"

比吉塔戴着太阳镜凝视他。

"我想多了解我这个硬汉警察的感情生活。就算是过去式，也一样。"

"过去式？那你怎么形容现在？"

她放声大笑。"这是成熟的、经过深思熟虑的假期艳遇，不能变得太热烈，但又要有足够的性爱，这样才值得。"

哈利摇了摇头。"才不是这样，比吉塔，你也清楚的。"

"没错，就是这样，不过没关系，哈利。现在还没关系。继续说。要是内容变得太亲密的话，我会再提醒一声。反正换我说前男友的事情时，我就能扳回一城了。"她在热沙上扭动一下身子，露出心满意足的神情。"我说的可不止一个哟。"

哈利拍掉她白皙的背上的沙子。

"你确定不会晒伤吗？这种太阳，再加上你的皮肤——"

"你就是那个给我擦防晒乳的人，霍勒先生！"

"我只是在想防晒系数够不够高。好吧，算了。我只是不希望你晒伤而已。"

哈利凝视着她对阳光敏感的肌肤。他先前请她帮忙时，她马上就答应了，没有一丝犹豫。

"放轻松，老爹，继续说故事。"

风扇坏了。

"他妈的，这是全新的！"拉里·沃特金斯不断扭动开关，一边敲打风扇背面。没用。这台风扇就跟一堆没用的铝合金和坏掉的电路板差不多。

麦科马克大声咆哮。

"算了吧，拉里。叫劳拉弄台新的来。今天是决战日，我们的脑袋得放在更重要的事情上。拉里？"

沃特金斯烦躁不已，把电风扇移至一旁。

"全都准备好了，长官。我们在那区会安排三辆车就位。恩奎斯特小姐身上会有信号发射器跟麦克风，让我们可以随时掌握她的位置、听见对话以评估形势。我们的计划是让她带埃文斯回家，霍利、莱比和我分别在卧室衣橱、阳台与走廊就位。如果在车上发生了什么事，或是开往别的地方，三辆车就会随即跟上。"

"策略是什么？"

苏永推了一下眼镜。"她的任务是让他说出一些关于谋杀案的事，长官。她会对他施压，说英厄提过他性癖好的事，打算告诉警察。要是埃文斯认定她逃不了的话，说不定会露出真面目。"

"我们打算等多久才进去？"

"直到录下确切证据。最坏的情况是在他动手时进去。"

"会有风险吗？"

"当然不会毫无风险，但要勒死人没那么快，我们只要几秒就能抵达现场。"

"要是他有武器怎么办？"

苏永耸了耸肩。"就我们所知，这不是他惯用的下手方式，长官。"

麦科马克起身，开始在小会议室中来回踱步。他让哈利想起年轻时在动物园看过的那只又胖又老的豹。由于笼子太小，那只豹下半身还没转过来，上半身就得再度转身，就这么来来回回地踱步。

"要是他什么都还没说，或什么都还没做，就打算先跟她做爱呢？"

"她会拒绝。说她改变了心意，还会尽量说服他，叫他先给她一点吗啡。"

"然后我们就放他走？"

"除非确定能逮住他，否则我们不会打草惊蛇，长官。"

麦科马克吸着上唇。"她为什么会愿意帮忙？"

一片沉默。

"因为她很讨厌强奸犯和杀人犯。"哈利在一段停顿以后回答。

"除此之外呢？"

沉默更久了。

"因为是我拜托她的。"哈利总算说了。

"可以打扰你一下吗，苏永？"

苏永面露微笑，从计算机前抬起头来。"当然可以，老兄。"

哈利坐下。这名忙碌的警员继续打字，一只眼看着屏幕，另一只则留意着他。

"我希望这件事只有我们两个知道，苏永。其实我现在没那么确定了。"

苏永停止打字。

"我认为埃文斯·怀特只会让我们白忙一场。"哈利继续说。

苏永看起来一脸茫然。"为什么？"

"这有点难以解释，但有几件事一直让我烦心。在医院的时候，安德鲁想要告诉我什么，就连先前也是。"

哈利停下来。苏永示意他继续说。

"他想告诉我答案比我以为的还要近。我认为凶手是安德鲁认识的人，出于某种原因，他无法亲自抓他，需要一个局外人帮忙。就像我，一个从挪威空降来的人，一抓到犯人就会飞回挪威。我先前认为凶手是奥托，也是因为这个——他是安德鲁的好朋友，所以他希望别人能来阻止奥托。但在内心深处，有些地方实在说不太通。现在我才知道，安德鲁要我抓的不是他，而是另有其人。"

苏永清了清嗓子。"我先前一直没提过这件事，哈利，但安德鲁提出在英厄遇害当天有证人看见埃文斯在宁宾，这一点让我相当惊讶。现在回想起来，我认为安德鲁或许还有别的动机，想让追查的焦点从埃文斯身上移开。那家伙有他的把柄。埃文斯知道安德鲁买海洛因的事，这足以让他被踢出警队，丢进监狱。我不喜欢这个想法，但你觉得他们两个会不会做了什么交易，让安德鲁确保我们离埃文斯远一点？"

"事情变得更复杂了，苏永。对，我想过这种可能性，但又推翻了。别忘了，是安德鲁帮我们在照片中确认埃文斯的身份，我们才找到他的。"

"嗯，"苏永用铅笔搔了搔后脑勺，"他原本没有参与调查，要是没有他，这案子得花上更久的时间。你知道，在所有谋杀案里，受害者的交往对象最后被控告成凶手的比例是多少吗？百分之五十八。在你翻译那封信以后，安德鲁知道我们会投入大量资源追查英厄的秘密情人。所以要是他真的想保护埃文斯，同时继续隐瞒他的身份，他还是有可能帮忙，至少看起来是这样。你可以发现一些值得留意的地方。举例来说，他能马上认出那些墙壁就是他很久以前嗑了一堆药的地方，不是吗？"

"或许你说得对，苏永，我也不确定。总之，我不想在现在这种大家目标明确的情况下，播下太多疑问的种子。等到关键时刻，说不定就会发现埃文斯正是我们要找的人。不过要是我真是这么想，我肯定不会拜托比吉塔参与进来。"

"你认为我们要找的人是谁？"

"你的意思是我这次要找的是谁？"

苏永笑了。"可以这么说。"

哈利摸着下巴。"我已经敲响警钟两次了，苏永。男孩第三次大喊'狼来了'的时候，大家就已经没反应了。这就是为什么这次我得有十足的把握才行。"

"为什么会找我谈这个，哈利？为什么不找其中一个老大？"

"因为你可以帮我的忙，谨慎调查一些事，找出我需要的数据，确保这里没人听到风声。"

"真的得完全不提？"

"我知道这听起来很狡猾，也知道你得因此花费更多时间，但你是唯一可以帮我的人，苏永。你怎么想？"

　　苏永凝视了哈利好一会儿。

　　"这对抓到凶手会有帮助吗，哈利？"

　　"希望如此。"

48 计划

"B队，听到请回答。"

无线电噼啪作响。

"无线电运作正常，"莱比说，"那边怎么样？"

"很好。"哈利回答。

他坐在床上，看着比吉塔床头柜上的照片。那是一张在受坚信礼时拍的照片。她看起来很年轻，一脸严肃，感觉有点陌生。她的头发卷曲，看不见雀斑，因为照片过曝了。她看起来脸色不太好。比吉塔说，她留下这张照片，是为了在不顺心时鼓励自己，把它当作可以不顾一切、继续前进的证明。

"接下来的流程是什么？"莱比问。

"她会在十五分钟内下班。他们正在奥尔伯里酒吧安装麦克风与信号发射器。"

"他们会开车带她去达令赫斯特路吗？"

"不会。我们不知道埃文斯的位置。他看到她从车上下来，或许会起疑心。她会从奥尔伯里酒吧走过去。"

沃特金斯从走廊进来。

"看起来还不错。我可以站在门廊后头的转角处，那里不会被看见，还可以跟着他们。一路上我们都会盯着她，霍利。你在哪里，霍利？"

"在里面，长官。我听得见，相当清楚，长官。"

"莱比，你的无线电怎么样？"

"收得到，长官。大家都就位了。正等着呢。"

哈利从各种角度思考了一遍又一遍，与自己不断争执，最后决定不去理会她是否会认为这是令人讨厌的、幼稚的或是省事的老套方式。他解开他买来的玫瑰花包装纸，将花放在床头柜的照片旁，插在一杯水里。

他犹豫了一下。这会不会害她分心？要是埃文斯看到床边的这朵玫瑰，会不会不断追问？他用食指碰了一下花刺。不会。比吉塔会感受到他的鼓励，玫瑰会使她更有勇气。

他看向手表，已经八点了。

"嘿，让我们把这件事搞定！"他朝客厅大喊。

49　轻而易举

　　出事了。哈利听不见他们在说什么，但可以听见客厅传来无线电噼噼啪啪的声响。次数太多了。每个人事前都清楚自己要做什么，所以要是一切按照计划，理应不需要通过无线电交流那么多次。

　　"妈的！"沃特金斯说。莱比拿下耳机，转向哈利。

　　"她没出现。"他说。

　　"什么？"

　　"她在八点十五离开奥尔伯里酒吧。从那里走到国王十字区应该不用十分钟。但已经二十五分钟了。"

　　"你们不是说她随时有人看着？"

　　"对，从碰面的地方开始。为什么没人——"

　　"麦克风呢？她离开时已经打开了，不是吗？"

　　"失去了联系。一开始还接收得到，然后就什么都没了。一点声音也没有。"

　　"我们有地图吗？她走哪条路线？"他迅速轻声问道。莱比从包里拿出街道地图，递给哈利，他翻到帕丁顿区与国王十字区的那页。

　　"她走哪条路？"莱比用无线电问。

　　"最简单的那条，沿着维多利亚街走。"

　　"找到了，"哈利说，"绕过牛津街街角沿维多利亚街走，经过圣文森特医院，穿过左边的绿色公园，走到十字路口，接着到达令赫斯特路路口，再走两百米就会到饥饿杰克。这不是他妈的很简单吗！"

沃特金斯拿着无线电麦克风。"史密斯，派两辆车去维多利亚街找那个女孩。叫奥尔伯里酒吧的人手过去帮忙。一辆车留在饥饿杰克以防她出现。动作要快，不要引起任何骚动。一有消息就马上汇报。"他把麦克风放下。"妈的！到底是怎么回事？她给车撞了吗？被抢了？被强奸了？妈的，该死！"

莱比和哈利互看了一眼。

"埃文斯有没有可能开到维多利亚街，先看到她，所以直接载她走了？"莱比猜测，"毕竟他过去在奥尔伯里酒吧见过她，说不定认出她了。"

"信号发射器，"哈利说，"肯定还在工作！"

"B队，B队！这里是沃特金斯。你们收到发射器的信号了吗？……收到了？……在奥尔伯里酒吧方向？那她一定在附近。快、快、快！太好了！快去！"

他们三人不发一语。莱比朝哈利瞄了一眼。

"问他们有没有看到埃文斯的车。"哈利说。

"B队，听到请回答。我是莱比。有人看见那辆黑色霍顿汽车吗？"

"没有。"

沃特金斯跳了起来，开始不断踱步，低声咒骂个不停。哈利从进了客厅后便一直蹲着，此刻才发现大腿肌肉早已不断发抖。

无线电传来声响。

"C队，这里是B队，听到请回答。"

莱比按下扩音键。"B队，这里是C队，请说。"

"我是斯托尔兹。我们在绿色公园找到装着发射器与麦克风的包。那女孩就这么不见了。"

"在包里？"哈利说，"不是应该贴在她身上吗？"

沃特金斯坐立不安。"可能我忘记说了。我们讨论过可能发生的情形。

想要避免他们拥抱……呃，他抱住她，那个……就是他有所行动时会被发现。恩奎斯特小姐也同意，把设备放在包里会比较安全。"

哈利已经穿上外套。

"你要去哪里？"莱比问。

"他早就在等她了，"哈利说，"说不定早在奥尔伯里酒吧就开始跟着她了。她甚至连尖叫的机会都没有。我猜他用了乙醚，就跟对付奥托时一样。"

"在大街上？"莱比怀疑地说。

"不是，是在公园。我现在过去。那里有我认识的人。"

约瑟夫不断眨眼，醉得难以置信。

"他们好像就站在那里拥吻，哈利。"

"你已经说了四次了，约瑟夫。他长什么样子？他们往哪儿走了？他开车了吗？"

"米凯跟我都觉得，他拖着那女孩经过时，她甚至比我们醉得还厉害。我想米凯应该很羡慕她吧。嘻嘻。跟米凯打个招呼，他从芬兰来的。"

米凯躺在另一张长椅上，睡得正熟。

"看着我，约瑟夫。看着我！我得找到她才行，懂吗？那家伙可能是个杀人犯。"

"我在努力，哈利。我在很认真地想。妈的，真希望我帮得上忙。"

约瑟夫苦着一张脸，闭上双眼，发出呻吟，用拳头敲打额头。

"公园的路灯实在太暗了，我看到的不多。我记得他的块头很大。"

"是胖是高？金发还黑发？走路会跛吗？戴眼镜吗？有胡子吗？帽子呢？"

约瑟夫用翻白眼回答。"你有烟吗，老兄？有助于思考。"

但世界上所有的香烟加起来，都无法让约瑟夫大脑中弥漫的酒精雾气就此退去。哈利把烟盒里剩下的烟全给他，叫他等米凯醒来时，问他还记得什么。但其实就连他自己也觉得不会有什么线索。

哈利回到比吉塔家时，已经是凌晨两点。莱比坐在无线电旁，用同情的眼神看着他。

"冲过了对吗？没有消息？"

冲？哈利听不懂，但还是点头附和。

"没有消息。"他说，瘫坐在椅子上。

"你知道现在局里的状况吗？"莱比问。

哈利想找香烟，这才想起他已经给约瑟夫了。

"就差没乱成一锅粥。沃特金斯已经快疯了，警车就像无头苍蝇在悉尼四处急驶，开着警笛全速搜寻。他们唯一知道的，就是埃文斯今天一大早就离开了宁宾镇的家，搭上四点飞往悉尼的班机。之后就没人再见过他了。"

他向莱比讨了支烟，两人默默地抽着。

"回家吧，让自己睡几小时，莱比。我今晚待在这里，以防比吉塔回来。无线电留下，好让我知道最新情况。"

"我可以睡在这里，哈利。"

哈利摇头。"回自己家吧。有事的话我会打给你。"

莱比把一顶悉尼熊冰球队的帽子戴到光滑的头上，在门口踌躇不去。

"我们会找到她的，哈利。我打从心底这么认为。所以你得撑着点，老兄。"

哈利望向莱比，看不出他是不是真的相信自己说的话。

等到独自一人后，他打开窗户，凝视前方的屋顶。气温降了下来，但空气依旧暖和，混合了城市各个角落的人以及食物的气味。这是这颗星球最美丽的城市，也是这颗星球最美丽的夏夜。他抬头望向星空。无垠的空间里有着微弱而闪烁的星光，只要你看得够久，它就像是有生命似的，正在不断脉动。一切实在美得没有道理。

他检测自己的情绪，知道自己无法冒险让其流露出来。还不行，现在不行。先是美好的部分。他用双手捧着比吉塔的脸，她大笑时双眼的模样。接下来是不好的部分。他之前不得不与那些情绪保持距离，此刻却接纳了它们，好像是要感受那些情绪拥有的权力。

他觉得自己像是坐在一艘位于海底深处的潜艇里。水压很强，周遭传出挤压的碰撞声。他只能希望船体可以浮起。他这辈子不断训练的自制能力总算展露出了价值。哈利想着，等世俗的躯壳死去后，灵魂就会变成星辰。他克制着自己不去寻找最特别的那颗星。

50 狂妄自大

意外发生后，哈利曾不断地问自己，如果可以的话，他愿不愿意交换命运。要是交换的话，他会成为那个在索克达路撞上栏柱的人，葬礼上有着哀伤的父母，以及警方追加的荣誉，格陵兰区警局的走廊上还会挂着他的照片，虽然会随着时间褪色，但仍是同事与家人心中难忘的回忆。

从许多方面来看，背负谎言活下去，比起好好承受愧疚与羞耻感来说，是件更加无耻的事。如此说来，这不是一个相当诱人的选择吗？

但哈利知道他不会选择交换。他很高兴自己能活着。

每天早上在医院醒来时，他的大脑会因为药效变得昏昏沉沉，一片空白，只感觉得到发生了很严重的事。就像什么定律一样，他会被困在昏昏欲睡的状况里好一会儿，接着记忆做出反应，让他知道自己是谁，人在哪里，然后重建整个记忆的实况，从而带来无情的恐惧感。而他下一个念头，就是自己还活着，因此他得继续走下去。一切尚未结束。

出院后，他被嘱咐去看心理医生。

"说实话，现在已经有点迟了，"心理医生说，"你的潜意识可能已经决定了怎么面对发生的事，所以我们无法影响它做出的第一反应。举例来说，你的潜意识可能会选择把事件压下来。不过，就算它已经做出决定，我们还是可以试着让它改变想法。"

哈利只知道，他的潜意识告诉他，能活下去是件好事，所以不愿意冒险让心理医生改变这个想法。那是他们第一次碰面，也是最后一次。

后来他学会了一件事。与所有的第一感受做斗争绝对是错误的策略。

首先，他不确定自己真正的感觉——至少无法看清全貌，这就像在挑战一只他根本看不见的怪物。其次，要是他把战争拆解成小规模冲突，或许就能对敌人有更多认识，从而找出对方的弱点，逐渐将其击败，这样做可以提高他的胜算。这就跟把纸装进碎纸机一样。一次放入太多，机器就会反应不过来，让纸张卡住，接着停止运转，让你不得不从头来过。

　　哈利在一场难得参加的晚餐上认识了一名同事的朋友。他是当地一家市政机构的心理学家。哈利解释自己对付情绪的方法时，他露出了诧异的神情。

　　"战争？"他说，"碎纸机？"他像是真的很感兴趣。

　　哈利睁开双眼。第一道曙光从窗帘里透了进来。他望向手表。六点。无线电响起。

　　"这里是 D 队。C 队听到请回答。"

　　哈利从沙发上跳起，一把抓起无线电话筒。

　　"D 队，这里是霍利。怎么了？"

　　"找到埃文斯·怀特了。我们接到一名女子的匿名情报，说在国王十字区看见他，所以我们派了三辆警车去逮他。现在正在讯问。"

　　"他说了什么？"

　　"他否认一切。后来我们播放他与恩奎斯特小姐的电话录音，他才告诉我们，他在八点后开着一辆白色丰田经过饥饿杰克三次，但始终没看见她，所以只好放弃，开车回到他租的公寓。后来他去了一家夜店，我们就是在那里找到他的。对了，那个匿名线人要我跟你打声招呼。"

　　"我大概知道她是谁。她叫桑德拉。你们搜索他的公寓了吗？"

　　"搜了。什么也没发现。史密斯说，他曾看到同一辆白色丰田经过饥饿杰克三次。"

"为什么他没照事前安排，开那辆黑色的霍顿汽车？"

"埃文斯说，那是他骗恩奎斯特小姐的，以防有人陷害他，这样他可以先绕几圈，检查附近的情况。"

"好吧。我现在过去。打电话给其他人，叫他们起床好吗？"

"他们两小时前才开车回家，霍利。他们整晚都没睡，沃特金斯叫他们——"

"我才不管沃特金斯怎么说。打给他们。"

他们换回了那台旧风扇。很难说休息了一阵子是否有用；不管怎样，它仍嘎吱作响，抗议自己从退休生活中被拉了回来。

会议结束了，但哈利仍坐在会议室里，腋下有大片汗渍。他把电话放在面前的桌上，紧闭双眼，喃喃自语了一会儿，接着拿起话筒，拨下号码。

"喂？"

"我是哈利·霍利。"

"哈利！很高兴你起那么早，这是个好习惯。我一直在等你打来。你旁边有人吗？"

"只有我而已。"

电话两端仅有沉重的呼吸声。

"老兄，你盯上我了，对不对？"

"对，我已经知道好一阵子了。"

"干得不错嘛，哈利。你现在打给我，是因为我手上有你想要的东西？"

"没错。"哈利抹去汗水。

"你知道我不得不把她抓走，哈利。"

"不。不，我不懂。"

"拜托，哈利，你又不傻。我一听说有人在调查我，就知道那人肯定是你。为了你自己好，我希望你放聪明点，闭紧嘴巴。可以吗，哈利？"

"我会保密的。"

"那你还有机会见到你那个红发朋友。"

"你是怎么办到的？你是怎么把她抓走的？"

"我知道她几点下班，所以坐在车上，在奥尔伯里酒吧外头等她，然后开车跟在她后面。她走进公园时，我觉得要有人告诉她晚上走进那里并不安全。所以我跳下车，朝她背后奔去。我用身上带的手帕捂住她的口鼻，之后扶着她回到车里。"

哈利察觉，他并未发现她包里的信号发射器。

"你要我怎么做？"

"你听起来很紧张，哈利。放轻松。我的要求不高。你的工作是抓到凶手，这正是我要你做的事。你得继续做好你的工作。比吉塔告诉我，主要嫌疑人是个毒贩，也就是埃文斯·怀特先生。不管无不无辜，他们那种人每年杀掉的人，比我杀过的总和还多。那可不是什么小数目。哈哈。我想我就不需要说细节了。我只要你确保埃文斯会因为他的罪被判刑，再把几件我干的案子加在他头上就好。或许在埃文斯家里发现英厄的少量血液与皮肤，可以被当成决定性证据吧？反正你认识法医，他可以提供你一些样本让你放在犯罪现场。哈哈。我只是开玩笑而已，哈利。说不定我可以提供一些？说不定我有每个受害者的少量血液与皮肤组织，还有她们的一根头发，它们被我放在塑料袋里头，排得整整齐齐的？以防万一。毕竟，你永远不知道什么时候得误导一下别人。哈哈。"

哈利紧握着被汗濡湿的话筒，努力思考。这人显然不知道警方已经知晓比吉塔被绑架的事，同时修正了追查嫌疑人的方向。这代表比吉塔没说出她与埃文斯碰面是在警方的监视下进行的。他在十几个警察的眼皮下抓走了她，竟然没留意到这件事。

对方的声音把他从思绪里拉了回来。

"这是个挺诱人的提议，哈利。由凶手帮你把另一个坏蛋扔进监狱里。好了，我们保持联络。你有……四十八小时处理这件事。我等着在星期五晚上的电视新闻里听见好消息。在这期间，我会如你所愿，保证用最绅士的态度好好款待红发。要是我什么也没收听到，她恐怕就活不到星期六了。要是这样的话，我保证她星期五晚上会过得很惨。"

哈利挂断电话。风扇仍疯狂地发出噪声。他看着自己的手，两只手全在不停地颤抖。

"你有什么想法，长官？"哈利问。

在整个叙述过程中，麦科马克始终站在白板前，宽阔的后背连动都没动过。

"我认为我们应该去抓那个浑蛋。"麦科马克说，"在我把其他人叫回来前，告诉我你是怎么确定的。说得详细点。"

"老实说，长官，我原本真的不确定。这只是我想到的许多可能性之一。一开始我真的没什么信心。葬礼后，我搭吉姆·康诺利的便车回市中心，他是安德鲁打拳时的队友。他说他认识妻子时，她在马戏团表演软骨功。他说那一年以来，他每天都向她告白，不管去哪里都一样。一开始我没有想太多，后来才意识到那句话是真的——换句话说，有整整一年的时间，他们两个能一直见到对方。这件事让我想起来，安德鲁带我去利斯戈看奇弗斯拳击队比赛时，那里正在举办市集，而拳击队则在一个大帐篷里。所以我请苏永打电话给奇弗斯拳击队的经纪人确认，结果猜对了。奇弗斯拳击队的巡回行程，几乎完全跟着巡回马戏团或市集。苏永今天早上收到传真，内容是他们过去的巡回清单，证明奇弗斯拳击队近年来一直跟一个马戏团一起巡回，直到前阵子才结束合作。那个马戏团正是奥托·雷克纳厄尔的剧团。"

"了解。所以奇弗斯拳击队同样符合案件的时间与地点。里头认识安德鲁的人多吗？"

"安德鲁只给我介绍了其中一个，他把我拖到利斯戈其实并不是要去查那些没侦破的强奸案的，我应该早点发现这一点。安德鲁把他视如己出。他们经历过许多相似的事，两人的联结相当紧密，他可能是无父无母的安德鲁在这个世上唯一觉得像真正的家人的人。虽然他永远不会承认他对自己族群的人怀抱强烈的情感，但我认为正因为他们出身相同，安德鲁最疼爱的的确就是图文巴。这也就是为什么安德鲁无法亲自逮捕他。他天性中的道德观，以及对自己人怀抱的忠诚，与他对图文巴的爱产生了冲突。他内心的冲突一定相当激烈，让人无法想象。这就是为什么他需要我，一个他可以一路引导到目标的局外人。"

"图文巴？"

"图文巴。安德鲁发现他是所有谋杀案的真凶。或许这是奥托在图文巴离开他后，由于失恋的痛苦才告诉安德鲁的。或许安德鲁还向奥托保证，自己不会告诉警方，会采取不牵涉他们中任何一个的方式来解决这件事。但我认为奥托有足够的理由打算告密。他发现，图文巴不太可能放着有机会告密的旧情人不管，因此他担忧自己的安危。图文巴知道奥托见过我，觉得事情不久后就会败露，所以才计划在表演时杀害奥托。由于他们一起巡回过，图文巴知道表演戏码几乎不会变动，也十分清楚什么时候可以下手。"

"为什么不在奥托家动手？毕竟他有钥匙，不是吗？"

"我也这么问我自己。"哈利停了下来。

麦科马克挥了挥手。"哈利，你说的话对一个老警察而言，已经有太多要吸收和理解的了。反正不管怎么推论，事情都不会有太大差别。"

"狂妄自大。"

"狂妄自大?"

"图文巴不只是个精神病人,也是个狂妄自大的人,千万别小看这种人的虚荣心。虽然那些以性为动机的谋杀案很像强迫行为,有着固定的行凶手法,但小丑的案子完全不同,是一场需要理性规划的谋杀。在这件谋杀案里,他突然可以放手去做,不像其他案子,因为精神状况的缘故他不得不依循固定手法。但这才是真正干下一件大事的机会,成就他这辈子最厉害的一场谋杀。在他杀害的女孩遭人遗忘后,小丑谋杀案还是会让人牢牢地记在心里。"

"好吧。安德鲁知道我们要逮捕奥托,他逃出医院,是为了阻止警方吗?"

"我猜他直接去奥托家,想找他谈谈,试图说服他对图文巴的事暂时保密,告诉他这件事相当重要,自己只需要一点时间,也就是再给我一点时间,图文巴就会按照他计划的那样遭到逮捕,以此让奥托冷静下来。但事情出了差错。我不知道是怎么回事。但我确信图文巴绝对是安德鲁死前见到的最后一个人。"

"为什么?"

"直觉、常识,外加一个细节。"

"什么细节?"

"我去医院看安德鲁时,他说图文巴第二天会去看他。"

"然后呢?"

"圣艾蒂安医院的访客得在接待处登记。我请苏永联系医院,查明在我以后,还有没有找安德鲁的任何访客或来电的记录。"

"我不懂你的意思,哈利。"

"我们可以假设,要是突然发生了什么事情,图文巴会打电话给安德鲁,说他不过去了。但他没有打。因此,若不是亲自站在接待处填写访客登记，他是不会知道安德鲁已经离开医院的。除非……"

"除非他前一天晚上杀了安德鲁。"

哈利双手一摊。"你不会去探望一个你明明知道不在那里的人，长官。"

这会是漫长的一天。妈的，到目前为止就已经够漫长了，哈利想。他们坐在会议室中，卷起袖子，试图使出浑身解数。

"你拨的是手机号码，"沃特金斯说，"你觉得他不在家？"

哈利摇头。"他很谨慎，肯定会把比吉塔藏在别的地方。"

"或许我们可以派人去他家，说不定能查出他把她藏在哪里的线索？"莱比提议。

"不！"哈利厉声说，"要是他发现我们去过他家，就会知道我把事情告诉你们了，到时比吉塔会很危险。"

"好吧，他总得回家。我们可以先埋伏好。"莱比说。

"要是他想到了这一点，在现身之前就先杀了比吉塔怎么办？"哈利反驳，"要是她被绑起来关在某个地方，而且图文巴不告诉我们地点呢？"他环顾四周，"要是她身上有定时炸弹，需要在一定时间内关掉，又该怎么办？"

"够了！"沃特金斯用力地拍桌，"这又不是动画片。天哪，难不成那家伙杀了几个女孩后，就会变成炸弹专家？时间紧迫，我们不能坐着干等。我认为派几个人去图文巴家埋伏是好主意。只要他一到家附近，我们就可以确保埋伏的人马上抓住他，相信我！"

"那家伙不是笨蛋！"哈利说，"你还看不出来吗？我们不能冒着风险，把比吉塔的命押在这种花招上。"

沃特金斯摇了摇头。"很抱歉我得这么说，霍利，但你与那个被绑架的女孩之间的关系，已经影响了你，让你无法做出合理的判断。大家会照我说的话去做。"

51　笑翠鸟

在维多利亚街上，午后的阳光射进树木之中。一只小笑翠鸟就站在第二张空着的长椅椅背上，开始为晚上的演唱会试音。

"我想你应该觉得很奇怪，像今天这种日子，人们竟然还可以面露微笑地散步，"约瑟夫说，"当你希望这个世界被不幸的泪水摧毁时，阳光却洒在树叶上，我想，你应该会觉得这是对你的冒犯吧。哈利，我的朋友，我能说什么呢？事情不是这样的。"

哈利眯眼望向太阳。"说不定她饿了，说不定正在受苦。但最糟糕的是，我知道她肯定相当害怕。"

"要是她能通过考验，就可以成为你的妻子了。"约瑟夫对笑翠鸟吹着口哨。

哈利诧异地看着他。约瑟夫是清醒的。

"很久以前，原住民女人要结婚，必须通过三道考验。"约瑟夫说，"首先是控制饥饿。她得忍住两天不吃东西。接下来，其他人则会在她面前生火，烤着多汁的袋鼠排或其他美食。这项测试是要看她能不能控制自己不要贪心，只吃一点食物，而为其他人留下足量的食物。"

"在我成长的过程中，我们那里也有类似的事，"哈利说，"只是他们称之为餐桌礼仪。但我觉得现在已经不存在了。"

"第二道考验是看她能否忍受痛苦。人们会用指甲刮她的脸跟鼻子，然后在她身体上留下疤痕。"

"所以呢？现在的女孩子甚至还付钱这么做呢。"

"闭嘴，哈利。最后，营火快要熄灭时，她得躺在营火上，与灰烬之间只有几根树枝挡着。不过，第三道考验才是最严峻的。"

"恐惧？"

"没错，哈利。等到太阳下山后，部落的成员会围坐在营火旁，长老们会轮流告诉年轻女子毛骨悚然的恐怖故事，全都与鬼魂和形体会改变的邪灵有关。其中有些故事还很暴力和下流。接着，她会被送到没有人烟的地方，或是靠近她祖先坟墓的地方过夜。等到夜深人静，长老们会悄悄去她那里，脸上抹着白色泥土，戴着树皮面具——"

"听起来好像有点多余？"

"——发出恐怖的声音。你真的是个很糟的听众，哈利。"约瑟夫有点不开心。

哈利揉了揉脸。"我知道，"他总算说，"抱歉，约瑟夫。我只是想来这里好好思考，看看他是否留下过任何线索，或许可以让我找到方向，知道该去哪里找她。但我毫无头绪，而你又是唯一一个我可以聊聊的对象。你肯定会觉得我听起来像个愤世嫉俗、感觉迟钝的浑蛋。"

"你听起来就像个认为自己得对抗整个世界的人，"约瑟夫说，"但你偶尔也得放下防备，双手才有力气战斗下去。"

哈利咧嘴一笑。"你确定你真的没有哥哥？"

约瑟夫大笑。"就像我说的一样，现在已经没办法问我妈了，不过我觉得如果有的话，她应该会告诉我。"

"你们两个听起来就像兄弟。"

"你说过好几次了，哈利。或许你应该试着小睡一下。"

哈利走进春田旅舍时，乔的脸色为之一亮。

"美好的午后时光，对吧，霍利先生？对啦，你今天看起来气色很好。我这里有你的包裹。"他举起一个灰色包裹，上头用大写字母写着"哈利·霍利"。

"谁寄来的？"哈利惊讶地问。

"我不知道。是一个出租车司机几小时前送来的。"

哈利回到房中，把包裹放在床上，撕开包装后打开里面的盒子。他多少能猜到是谁寄来的，但包裹里的东西让他再无怀疑：六个塑料试管上全贴着贴纸。他拿起一个，看着贴纸上的日期，马上认出那是英厄遇害的日子，文字则注明"阴毛"。无须什么想象力也能猜到，剩下的试管里是血液、头发、衣物纤维等东西。事实上，的确如此。

半小时后，他被电话吵醒。

"哈利，收到我寄的东西了吗？我觉得你想尽快把这些东西弄到手。"

"图文巴。"

"随时为你服务，哈哈。"

"收到了，我猜是英厄的吧。图文巴，我很好奇，你到底是怎么杀她的？"

"轻而易举，"图文巴说，"简直太简单了。有天深夜，我在我一个女友家时，她就这么按了门铃。"

所以奥托就是那个女友？哈利差点就问出口了。

"英厄给那栋房子的女主人带了狗食，或者我应该说是已故女主人？我是自己进去的，不过整晚也就我自己一个人而已，因为我女友不在家，就跟平常一样。"

哈利留意到他的语气变得尖锐起来。

"风险不会很大吗？可能会有人知道她去……呃，你女友的家。"

"我问了。"图文巴说。

"问她？"哈利回答，感到怀疑。

"有些人天真到难以置信。只要有安全感，说话就会完全不经大脑。她的确是个甜美、无邪的女孩。'没有，没人知道我要过来，问这个干吗？'她说。哈哈。我觉得自己就像《小红帽》里的大灰狼。所以我告诉她，她来得正是时候。还是我应该说她挑错了时间？哈哈。你还想听接下来的事吗？"

哈利的确想听。最好能听到每一件事，包括最小的细节。他想知道图文巴还是孩子时的经历、第一次杀人的经过、为何没有固定仪式、为何有时只是强奸、杀人后的感觉等。还有，当他刚成为连环杀手，由于技巧尚未熟练，过程与想象中的不同时，是否又会在兴奋褪去后感到沮丧。他想知道的事太多。时间、地点、方法与工具。他想了解他的情绪、激情，以及促使他如此疯狂的原因。

但他没有心情。现在没有。此刻他不在乎英厄被强奸时是死是活；这场谋杀是不是作为奥托留下他一个人的惩罚。哈利不想知道图文巴是在屋里还是在车上杀的她，更不想知道她发现自己难逃一死时，是否曾对着图文巴哭泣求饶。他不想知道，是因为他很难不把英厄的脸替换成比吉塔的。这只会让他软弱。

"你怎么知道我住在哪里？"哈利硬挤出这个问题，好让交谈继续下去。

"哈利，你是不是累了？我们上次碰面时，是你自己告诉我的。哦，对了，顺带一提，我忘了就这件事跟你说声谢谢。"

"听我说，图文巴——"

"哈利，我一直在想，你那晚打给我，除了要我教训那两个找死的西装男，你还有什么目的。没错，教训他们是还挺有趣的，但我们去那间夜店的原因，真的只是你想找那个皮条客报仇吗？我或许不擅长读心术，但也没那么不中用。你正在调查一桩谋杀案，在夜店被修理后，应该不会因此浪费时间和精力去报复。"

"这个嘛……"

"是什么呢，哈利？"

"这的确不是唯一的原因。我们在世纪公园发现的女孩就在那家夜店工作，我推测杀她的人当晚可能就在那里，在后门等着，一路跟踪她回家。我想看看你知道我们要去那里时的反应是什么。再说，你是个挺引人注目的人，所以我想让蒙卡比确认一下，看看他那晚是否见过你。"

"结果没那么走运。"

"对。所以我猜你当晚根本不在那里。"

图文巴大笑。"我甚至不知道她是脱衣舞娘，"他说，"我看见她走进公园，认为应该有人告诉她，晚上去那种地方很危险，顺便证明给她看后果有多严重。"

"至少那个案子解决了。"哈利冷冷地说。

"除了你，我无法跟任何人分享这种乐事，这真是可惜。"图文巴说。

哈利决定冒个险。

"由于也没有别人可以分享这些事的乐趣，或许你愿意告诉我，安德鲁在奥托家究竟发生了什么事？毕竟奥托是你的女朋友，对吧？"

电话另一头静了下来。

"比起这个，难道你不想知道比吉塔怎么了？"

"不，"哈利说，语调不疾不徐，声音也并未太大，"你说你会像个绅士一样对待她。我相信你。"

"我希望你不是在试着让我良心不安，哈利。不管怎样，这么做根本毫无意义。你我都清楚，我是个精神病人，"图文巴轻声笑着，"很可怕吧。精神病人不应该知道自己有问题，但我一直知道。奥托也是。奥托甚至知道我偶尔得惩罚一些人才行。但他就是闭不了嘴。他在快崩溃的情况下告诉了安德鲁，迫使我采取行动。那天下午，奥托要去圣乔治剧院，所以我在他出门后溜进他家，销毁所有可能把我跟他联系在一起的东西，照片、礼物、信件什么的。门铃响了。我小心翼翼地打开卧室的窗户，看见安德鲁时十分惊讶。我的第一个反应就是不要开门。但接下来我意识到，我的计划就要泡汤了。我原本打算第二天去医院看安德鲁，送他茶匙、打火机、一次性针筒，还有一小袋加了我独家秘方的诱人海洛因。"

"致命的鸡尾酒。"

"也可以这么说。"

"你怎么确定他会收下？他知道你是个杀人魔，不是吗？"

"他不知道我已经知道他知道。你没仔细听，哈利。他不知道奥托告诉我了。总之，有戒断症状的瘾君子总是愿意承担风险，例如信任一个他觉得对方当他是父亲的人。反正说这些也没用。他离开了医院，站在门口等着进门。"

"所以你决定让他进去？"

"哈利，你知道人的大脑可以运作得多快吗？你知道吗，那些我们花了一整晚，好不容易安排出的盘根错节的梦幻计划，在大脑全速运转的情况下，其实只需要几秒就能想出来？我就是这样想出了计划——让一切看起来像是安德鲁主谋的。我敢发誓，我先前从来没想过要那么做！所以，我按下开门钮等他进来，而我就站在门后面，拿着我那条神奇手帕——"

"乙醚。"

"然后把安德鲁绑在椅子上，找出他留下的工具与少量毒品，给他来了一针，以确保我从剧院返回时，他还是安安静静的。在回去的路上，我弄到了更多好料，和安德鲁来了一场真正的狂欢。没错，真的就是这样，我离开时，他已经被吊在天花板上了。"

又是一阵轻笑。哈利集中精神，深吸一口气让自己冷静下来。他这辈子从来没有这么恐惧过。

"你说你得惩罚一些人,这是什么意思?"

"什么?"

"你说你偶尔得惩罚一些人。"

"哦,这个啊。对,我敢说你一定知道,精神病人总是相当偏执,再不然就是有妄想症。而我的妄想,就是把为我的族人复仇当成一生的志业。"

"通过强奸白人女性?"

"是没有孩子的白人女性。"

"没有孩子?"哈利困惑地重复。这是他们先前没留意到的受害者共同点。但这一点怎么可能注意到呢?年轻女性大多没有孩子,所以并没有什么不寻常之处。

"对,没错。你们真的没留意到?无主之地,哈利!你们来到这里时,就因为我们没有播种,就把我们定义为没有财产的游牧民族。你们夺走了我们的国家,在我们眼前残害、蹂躏这片土地。"图文巴无须提高音量,他的话语便已足够响亮。"所以,你们之中没有孩子的女人,现在成了我的无主之地,哈利。没有人对她们播种,所以没有人拥有她们。我只是跟着白人的逻辑,做与他们相同的事而已。"

"但你也说那是你的妄想,图文巴!你知道这有多变态!"

"当然变态。但生病是件很正常的事,哈利。没有疾病才危险,要是那样,有机体会停止战斗,很快就会四分五裂。至于妄想,哈利,千万别小看它们。这在所有文化中都很有价值。拿你们自己举例好了,在基督教里,他们会公开讨论坚持信仰有多么困难,就连最聪明、最虔诚的牧师也会有许多疑惑。如果你承认这些疑虑的存在,不就等于承认你所选择的信仰其实只是一种妄想吗?你不应该轻易放弃妄想,哈利。在彩虹的另一端,或许有什么奖励在等你。"

哈利躺倒在床上，试着不去想比吉塔，以及她没有孩子的事。

"你怎么知道她们没有孩子？"他听见自己用沙哑的声音说。

"问啊。"

"怎么问？"

"有些人会说她们有孩子，因为她们以为只要她们说有小孩要抚养，我就会放过她们。她们有三十秒的时间证明这点。如果你问我的话，我认为，一个母亲要是没有随身携带孩子的照片，根本就不算母亲。"

哈利咽了一下口水。"为什么非得是金发不可？"

"这不是硬性规定。只是想尽量避免她们身体里有我们族人的血统而已。"

哈利试着不去想比吉塔乳白色的肌肤。图文巴又低声笑了起来。

"我看得出你想知道很多事，哈利，不过用手机聊天很贵，像我这种理想主义的人并不富有。你很清楚自己得做些什么，又有哪些事做不得。"

他挂断电话。通话期间，天色已瞬间转成黄昏，房间里一片昏暗。一只蟑螂的弯曲触角从门缝中探了进来，确认里头是否安全。哈利将床单盖在身上，整个人蜷缩起来。窗外的屋顶上，一只笑翠鸟开起了夜间演唱会。国王十字区给自己上紧发条，开始另一个漫长的夜晚。

哈利梦见了克莉丝汀。他或许在快速眼动期的两秒之间做完了这个梦，但梦境跨越了半辈子，所以实际上可能更久一点。她穿着哈利的绿色浴衣，抚摸着他的头发，叫哈利陪她一起。哈利问她要去哪里，但她当时站在半开的阳台门前，窗帘在身旁飘动，后院中的孩子们正在大声吵闹，他没听见她的回答。时不时地，他被阳光晃得睁不开眼，以至于视线中遍寻不着她的身影。

他下了床，朝她走近，想听清楚她说的话，但她笑着跑到阳台，爬上栏杆，像绿色气球般飘了起来。她飘到屋顶大喊："大家快来！大家快来！"在后来的梦境中，他四处奔波，问每个人知不知道派对在哪里举办，但他们要么不知道，要么早就上路了。接着他又去了弗朗纳游泳池，但身上的钱不够买票，只好爬过栏杆。到了另一边后，他发现他把自己割伤了，在身后的草地、瓷砖以及通往十米跳台的台阶上留下血迹。那里没有人，所以他仰躺在地上，望向天空，听着血珠从泳池边缘滴下去时发出的轻微的溅水声。在太阳的方向，他觉得自己可以辨识出一个飘浮的绿色人影。他把双手放在眼前，就像望远镜一样，清楚地看见了她。她漂亮极了，几乎透明。

他被一声有可能是开枪的声音吵醒，就这么躺着聆听雨声，以及国王十字区的纷乱吵闹。一会儿后，他又睡着了。在这一晚剩下的时间里，哈利再度梦见克莉丝汀，或者想象着克莉丝汀。只是，在某些片刻，她变成了一头红发，还说着瑞典话。

52　计算机

上午九点整。

莱比把额头靠在门上，闭着双眼。两名穿黑色防弹背心的警察站在他身旁，高度戒备，武器全上了膛。沃特金斯、苏永与哈利就站在他们后方的楼梯上。

"要上了！"莱比说，谨慎地收回开锁工具。

"记住，要是房子里没人，千万别碰到任何东西。"沃特金斯低声对警员说。

莱比站到一旁，帮两名警员开门，他们用教科书式的标准动作进入屋内，两人均双手持枪。

"确定这里没有警报器？"哈利低声问。

"我们跟市内所有安保公司确认过，没有任何关于这栋房子的记录。"沃特金斯说。

"嘘，那是什么声音？"苏永说。

其他人全竖起耳朵，但没听见任何不寻常的动静。

"别再来那个炸弹专家的理论了。"沃特金斯冷冷地说。

一名警员回到门前。"没问题了。"他说。他们松了一口气，走进屋内。莱比试着打开客厅电灯，灯却没亮。

"奇怪，"他又试着去开虽干净却有些狭小的起居室里的电灯，灯同样没亮，"肯定是保险丝烧坏了。"

"别管了，"沃特金斯说，"这里的光线足够我们搜查。哈利，你去厨房。

莱比，你去浴室。苏永？"

苏永正站在客厅窗户旁的桌子前，桌上还放了台电脑。

"我有种感觉……"他说，"莱比，用手电筒检查一下客厅的保险丝盒。"

莱比过去后不久，电灯随即亮起，计算机也开始运转起来。

"妈的，"莱比回到客厅时说，"有根线绑在保险丝上，我一开始就碰到了。那根线沿着墙壁一直接到门上。"

"就跟电子锁一样。保险丝以这种方式跟门锁连在一起，我们开门时，电力就会被切断。我听到的是计算机关掉的声音。"苏永说，按着键盘，"这台电脑有快速回复功能，所以我们可以看见计算机关掉前打开的程序有哪些。"

一个地球的图案出现在屏幕上，音响发出一声轻快的提示音。

"我就知道！"苏永说，"你这个狡猾的王八蛋！快看！"他指着屏幕上的图标。

"老天在上，苏永，我们现在就别在这种地方浪费时间了。"沃特金斯说。

"长官，我可以借一下你的手机吗？"这名矮小的警员还没等到回答，就一把抢走沃特金斯的诺基亚手机，"这里的电话号码是多少？"

哈利看着计算机旁的电话，把上面的号码念了出来。苏永输入号码，按下拨号键。电话铃声自计算机传出，屏幕上的图标随之变大，开始上下跳动。

"嘘。"苏永说。

几秒后，响起"嘟"的一声，他随即挂断手机。

沃特金斯眉头深锁。"天哪，苏永，你到底在干什么？"

"长官，恐怕图文巴还是针对我们打造了一套警报系统，而且已经启动了。"

"说清楚点！"沃特金斯的耐心显然已到了极限。

"你看到那个程序启动了吗？这是标准的电话答录设备，透过调制解调器连接电话。图文巴出门时，可以从麦克风存入语音消息。只要有人打来，就会启动这个程序，播放图文巴留下的信息，你听到'嘟'的一声后，就可以在这台电脑里留言。"

"苏永，我知道电话答录功能是什么东西。重点呢？"

"长官，我刚刚打那通电话时，在'嘟'的一声响起前，你听到了任何信息吗？"

"没有……"

"那是因为信息已经设定了，却没有保存下来。"

沃特金斯开始懂了。

"你的意思是，只要电力切断，计算机自己关机时，就连答录系统的信息也会跟着被消除。"

"完全正确，长官，"有时苏永的反应与众不同，就像现在一样。他的表情兴奋不已，"这就是他的警报系统，长官。"

哈利知道问题的严重性，完全笑不出来。"所以图文巴只需要打家里的电话号码，发现他的信息不见了，就知道有人闯了进来。"

屋子里陷入沉默。

"要是没有先打电话确定，他肯定不会回到这里。"莱比说。

"妈的，妈的，妈的！"沃特金斯说。

"他随时都会打回来，"哈利说，"我们得争取时间。有什么建议吗？"

"这个嘛，"苏永说，"我们可以联系电话公司，叫他们切断这个号码，播放线路故障的信息。"

"要是他打去电话公司呢？"

"就说因为……呃，挖路的关系，这个区的电话线路出了问题。"

"听起来有点靠不住，他可以直接拨邻居的电话确认。"莱比说。

"我们得把整个区域的线路切断，"哈利说，"长官，你可以办到这点吗？"

沃特金斯搔着耳后。"这肯定会弄得一团乱。这到底是他妈的——"

"时间紧迫，长官！"

"妈的！苏永，把电话给我。麦科马克会处理这件事。霍利，不管怎样，我们都不能把这一区的线路切断太久。我们得开始计划下一步的行动。妈的，妈的，妈的！"

十一点半。

"没有，"沃特金斯绝望地说，"什么东西都没有！"

"毕竟我们也不能指望他会留下字条，告诉我们她的位置，不是吗？"哈利说。

莱比从卧室里出来，同样摇了摇头。就连苏永也没有任何发现，他走遍了整个街区，仍旧没有值得报告的事情。

他们在客厅里坐下。

"有点奇怪，"哈利说，"要是我们搜索别人的家，总会发现一些东西。一封值得留意的信、弄脏的色情杂志、旧情人的照片、床单上的污渍什么的。但这家伙明明是个连环杀手，我们却找不到任何可以证明他住在这里的东西。"

"我从来没见过这么整齐的单身公寓。"莱比说。

"太整齐了，"苏永说，"几乎到了诡异的地步。"

"我们肯定忽略了什么。"哈利说，开始研究起天花板。

"我们翻遍了所有地方，"沃特金斯说，"要是他曾留下什么线索，也肯定不在这栋房子里。那家伙只在这里吃饭、睡觉、看电视、拉屎，还有在计算机里留下信息而已。"

"你说得对，"哈利打断他的话，"图文巴并不是以凶手的身份住在这里的。住在这里的人是个异常爱干净的人，这样就不用担心想进一步打探他的人。但他的另一面呢？会不会还有别的地方？另一间公寓，或是度假小屋什么的？"

"注册在他名下的房子只有这一处，"苏永说，"出发前我就检查过了。"

手机响起，是麦科马克打来的。他已经跟电话公司谈过了，告诉他们这是生死攸关的事，而对方反驳说，若附近居民需要打电话叫救护车，这同样是生死攸关的事。但市长办公室帮了点忙，让麦科马克因此可以切断线路，并维持到晚上七点以前。

"现在没人可以阻止我们在这里抽烟，"莱比说，拿出一支细长的雪茄，"我们还可以把烟灰弹在地毯上，在大厅里留下大大的脚印。有人有火吗？"

哈利在身上摸索火柴，拿了出来点燃一支。他凝视着火柴盒，发现了值得留意之处。

"你们知道这火柴有什么特别的吗？"他说。

其他人一如既往地摇了摇头。

"上面说这是防水的，是为了在山上和海边使用而特别制造的。你们有人会随身携带防水火柴吗？"

他们再次摇头。

"这东西应该只能在专卖店买到，而且比一般的火柴贵一些，我说错了吗？"

其他人耸了耸肩。

"总之这不是一般火柴，我从来没见过这种。"莱比说。

沃特金斯靠近一些，仔细看着火柴。"我记得曾经在我小舅子的船上看过这种火柴。"他说。

"这盒火柴是图文巴给我的，"哈利说，"就在葬礼的时候。"

一阵沉默。

苏永清了清嗓子。"客厅里有张游艇的照片。"他试探地说。

下午一点。

"感谢你的帮忙，利兹，"苏永说，挂断电话，"找到了！这艘船在女士湾的船坞，登记在一个叫格特·范霍斯的人名下。"

"好，"沃特金斯说，"苏永，你待在这儿以防图文巴出现。莱比、哈利跟我现在就过去。"

路上车流很少，莱比那辆全新的丰田汽车的引擎低鸣着，以平稳的一百二十公里每小时的速度沿新南头路驶去。

"没有支援吗，长官？"莱比问。

"要是他人在那里，三个人绰绰有余了，"沃特金斯说，"根据苏永的说法，他没有任何枪支注册的记录，我有种感觉，他不是那种会动刀动枪的类型。"

哈利再也克制不住了。

"有种感觉？就是这种感觉告诉你直接闯进那间公寓是个好点子？就是这种感觉告诉你，她应该把信号发射器放在包里？"

"霍利，我——"

"我只是问问而已，长官。如果我们要依靠你的感觉做事，从先前发生的事来看，就代表他一定会对我们开枪。但我不——"

哈利意识到自己提高音量，立即停了下来。现在不行，他告诉自己。还不行。于是他放低声音，把话继续说完。

"但我不在意。这代表我可以头一个修理他。"

沃特金斯选择不予回答。他们沉默地往前驶去，沃特金斯始终闷闷不乐地盯着窗外。而哈利则从镜子里看见莱比露出让人看不出情绪的谨慎微笑。

下午一点半。

"女士湾，"莱比指着那里说，"名字取得很好。这是悉尼最出名的同性恋海滩。"

他们决定把车停在船坞围栏外，沿着长满草的土墩朝港湾走去，那里的船桅全都挤在一起，倒在窄窄的浮码头上。大门有个警卫正在睡觉，身穿被太阳晒到褪色的蓝色制服。他抬起头时，沃特金斯亮出警徽，叫他说出格特·范霍斯的船停在什么位置。

"有人在船上吗？"哈利问。

"就我所知没有，"警卫说，"记录今年夏天发生的每一件事还挺难的，不过我不认为有人曾经在那艘船里连续待过几天。"

"最近有任何人上过那艘船吗？"

"如果没记错的话，应该是有。范霍斯先生星期二来过。他通常会把车停在靠近水边的位置，不过那天稍晚就走了。"

"从那时到现在呢，船上一直没人？"沃特金斯问。

"我值班时没有。不过幸好我们还有几个人值班。"

"当时他一个人吗？"

"我记得是。"

"他有带任何东西上船吗？"

"有可能，我不记得了。通常会有。"

"你可以描述一下范霍斯先生的长相吗？"哈利说。

警卫搔了搔头。"呃，不行，我还真办不到。"

"为什么？"沃特金斯惊讶地问。

警卫看起来很不好意思。"老实说，我觉得所有原住民看起来都一样。"

船坞内的海水在阳光下闪闪发光，远方的碎浪翻涌而来，波浪又高又多。他们谨慎地沿浮桥前进。哈利可以感觉到这里的空气相当清新。他认出了那艘船的名字：阿德莱德，船的注册号码标注在旁。阿德莱德并非船坞里最大的船，但看起来维护得很好。苏永先前向他们解释，只有引擎超过一定尺寸的船才需要注册，所以他们的运气不是不错，而是相当好。这个好运让哈利不太开心，他觉得他们的运气肯定用完了。一想到比吉塔可能在船上，他就心跳加速。

沃特金斯示意莱比先上去。哈利把手枪的保险关上，指着休息舱的舱口。莱比谨慎地踏上船尾。沃特金斯上船时被锚索绊了一下，脚步落下时发出一声巨响。他们停下来仔细听动静，但只听见风声与海水拍打船身的声音。休息舱与船尾舱的入口为了安全都用挂锁锁上了。莱比掏出工具开锁。几分钟后，便解开了所有挂锁。

莱比打开休息舱，哈利率先爬了进去。下方一片漆黑，哈利蹲着，把枪举在身前，直至沃特金斯下来，把一边的窗帘拉开。这是一艘看似朴实，但配置高雅的船。休息舱以红木打造，其余部分则并未过度装饰。桌子上有张卷起的航海图，上方则有一张年轻拳击手的照片。

"比吉塔！"哈利大喊，"比吉塔！"

沃特金斯拍了拍他的肩。

"她不在这里。"莱比在他们从船头检查到船尾后，肯定地说。

沃特金斯站在船尾的一个箱子上，把头埋起来。

"她可能待过这里。"哈利说，环视整片海洋。海浪掀起的白色泡沫，看得出风势变强了。

"我们最好叫鉴定组过来，看看他们能发现什么。"沃特金斯说，挺起身子，"这只代表他一定还有什么我们不知道的藏身处。"

"说不定——"哈利说。

"混账！他一定把她藏在某处，唯一的问题是要去哪里找她。"

哈利坐了下来。海风吹起他的头发。莱比试着点燃雪茄，但试了几次后还是放弃了。

"我们现在该怎么办？"哈利问。

"尽快下船，"沃特金斯说，"要是他走这条路过来的话，在路上就可以看见我们。"

他们起身锁上舱门，沃特金斯把脚抬高，跨过锚索，以免再次绊倒。

莱比站着不动。

"怎么了？"哈利问。

"呃，"莱比说，"我对船不熟，但这是正常的吗？"

"什么意思？"

"已经用绳索系住了船头与船尾，还需要下锚吗？"

他们互看一眼。

"帮我把船锚拉起来。"哈利说。

53 蜥蜴在唱歌

下午三点。

他们在路上狂飙。云朵飞快地掠过天空，路旁的树木在他们上方左右摇晃。路旁的草地被风拂低，无线对讲机发出噼啪声。阳光变弱，云影在海面上迅速飘过。

哈利坐在后方，但对周围的风暴视若无睹，眼中只有他们从海里断断续续拉起的黏滑的绿色锚索。水珠滴落海里，像是闪闪发光的水晶，在下方深处，他们瞥见了一具白色形体，缓缓地朝他们升起。

有一年暑假，哈利的父亲带他去划船，抓到了一条巨大的比目鱼。那条鱼是白色的，大到难以想象，但就算如此，哈利还是口干舌燥，双手抖个不停。他母亲与祖母都兴奋地拍手叫好，带着鱼走进厨房，马上用发亮的刀切起逐渐冰冷且正在流血的鱼。在剩下的暑假时光里，哈利总是梦见那只巨大的比目鱼就在船上，凸起的双眼冻结在恐惧的表情中，像是无法相信它就要死了。接下来的圣诞节，哈利的盘子里被放了一些果冻状的东西，他的父亲自豪地告诉每个人，他与哈利在伊斯峡湾如何钓到那只大比目鱼。"我们觉得可以在这个圣诞节尝点新菜色。"他母亲说。那东西有着邪恶的死亡气味，哈利离开餐桌，双眼含泪，感到怒不可遏。

此刻哈利坐在一辆疾速行驶的车子后座；他闭上双眼，看见自己直冲入海，海中有一只像水母的东西，红色的触手在锚绳旁聚集在一起，随着每次锚绳拉扯，触手停下又张开，向上划水游动。那东西接近海面时散成扇形，试着遮挡底下全裸的白色身体。锚绳缠在她的颈子上，失去生命的尸体，哈利有股疏离而怪异的感受。

然而，当他们把她翻至正面时，哈利又有了那种感觉。跟那个夏天一样，灰暗的眼神中带有惊讶，仿佛在控诉最后的问题：就这样了？一切真的就这样结束了？生命与死亡，真的如此平淡乏味？

"是她吗？"沃特金斯问。哈利想要否认这点。

当他又问一次时，哈利发现她肩胛骨突出处的肌肤是红色的，就在比基尼上衣位置的白色痕迹旁。

"她被晒伤了，"他诧异地回答，"她叫我帮她在背上抹防晒乳。她说她相信我。结果她还是被晒伤了。"

沃特金斯站在他面前，双手放在哈利肩上。"这不是你的错，哈利。听见没有？事情根本难以避免。这不是你的错。"

此刻天色已明显变暗，风势强劲，桉树不断摇晃，让树枝挥舞个不停，仿佛打算从地面挣脱，开始笨重地移动，像科幻小说家约翰·温德姆笔下的三尖树，被路过的暴风赋予了生命。

"蜥蜴在唱歌。"哈利突然在后座说。这是他们自进入车里这么久以来的第一句话。沃特金斯转过身去，莱比则从镜子里看着他。哈利咳了几声。

"这是安德鲁以前说的。蜥蜴与蜥蜴族的人，拥有通过唱歌制造狂风暴雨的能力。他说，蜥蜴族用唱歌、拿石刀自残的方式创造了大洪水，为的是淹死鸭嘴兽，"他虚弱地笑了笑，"几乎所有鸭嘴兽都死了。但还有几只活着。你知道它们做了什么吗？它们学会了在水底下呼吸。"

第一滴大雨打在风挡玻璃上，发出了声响。

"时间紧迫，"哈利说，"图文巴很快就会发现我们打算抓他，接着就会像老鼠躲进地底一样消失无踪。我是我们中唯一能与他联系的人，现在你可能想知道我能否控制自己。我该怎么说呢？我想我很爱那个女孩。"

沃特金斯看起来十分不安，莱比则缓缓点头。

"但我得学会在水底下呼吸。"哈利说。

下午三点半。

在会议室里，没有人留意到电风扇的哀号。

"好了，我们都清楚要抓的对象，"哈利说，"我们也知道，他以为警方尚不知情。他可能以为我正在捏造嫁祸给埃文斯·怀特的证据。不过这一情况恐怕不会维持太久。我们不能让那些居民一直没有电话可用，再说，要是我们虚构的线路问题一直没修好，马上就会让人觉得可疑。

"我们已经派了警员盯梢，以防他在家附近出现。游艇那里也是。但我个人相信他相当谨慎，在无法完全确认安全之前绝不轻易犯错。今天晚上，他就会发现我们去过他家，这应该算是相当实际的假设。这件事给了我们两个选择。我们可以直接发出通报，让事情登上电视，希望我们能在他消失前抓住他。这么做的问题在于，打造出那个警报系统的人肯定早有预防措施。只要他看见自己的照片出现在屏幕上，我们就得冒着他躲进地下的风险。第二个选择是在他察觉我们紧追在后之前，利用这段时间，在他没那么戒备的情况下逮住他。"

"我投我们去抓他一票。"莱比说，从肩上挑掉一根头发。

"抓他？"沃特金斯说，"悉尼有超过四百万人，我们对他的位置完全没有头绪。我们甚至连他在不在悉尼都不知道！"

"这点毋庸置疑，"哈利说，"至少他在一个半小时以前，人还在悉尼。"

"什么？有人看到他吗？"

"苏永。"哈利把发言权交给始终保持微笑的警探。

"手机！"他开口说，就像是在课堂上被要求大声朗诵课文一样。

"所有手机通信都要经由基站接收与发射信号才能联系。电话公司可以看见用户的信号通过哪些基站接收。每个基站的信号覆盖范围约莫是半径十公里。人口密集区的信号就很好，这时手机信号通常会被两个或更多基站覆盖，有点像无线电接收器。这代表你在打电话时，电话公司可以确定你在哪个基站的信号覆盖范围内。要是这通电话的信号同时经过了两个基站，就可以缩小范围，知道你是在两个基站覆盖范围的重叠地带。以此类推，要是信号同时被三个基站收到，范围就更小了。因此，虽然手机无法像一般电话那样追查到特定地址，但也可以为我们指出方向。

"到目前为止，我们仍与电话公司的三个家伙保持联系，他们正在追踪图文巴的信号。我们可以把会议室的电话当成与他们联系的专线。就目前来说，我们只有从两个基站同时接收信号，而重叠区域覆盖了整个城市、港口与半个伍尔卢莫卢。但好消息是，他还在移动当中。"

"我们还需要一点运气才行。"哈利插话。

"我们希望他会移动到三个或更多基站重叠的小范围内。要是这样的话，我们就可以提前警告并派出所有的民用车辆，这样或许有一丝机会找到他。"

沃特金斯似乎不太确定。"所以他现在正在和别人通话，而且在一个半小时前也打过电话，两次信号都被悉尼的基站接收到了？"他说，"所以我们只能指望他继续用他妈的手机聊天，好让我们找到他？要是他没打电话呢？"

"我们可以打给他，不是吗？"莱比说。

"真聪明！"沃特金斯满脸通红，"好点子！我们可以每隔十五分钟就打给他，假装成语音闹钟之类鬼扯的东西！这将告诉他，用电话聊天可不是什么好点子！"

"不需要这么做，"苏永说，"他不需要跟任何人通话。"

"那要怎么……"

"只要他的手机还开着就行。"哈利说，"图文巴似乎没留意到这点，只要手机没关机，每隔半小时就会自动发送短信，告诉基站它还开着。这个短信就跟通话一样，会被基站记录下来。"

"所以……"

"所以让我们保持线路畅通，煮点咖啡，好好地坐着，开始祈祷。"

54 好听力

机器般的声音通过电话扩音器传出。

"三号与四号基站接收到了他的信号。"

苏永指向白板上的悉尼地图。每个基站范围都被画上圆圈，并标记了编号。

"皮蒙特区、格利伯与巴尔曼的一大片重叠区域。"

"他妈的！"沃特金斯咒骂着，"范围太大了。时间呢？他尝试过打回家吗？"

"六点，"莱比说，"他在一小时内拨了两次他家的电话号码。"

"他很快就会发现事情不对劲。"麦科马克说，再度站了起来。

"但现在还没。"哈利静静地说。这两小时里，他始终坐着没动，椅背斜靠在会议室后方的墙上。

"气象报告有什么消息？"沃特金斯问。

"只说天气会变得更糟，"莱比说，"今晚因为飓风影响，风势会很强。"

几分钟过去了。苏永不断喝着咖啡。

"喂？"电话扩音器传来声音。

沃特金斯跳了起来。"请说。"

"用户正在用手机，信号来自三号、四号和七号基站。"

"等一下！"沃特金斯看着地图，"范围是在皮蒙特区的一小部分还有达令港，对吗？"

"没错。"

"妈的！要是他在九号与十号基站的范围内，我们就能逮到他了！"

"他打给谁？"麦科马克说。

"我们的电话转接站，"那个机器般的声音说，"他问他家的电话号码出了什么问题。"

"妈的，妈的，妈的！"沃特金斯的脸涨红得就像甜菜根，"他就快跑了！我们现在就发出通报！"

"闭嘴！"有人厉声响应。会议室里陷入死寂。"抱歉，长官，我措词不当。"哈利说，"但我建议我们在草率地做出任何决定前，还是先等到下一次的开机信息比较好。"

沃特金斯看着哈利，眼珠子像是要掉出来似的。

"霍利说得对，"麦科马克说，"坐下，沃特金斯。不到一小时电话就恢复了。这代表除非图文巴关掉手机，否则在他发现之前，我们还有一次，最多两次接收到信号的机会。皮蒙特区与达令港就地理位置来看面积不大，但那是悉尼晚上人口最密集的中心区域。派一堆车过去只会制造混乱，让图文巴趁机逃脱。我们继续等。"

六点四十分，电话扩音器传来消息。

"三号、四号与七号基站接收到了信号。"

沃特金斯发出呻吟。

"谢谢，"哈利说，关掉麦克风，"跟上一次的区域相同，这代表他已经停止移动了。他到底会在哪儿？"

他们全围在地图前。

"说不定他去练拳了。"莱比说。

"说得对！"麦科马克说，"那个区域有健身房吗？有谁知道那家伙在哪里训练吗？"

"我去查一下，长官。"苏永说，随即离开。

"还有其他想法吗？"

"那一区的观光景点晚上都还开着，"莱比说，"说不定他在谊园？"

"这种天气，他肯定会待在室内。"麦科马克说。

苏永回来了，摇了摇头。"我打给他的教练。他什么也不说，所以我只好告诉他我是警察。图文巴的健身房在邦代枢纽站那里。"

"干得好！"沃特金斯说，"你觉得他的教练会在多久之后打给图文巴，问他警察找他干吗？"

"时间紧迫，"哈利说，"我得打给图文巴。"

"你要问出他的位置？"沃特金斯问。

"是想确认状况，"哈利说，拿起话筒，"莱比，确认开始录音，大家保持安静！"

每个人都停在原地。莱比瞥了一眼老旧的卡带式录音机，朝哈利竖起大拇指。哈利大口呼吸，拨打号码时他的手指感觉像是麻痹了一样。电话响了不到三声，图文巴便接起来。

"喂？"

那声音……哈利屏住呼吸，话筒紧压在耳朵上。他可以听见那里有其他人的声音。

"哪位？"图文巴低声说。

那里满是孩子的喧哗声。接着，他听见图文巴冷静而低沉的笑声。

"好吧，除了哈利还会有谁呢？真奇怪，我正想到你，没想到你就打来了。我家的电话似乎出了点问题，我在想是不是你搞的鬼。我希望跟你无关，哈利。"

还有一个声音。哈利集中精神，但无法确定。

"你一声不吭，让我有点紧张。我不知道你想干吗，但或许我该挂断这通电话。是这样吗，哈利？你在试着找到我吗？"

那声音……

"妈的！"哈利大喊，"他挂断了。"他重重地坐到椅子上，"图文巴知道是我。他到底是怎么知道的？"

"倒带，"麦科马克说，"叫马格斯过来。"

苏永跑出会议室，他们开始播放录音带。

哈利无法控制自己。当他听见图文巴的声音再度从扩音器响起时，后颈的汗毛全竖了起来。

"那地方肯定有很多人，"沃特金斯说，"那个'砰'的一声是怎么回事？听起来像是小孩子。他是在游乐场吗？"

"倒带，再放一次。"麦科马克说。

"哪位？"图文巴重复，接着则是一声巨响，以及孩子们的叫声。

"这究竟……"沃特金斯开口。

"那是拍水的声音，相当响亮。"声音自门口传来。他们转过身去。哈利看见一颗小小的棕色头颅与黑色鬈发，八字胡与一副又小又厚的眼镜连在一个巨大的身体上，让他的身体看起来像是用自行车打气筒灌满了气，随时都会爆炸似的。

"赫苏斯·马格斯，听力最好的警员，"麦科马克说，"他甚至还没瞎掉呢。"

"差不多了，"马格斯低声说，推好眼镜，"要我听什么？"

莱比再次播放录音带。马格斯闭上双眼听着。

"室内。砖墙。玻璃。没有任何消音设备，没有地毯或窗帘。很多人。年轻男女，有可能是一个年轻的家庭。"

"你怎么能光靠这些声音就知道这些？"沃特金斯怀疑地问。

马格斯叹了口气。这显然并非他第一次遭人质疑。

"你知道耳朵是多么神奇的器官吗？"他说，"它可以辨识出一百万种不同的空气压力。一百万种。一种相同的声音可以由几十种不同频率与元素组合而成。这就给了你一千万种选择。一本普通的字典大约只会收录十万个词汇。你有一千万种可选，剩下的只是训练而已。"

"我们可以在这段录音中听出哪些背景声？"哈利问。

"一百到一百二十赫兹之间的吗？很难说。我们可以在录音室把其余声音过滤掉，分解出每一种声音，但这需要时间。"

"这正是我们最缺的东西。"麦科马克说。

"但他是怎么在哈利没讲话的情况下认出哈利的？"莱比问，"直觉吗？"

马格斯摘下眼镜，心不在焉地擦拭镜片。

"说得好听点叫直觉，我的朋友，但其实是感官印象。一旦印象不够清晰，或不太可靠的话，我们就会认为那是一种感觉，在不自觉中察觉有什么不对劲，但又无法明确说出其中的关联性。这种时候大脑就会插手，让它变成我们所说的直觉。说不定那是因为……呃，哈利的呼吸声？"

"我屏住了呼吸。"哈利说。

"你先前在这里打过电话给他吗？或许是声音的空间感？背景的噪声？人类对于噪声有极为惊人的优秀记忆力，比我们自己以为的还要好很多。"

"我先前在这里打过一次电话给他……"哈利看着那台旧风扇，"没错，这就是为什么我会认得那个背景噪声。我之前去过那里。那个气泡……"

他转过身来。

"他在悉尼水族馆！"

"嗯，"马格斯说，眼镜上反着光，"还挺有道理的。我也去过那里。那个拍水声听起来像是一条很大的咸水鳄在挥动尾巴。"

当他再次抬起头时，会议室只剩下他一个人了。

55　一记左直拳，三发子弹

七点整。

暴风雨清空了街上的人和车，否则从警察局到达令港的这一小段路程里，他们可能危及一般百姓的性命。莱比已经尽力而为了，但要不是有车顶上的蓝色警灯，那名独自走在路上的行人就会来不及在最后关头跳开，两辆迎面而来的车子也无法安全躲开。沃特金斯在后座咒骂个不停，麦科马克则在前座拨打悉尼水族馆的电话，叫他们协助警方做好准备。

他们转进停车场时，港口的旗帜全都在迎风招展，海浪拍打着码头边缘，海水飞溅起来。现场已经有几辆警车先抵达，穿制服的警察正在封闭各个出口。

麦科马克下达最后的命令。

"苏永，你把图文巴的照片发给每个弟兄。沃特金斯，你跟我一起去控制室——他们的摄影机遍布整座水族馆。莱比和哈利，你们负责搜索。水族馆会在几分钟内关闭。这里有无线电，戴上耳机，把麦克风固定在衣领上，同时确认无线电的通信状况。我们会在控制室指示你们，懂吗？"

哈利下车时，一阵强风袭来，几乎把他吹倒在地。他们朝有屋檐的地方奔去。

"还好现在不像平常那样挤满了人，"麦科马克表示，由于短暂的冲刺而气喘吁吁，"肯定是天气的关系。如果他在这里的话，我们绝对可以找到他。"

他们与保安经理碰面后，麦科马克与沃特金斯跟着他前往控制室。哈利与莱比确认了无线电通话情况，接着被领过售票窗口，沿着走廊出发。

哈利检查了一下枪套中的手枪。不管是灯光还是人群，都让水族馆此刻显得完全不同。除此之外，还有一种恍如隔世的感觉，就像自他和比吉塔来过这里之后，已过了一个纪元。

他试着不去想这件事。

"我们就位了，"麦科马克的声音在耳机里听起来很有把握，令人感到安心，"我们正盯着所有摄影机。苏永带几个警员正在检查厕所与咖啡厅。对了，我们也看见你们了。继续前进。"

水族馆的走廊让观众绕了一圈，回到起点。哈利与莱比逆时针走着，以确保所有人都正面朝他们走来。哈利心跳剧烈，口干舌燥，手心全是湿的。他们四周有外国人在窃窃私语，对哈利来说，这感觉就像在不同国籍、肤色和穿着风格的人海漩涡中游泳。他们穿过哈利与比吉塔曾共度一夜的那个海底隧道——现在孩子们就站在那里，鼻子紧贴着玻璃，看着日复一日丝毫不受干扰的海底世界。

"这个地方让我起鸡皮疙瘩。"莱比低声说，走路时把一只手放在外套里。

"答应我，不要在这里开枪，"哈利说，"我可不希望半个悉尼港的十几只鲨鱼在我腿边游来游去，可以吗？"

"别担心。"莱比回答。

他们走到水族馆的另一边，这里几乎空无一人。哈利咒骂了一声。

"他们七点就停止售票了，"莱比说，"现在还待在里头的观众都在往外走。"

麦科马克联系他们。"恐怕这里已经人去楼空了，弟兄们。你们最好还是回控制室吧。"

"在这里等着。"哈利对莱比说。

售票窗口外有个熟悉的面孔。他穿着制服，哈利一把抓住了他。

"嘿，本，你还记得我吗？我跟比吉塔一起来过。"

本回过头，看着一脸激动的金发男子。"对，我还记得，"他说，"哈利对吗？没错，没错，所以你又来了？大多数人都会回来。比吉塔还好吗？"

哈利咽了一下口水。"本，听我说。我是警察。你可能已经听说了，我们正在找一个非常危险的人。我们还没发现他，但我有种感觉，他还在里头。没有人比你更清楚这个地方了。这里有什么他可以躲起来的地方吗？"

本的脸上全是努力思索的深纹。

"这个嘛，"他说，"你知道玛蒂尔达，也就是我们那只咸水鳄的位置吗？"

"知道。"

"它就在提琴鳐那只狡猾的小浑蛋还有大海龟之间。我们移动了它的位置，打算做个池子，好让我们可以有几只新——"

"我知道它的位置。这件事很紧急，本。"

"好吧。要是你够瘦，又不太紧张的话，就可以从角落的有机玻璃跳过去。"

"到鳄鱼那边？"

"它有大半时间都在池子里半睡半醒。我们冲洗或喂食玛蒂尔达的那个门，距离角落那里有五到六级台阶。不过你的动作得快，因为咸水鳄的速度快到难以置信。在你意识到什么之前，它就已经用全身的两吨重量压上来了。一旦我们打算——"

"谢谢，本。"哈利拔腿就跑，人群闪至一旁。他揪起领口冲麦克风说："麦科马克，我是霍利。我要去检查鳄鱼围栏里面。"

他一把抓住莱比的手臂，拖着他一起向前。"最后的机会，"他说。当哈利停在鳄鱼前方，开始助跑时，莱比惊恐得睁大了眼。"跟我来。"哈利说，跳上有机玻璃，身体荡了过去。

就在他的脚碰到另一边的地上时，池子里的水骚动起来。白色泡沫浮起，哈利走向门口，看见水中有辆"绿色的一级方程式赛车"正开始加速，它的身形低矮，小小的蜥蜴般的脚在身体两侧像搅拌机一样快速转圈。他一脚踩空，在松软的沙地上滑了一跤。他听见身后远方传来低吼声，眼角余光瞥见"赛车手"的"安全帽"浮了起来。他再次起身，以百米冲刺的速度跑至门口，抓住门把。在那个瞬间，哈利脑中浮现门锁上的可能性，但下一刻，他已进到门内。《侏罗纪公园》的片段出现在他脑中，他反手闩上了门，以防万一。

他从枪套中拔出枪。潮湿的房间满是洗涤剂与腐鱼的臭味。

"哈利！"麦科马克用无线电对讲机说，"首先，你还有更简单的路可以走到现在的位置，而不是直接穿过鳄鱼的进食区。其次，你给我好好地待在原地，冷静下来，等莱比绕过去。"

"听不到……信号很差……长官，"哈利说，用指甲刮着麦克风，"我要……一个人……去……"

他打开房间另一侧的门，看见中间有座旋转楼梯。哈利猜楼梯通往海底隧道，决定向上爬。楼梯平台有另一扇门。他抬头望向楼梯上方，却没看见其他的门。

他转动门把手，用左手小心翼翼地推开门，枪口始终瞄准着前方。里头漆黑如夜，腐败的鱼腥味让人难以忍受。

哈利在门后的墙上找到电灯开关，他用左手按下，却没有反应。他让门开着，试探性地往前踏出两步，脚下传来碎裂的声响。哈利猜到了那是什么，无声地退回到门口。有人把天花板的灯泡打破了。他屏住呼吸，仔细聆听。还有其他人在房间里吗？抽风机的声音隆隆作响。

哈利轻轻地退回楼梯平台。

"麦科马克，"他小声对麦克风说，"我想我找到他了。听着，帮我个忙，拨他的手机号码。"

"哈利·霍利，你在哪里？"

"现在就拨，长官。拜托了。"

"哈利，别让这件事变成私人恩怨。这是——"

"今天很热，长官。你愿意帮我这个忙吗？"

哈利听见麦科马克沉重的呼吸声。

"好吧，我现在就打。"

哈利用脚把门轻轻推开，张腿站在门口，双手将枪举在身前，等待手机铃声响起。时间流动的感觉就像水滴永远不会滴落。说不定只过了两秒而已。四周依旧寂静无声。

他不在这里，哈利想。

然后同时发生了三件事。

第一件事是，麦科马克开口："他关了……"

第二件事是，哈利发现门口出现了一个人影，就像一只飞翔的野生动物。

第三件事是，哈利的世界就像流星雨一样炸开来，视网膜上全是红色斑点。

哈利想起他与安德鲁前往宁宾镇时，安德鲁给他上的拳击课。职业拳击手的一记勾拳，通常足以让没受过训练的人昏迷过去。通过移动臀部，他可以把上半身的力量全部灌注在勾拳上，从而挥出具有强大力道的一击，让对方大脑瞬间短路。一记正中下巴的上勾拳无疑能把你放倒在地，送你进入梦乡。而一名右撇子拳击手的完美右直拳，也让你很难有机会在挨拳后还站得笔直。最重要的是：如果你没看见迎面而来的一击，身体就不会有反应，从而避开。就算只是轻微地转动头部，也能明显降低冲击力。这也是你很少会看见拳击手被一记决定性攻击击倒的原因。

唯一可以解释哈利没有失去意识的原因，肯定是那个黑暗中的男子站在哈利左侧。由于哈利站在门口，他无法从旁边击中他的太阳穴，否则根据安德鲁的说法，那一拳肯定没有问题。哈利用双手将枪举在身前，所以他无法挥出一记有效的勾拳。就连右直拳也办不到。因为，这代表他得直接站在枪口前方。而剩下的唯一选择则是左直拳，也就是被安德鲁斥为"女人拳"的攻击，顶多适合用来挑衅，在街头斗殴中能为对手留下一点淤伤而已。关于这点，安德鲁可能是正确的，但这记左直拳还是让哈利往后飞至旋转楼梯处，后背撞上栏杆边缘，差点翻了过去。

纵使如此，他睁开双眼时，人依旧是站着的。房间另一侧的门开着，他肯定图文巴是从那里跑了。除此之外，他也很肯定自己听见的撞击声是手枪自金属台阶向下滚落的声音。他决定先去捡枪。他自杀般朝台阶下方扑去，擦伤了手肘与膝盖，在枪从边缘弹起，即将落入二十米深的楼梯井时抓住了它。他挣扎着半跪起身，咳了几下，确定他来到这个该死的国家后，已经失去了第二颗牙齿。

他站了起来，差点当场晕倒。

"哈利！"他听见有人大喊。

除此之外，他还听见下方传来门被用力撞开的声音，感觉到有人跑上台阶时引发的震动。哈利把目标转向正前方，看着房间另一侧半开的门，脚步蹒跚地走进昏暗中，觉得自己的肩膀已经脱臼了。

"图文巴！"他在风中大喊，环顾四周。他前方是整座城市，后方则是皮蒙特大桥。他正站在水族馆的屋顶，在强风中不得不紧紧抓着安全梯的顶部。港口的海水全被翻搅成白色泡沫，他可以在空气中尝到盐的味道。他朝下方看去，一个黑影正沿着安全梯向下移动。人影停了一下，环顾四周。他的左方有一辆开着闪光灯的警车,前方栅栏另一侧则是两具自水族馆建筑中向外突出的水槽。

"图文巴!"哈利大喊,试图举起手枪,但肩膀让他难以平举。哈利愤怒而痛苦地大吼。人影自安全梯跳下,跑到栅栏处,准备翻越过去。哈利此刻才意识到对方的企图——他想进入有顶盖的水槽建筑物,从后方游上一小段距离,前往码头另一侧。在那里,他可以在几秒内便消失于人群中。哈利吃力地爬下楼梯。他朝栅栏冲去,像是要把它撞毁似的,用一只手臂撑住身体跳了过去,重重地落在水泥地上。

"哈利,报告你的情况!"

他拔下耳机,蹒跚地走向建筑物。门是开着的。哈利跑进里头,跪倒在地。他前方的拱形屋顶底下有吊在钢索上的电灯,灯光就照在自悉尼港隔出的一小块水槽中。一条狭窄的浮桥自水槽中间穿过,还有一条路直接通往那里。图文巴就在那儿。他穿着一件黑色高领套头衫与长裤,动作轻松优雅地在那条不断晃动的狭窄浮桥上奔跑着。

"图文巴!"哈利第三次大喊,"我要开枪了!"

哈利朝前俯身。他不是无法站直身子,而是举不起手来。他瞄准黑色人影,扣下扳机。

他第一枪打中图文巴前方的地上,但后者仍继续以轻松完美的姿态向前跑去。哈利把准心向右移,这回则打中图文巴身后的地上。此刻他们相距将近一百米。哈利脑中浮现出一个荒谬的想法:这就像在挪威厄肯区的射击场里练习一样——电灯吊在天花板上,回音响彻在墙壁间,脉搏在扣着扳机的手指上跳动,大脑进入沉思般高度集中的状态。

就像在厄肯区的射击场一样,哈利想,开枪击出第三发子弹。

图文巴往前一头倒下。

哈利后来在证词中表示，他猜那一枪击中了图文巴的左大腿，因此不太可能夺去他的性命。但每个人都知道，由于他在一百米以外开枪，这个说法就跟胡乱猜测差不多。哈利想怎么说都行，没人能证明事情与他说的不同，因为根本没有尸体可供检验。

哈利抵达浮桥时，图文巴正倒在地上尖叫，半个身子淹在水中。哈利觉得头晕恶心，所有东西变得一团模糊——海水、屋顶的灯光，以及左右摇晃的浮桥。哈利跑了起来，想起安德鲁曾说爱情是比死亡更难解的谜团，也想起了那个古老的故事。

血液沸腾着涌上他的耳朵。哈利就是年轻战士瓦拉，而图文巴则是那条叫作巴巴的大蛇，夺走了他心爱穆拉的生命。为了爱，巴巴此刻非死不可。

麦科马克在后来的陈述中表示，他无法确定在枪声之后，哈利·霍利在麦克风中究竟大喊了什么。

"我们只听到他边跑边喊了些什么，说不定是挪威话吧。"

就连哈利自己也说不出他喊了些什么。

哈利拼命似的冲上浮桥。图文巴的身体痉挛着，抽动得让整座浮桥摇晃不已。哈利一开始以为有什么东西撞到了浮桥，后来才发现自己差点因为猎物而误入险境。

是大白鲨。

它的白色头颅自水中冒出，张开了嘴。一切就像慢动作一样。哈利可以肯定它的目标是图文巴，但它无法一次就稳稳地咬住，于是将他拖回水中，伴随着尖叫声潜入水底不见了。

不能用手，哈利想着。他回忆起很久很久以前，有一回与祖母在翁达尔斯内斯镇过生日的事。当时他们在玩漂浮苹果的游戏，试着用嘴巴咬起漂在浴缸上的苹果，他母亲由于笑得太厉害，后来还得躺在沙发上休息。

还有三十米，他认为自己可以办到。但鲨鱼又回来了。它与哈利十分近，哈利可以看见它冷酷的双眼正在转动，像是陷入狂喜，耀武扬威地展示出它那副双排牙齿。这一回它成功地咬住了一只脚，使劲地左右甩动头部。水花四溅，图文巴被甩到空中，就像一个没有骨头的娃娃，尖叫声忽地停下。哈利抵达了那里。

"你这只该死的怪物，他是我的！"他哀号着，举起枪来，朝水池一口气清空弹夹。海水散出一片猩红，就像红色果汁一样。在下方海底隧道的光线中，哈利看见大人与孩子们挤在周遭，看着一切的结局，一场真实而骇人的戏码，一场将与"小丑谋杀案"争夺小报年度事件的盛宴。

56　刺青

　　吉恩·比诺什无论从外表还是说的话来看，都像是那种彻底过着摇滚生活的人。他过得很好，因此直到生命旅程抵达终点，都从未打算改变。

　　"我猜他们那里也需要一个优秀的刺青师，"吉恩说，蘸了一下针，"撒旦在折磨人的时候，肯定会想来点不同的花样。你不这么认为吗，老兄？"

　　那名客人醉醺醺的，低垂着头，所以可能无法理解吉恩的哲学观，连针头刺进肩膀时也没有感觉。

　　一开始，这家伙走进他的小店，用模糊不清的声音，以及唱歌般的奇怪口音说出他的需求时，吉恩拒绝了这桩交易。

　　吉恩回答说，他们不帮像他这种人刺青，要他第二天清醒后再过来。但这家伙在桌上放了五百元，要他做只需收一百五十元的工作。最近几个月的生意有点清淡，于是他拿出除毛器与清香剂，开始工作。这家伙拿出酒瓶想请他喝一口时，他还是拒绝了。吉恩·比诺什干刺青这行已有二十年了，他对这份工作相当自豪，认为真正的专业人士不应该在工作时喝酒。无论什么情况下也绝不喝威士忌。

　　结束后，他在那个玫瑰刺青上贴了一些卫生纸。"别晒到太阳，第一个星期只能用清水冲洗。好消息是，今天晚上就不会痛了，所以你明天就可以把这个拿掉。坏消息是，你一定会想回来刺更多图案。"他笑着说，"每个人都是这样。"

　　"我只想要这个。"那家伙说，摇摇晃晃地走出店门。

57   一千二百一十九米与一个结束

门开了，呼啸的风声震耳欲聋。哈利张开双腿，蹲了下来。

"准备好了吗？"他听见一个声音在他耳旁大喊，"在一千二百一十九米拉开降落伞，千万别忘了计时。要是你在三秒内还没感觉到降落伞打开，那就是出了问题。"

哈利点头。

"我要上了！"那人大喊。

强风吹着那名身穿老旧黑色跳伞装的人，哈利看着他爬到外头，在机翼下方的位置停下，头盔下的头发不断拍动。哈利瞥了一眼胸前的高度计。上面显示目前比三千米还要高些。

"再次感谢！"他朝飞行员大喊，飞行员转过头来，"别担心，老兄！这比在大麻田里抽大麻还爽！"

哈利伸出右脚。这就像他小时候前往翁达尔斯内斯镇过暑假，开车行经居德布兰河谷时，打开车窗将手伸出去"飞翔"的感觉。他想起了转动手掌时，风吹在手上的感觉。

飞机外的风势惊人，哈利得强逼自己的脚移动到跳伞的平台上。他在心中按照约瑟夫告诉他的方式数着——"右脚，左手，右手，左脚"。他站在约瑟夫旁。有几片较小的云加速朝他们飘来，先是将他们围住，接着又飘开。他们的下方犹如一块由绿色、黄色与棕色布料组成的拼布。

"驾驶舱确认！"约瑟夫朝他的耳朵大吼。

"确认中！"哈利大喊，朝驾驶舱的飞行员望去，对方朝他竖了个大拇指，"确认完毕！"他瞥了一眼约瑟夫，他戴着头盔与护目镜，脸上挂着大大的笑容。

哈利从平台往前倾，抬起右脚。

"地平线！上！下！出发！"

他跳入空中，感觉自己被吹至了飞机后方，而飞机仍不受影响地往前飞去。他从眼角看见飞机转弯，随即意识到他才是转动的那方。他望向弧形的地平线，天空变得越来越蓝，直到与海军探险家库克航行过的蔚蓝色的太平洋交融到一起。

约瑟夫抓住他，把哈利调整成更适合自由落体的姿势。他检查高度表。二千七百四十三米。天哪，他们还有无穷尽的时间！他扭转上半身，举起双臂转了半圈。他成了超人！

西边是蓝山山脉，它之所以是蓝色，是因为那里有相当特别的桉树，从远方就能看到树木散发的蓝色蒸气。这是约瑟夫告诉他的。他还说，那后头就是他的祖先、那些半游牧的原住民称之为家的地方。那里是一望无际的干旱平原，也就是内陆地带，是这块大陆占地最广的区域，也是个炎热无情的地方，似乎没人能在那里存活。但约瑟夫的族人在白人来到之前，已经在那里生活了数千年。

哈利往下望去。下面的一切看起来如此平静、荒芜，这是个和平、善良的星球。高度计显示二千一百三十四米。约瑟夫如约放开了他。这严重违反了训练守则，但他们独自来这里跳伞，早就破坏了所有规则。哈利看着约瑟夫用手臂夹住身体，获得水平方向的速度，在他的左侧以惊人的速度俯冲而下。

接着只剩哈利一人，就像我们总会遇见的情况一样。但在离地一千八百二十九米的自由落体状态下，这种感觉实在好太多了。

那个灰暗的星期一早晨，克莉丝汀在饭店房间里做出了她的选择。或许她醒来时，新的一天还没开始，她便已感到精疲力竭，于是望向窗外，决定她再也无法忍受了。哈利不知道她决定离开的心路历程。人类的灵魂是一片幽深黑暗的森林，所有的事都只能独自决定。

一千五百二十四米。

或许她做出的是正确的抉择。空药瓶代表她至少没有一丝犹豫。反正总有结束的一天；总有时候到了的那天。铁了心要离开这个世界，肯定是有些让人痛苦的事。当然，只有少数人是因为软弱和一些根本不值得的事才这么做的。

一千三百七十二米。

其余的人则渴望活下去。单纯而毫不复杂。好吧，或许没那么单纯，而是此刻一切都在离他很远的下方。精准地说，是在下方一千二百一十九米才对。他抓住橘色把手朝腹部右侧拉，干脆地拉开伞索，开始计算下坠的高度："一千零二，一千零一……"

FLAGGERMUSMANNEN by Jo Nesbø
FLAGGERMUSMANNEN: Copyright © Jo Nesbø 1997
Published by arrangement with Salomonsson Agency AB, through The Grayhawk
Agency Ltd.
本书译文由台湾漫游者文化授权简体中文版出版发行

著作权合同登记号：图字 18-2018-401

图书在版编目（CIP）数据

蝙蝠 /（挪）尤·奈斯博（Jo Nesbo）著；刘韦廷
译 . —长沙：湖南文艺出版社，2019.10
　　书名原文：The Bat
　　ISBN 978-7-5404-9428-5

Ⅰ.①蝙…　Ⅱ.①尤…②刘…　Ⅲ.①长篇小说—挪
威—现代　Ⅳ.① I533.45

中国版本图书馆 CIP 数据核字（2019）第 188591 号

上架建议：畅销·悬疑小说

BIANFU
蝙蝠

作　　者：［挪威］尤·奈斯博
译　　者：刘韦廷
出 版 人：曾赛丰
责任编辑：薛　健　刘诗哲
监　　制：吴文娟
策划编辑：董　卉
特约编辑：叶淑君　刘艳君
版权支持：辛　艳
营销编辑：段海洋
封面设计：利　锐
版式设计：张丽娜
出　　版：湖南文艺出版社
　　　　　（长沙市雨花区东二环一段 508 号　邮编：410014）
网　　址：www.hnwy.net
印　　刷：北京天宇万达印刷有限公司
经　　销：新华书店
开　　本：880mm×1230mm　1/32
字　　数：285 千字
印　　张：10.5
版　　次：2019 年 10 月第 1 版
印　　次：2019 年 10 月第 1 次印刷
书　　号：ISBN 978-7-5404-9428-5
定　　价：45.00 元

若有质量问题，请致电质量监督电话：010-59096394
团购电话：010-59320018